百年大师经典

常书鸿

常书鸿 著

天津出版传媒集团

天津人民美术出版社

图书在版编目（CIP）数据

百年大师经典. 常书鸿卷 / 常书鸿著. -- 天津：天津人民美术出版社，2021.12
 ISBN 978-7-5305-9820-7

Ⅰ. ①百… Ⅱ. ①常… Ⅲ. ①常书鸿（1904-1994）－文集 Ⅳ. ①J12-53

中国版本图书馆CIP数据核字(2021)第233908号

百年大师经典　常书鸿卷
BAINIAN DASHI JINGDIAN　CHANG SHUHONG JUAN

出 版 人	杨惠东
责 任 编 辑	李　慧　袁金荣
技 术 编 辑	何国起　姚德旺
责 任 审 校	吕　萌　李登辉　张　溪
出 版 发 行	天津人民美术出版社
社　　　址	天津市和平区马场道150号
邮　　　编	300050
电　　　话	(022)58352900
网　　　址	http://www.tjrm.cn
经　　　销	全国新华书店
制　　　作	天津市彩虹制版有限公司
印　　　刷	天津印艺通制版印刷股份有限公司
开　　　本	710毫米×1000毫米 1/16
版　　　次	2021年12月第1版
印　　　次	2021年12月第1次印刷
印　　　张	15.25
定　　　价	68.00元

版权所有　侵权必究

目录

艰难岁月

我在敦煌四十年 / 3
我与敦煌四十年 / 50

守护敦煌

敦煌艺术与今后中国文化建设 / 55
敦煌艺术特点 / 63
敦煌艺术 / 67
敦煌艺术的源流与内容 / 72
从敦煌艺术看中国民族艺术风格及其发展特点 / 92
从敦煌壁画看历代人民生活 / 97
敦煌莫高窟介绍——中国人民的艺术宝库 / 99
漫谈古代壁画技术 / 104
敦煌图案——《敦煌唐代图案》代序 / 111
大放光彩的千佛洞 / 115
敦煌莫高窟壁画 / 120
敦煌彩塑 / 127
从"人大于山"说起 / 147
敦煌壁画与野兽派绘画——关山月敦煌壁画临摹工作赞 / 150
从敦煌近事说到千佛洞的危机 / 152
敦煌莫高窟的维修工作 / 165

依然风物

喜鹊的故事——敦煌散记之一 / 171
敦煌抒感 / 174
敦煌新姿 / 180
武威出土的东汉铜奔马——学习祖国历史文物笔记 / 183
祖国 / 187
坚守敦煌 / 189

书鸿对谈

《敦煌的光彩——池田大作与常书鸿对谈、书信录》序言 / 197
苦难的岁月 / 199
沙漠大画廊 / 208
临摹与保护 / 210
莫高窟的壁画 / 214
《法华经》的由来 / 223
艺术的作用与评价 / 227
徐悲鸿先生的人格 / 232
德拉克洛瓦的艺术 / 234
敦煌壁画与鲁奥的艺术 / 237

艰难岁月

我在敦煌四十年[1]

1958年初,我曾率领中国敦煌艺术展览工作团一行四人访问过日本。所到之处,日本朋友款待的盛情以及对我国古代民族艺术的高度评价,使我毕生难忘。尤其是当年2月20日的那个春寒的凌晨,数百位日本朋友在羽田机场依依送别的情景,至今历历在目。光阴如箭,转瞬已过去20年。这期间,特别是祸国殃民的王张江姚"四人帮"被清除以后,我们敦煌文物研究所的工作有了新的发展。《人民中国》约我为日本朋友畅谈一下我的生活和工作。我在敦煌度过了悲欢离合与困难斗争的青壮的前半生,现在古稀垂暮之年,能为我们中日两国人民之间的文化艺术交流和友好事业的发展略尽微力,本是我的心愿,作为中日友好协会的理事,也是我的责任。因此,我欣然执笔撰写这篇回忆录。

在西子湖畔度过青少年时代

我于1904年出生在浙江省杭州市景色秀丽的西子湖畔,从小就喜欢艺术。父亲是个信奉实业救国的人,他违反我的意愿,执拗地把我送入工业学校读书,可以想到我的学业成绩会是怎样的水平。在工业学校,我有一个志同道合的同学,他就是后来成为有名的剧作家的沈西苓(已故),当时他的名字是沈学诚。我们都不喜欢数学,共同选入染织科,因为这个科是学习染色和织物图案画的。我们都

---

[1] 原文始载于1978年《人民中国》6-12期,其时距常书鸿先生初寓敦煌近四十年。常书鸿先生心系敦煌,一生致力敦煌文物五十年,被誉为"敦煌守护神"。

十分欣赏我们染成的漂亮丝绸和绘制的色彩绚烂的织物图案。上课时，我们偷看文艺书籍，或沉溺于充满色彩和幻想的世界里；课余时间，我们参加了由名画家丰子恺等人组织的西湖画会，每逢星期天就一同到西子湖畔去写生和观赏孤山的红梅、平湖秋月的莲花。我们还把当时在国内刊物上可能找到的名画进行临摹，并且为人画像，以得来的收入贴补家用。

1920年，我们从学校毕业了。我留在母校担任染织彩纹工场管理和美术教员。沈的父亲将西苓送往日本，进了东京美术学校。在那里他接受了日本美术界的进步思潮，并开始对政治发生兴趣，经常给我寄来书信和日本印得很讲究的各种美术文艺理论书籍，对我的艺术和思想都产生了影响。我们在通信中经常进行有关艺术和政治的各种有趣话题的讨论。我从阅读鲁迅翻译的厨川白村的《出了象牙之塔》一书得到教益，但我当时醉心于西欧美术，所以主观上认为不论艺术或政治思想，巴黎总要比东京学到的东西更多些。于是，我开始一边学习法文，一边积攒路费，想到法国半工半读，专攻绘画。1927年大革命中，国民党反动派突然对共产党进行大规模的屠杀，其中有一个曾参加我们西湖画会的马君也无端被杀害。这对我思想震动很大，我痛恨国民党反动派，在白色恐怖下决心尽快地离开杭州到法国去。经过半年的筹划，在朋友的资助下我远涉重洋，投奔被认为是当代世界艺术中心的巴黎。

到巴黎"朝圣"

我终于来到多少年来梦寐以求的"艺术天堂"，但为了生活，我不得不在一家中国饭馆做工。我把全部的业余时间，用来学习法文和绘画技术。后来我考取了里昂中法大学公费生，并得以选进里昂美术学校专攻美术。从那里毕业后，我考取了里昂市公费奖学金，得以转到巴黎高等美术学校继续深造。

时当20年代后期，第一次世界大战后的欧洲逐渐从痛苦的沉默中苏醒过来，由富有的画商经营的各式各样的画廊，加上大小博物馆、美术馆、展出各种流派作品的沙龙，使巴黎的确成为国际艺坛热闹非凡的中心。我这个盲目崇拜西洋艺术的东方青年，每天沉沦在五花八门的现代资产阶级形式主义艺术流派的海洋中，感到眼花缭乱，无所适从，深深地透不过气来。

我每天出入于各种艺术品荟萃的场所，几乎达到废寝忘食、如醉如痴的程度。我深深地为卢浮宫所珍藏的欧洲中世纪古典美术作品以及希腊、罗马的古代艺术所征服，不自觉地把我学习的目标引向西洋古代美术史上去。我的勤奋开始取得了初步的收获，1935年前后，我在巴黎沙龙展出的新作曾获得金银质奖状，我画的《静物》被评为具有老子哲理一般耐人寻味的佳作。

首次发现敦煌石窟艺术

就在这个时期，我个人生活道路上突然发生了两件决定我今后命运的始料未及的事件：第一件是，一个偶然的机会，我竟在异邦首次发现了敦煌石窟艺术；第二件是，日本军国主义进逼，祖国危亡步步加深。

大概是1935年秋的某一天，我从圣保罗公园出来，在巴黎塞纳河畔一个旧书摊上，偶然看到由伯希和编辑的一部名为《敦煌图录》的画册，全书共六册，内有大约三四百幅敦煌石窟的壁画和塑像的图片。图片是黑白的，制版也未见十分精巧，这是一部从公元4世纪到14世纪长达千余年的精美绝伦的图解中国美术史的图录，突然展现在我眼前，使我为之倾倒。我想把它买下来，但一问，书价太贵，非我财力所能及，正在犹豫间，卖书人知道我是中国人后，便同情地告诉我，在离书摊不远的巴黎集美博物馆还可以看到不少这样精美的中国艺术品。

进了集美博物馆，迎面就是一幅标榜伯希和——法国的汉学权威、法兰西研究院院士——于1908年如何深入中国腹地在甘肃敦煌用了三个多月的时间从藏经洞获得了近万件有明确纪年和重要内容的文献、画卷等稀世文物的经过，这是盗窃者的"自供状"。

一幅色彩绚丽、人物风景栩栩如生的出自唐代无名画工之手的立轴绢画，令人惊羡不已，已然具备了高度写实的技巧。这幅创作于公元7世纪的唐代绘画，无论远近透视或人物动作等，都已远远超过了意大利13世纪文艺复兴时期代表作家乔多壁画的艺术水平。

对比之下，我乃恍然大悟，自己过去那种言必称希腊、罗马，却对祖国民族艺术一无所知而采取极其错误的虚无主义的态度，是多么可笑和可耻！

作为一个中国人的我，看到祖国古代如此辉煌灿烂的艺术瑰宝竟然被外人掠夺和玷污而无所作为，内心又是感到多么的歉疚和痛苦啊！到底是谁，竟然容许这个文化骗子在二十多年前（当时）明目张胆地跑到中国疯狂地大掠夺，如同进入无人之境，而无人过问，像这样的事不是还在一而再、再而三地重演吗……这一系列的问题，不能不引起我的深思。

"祖国啊，我要为你献出我的一切！"

1931年的九一八事变之后，日本军国主义侵略者的铁蹄蹂躏了东北整片辽阔肥沃的土地，接着又向关内步步进逼，民族和国家的命运正处在生死存亡的关头。每一个具有爱国心的中国人都忧心如焚，不少人都在准备回国投身于抗战救亡的工作。我画了一幅油画《还乡曲》，曾得到里昂沙龙的奖章。1936年的一个秋日上班的早晨，我随着上班的人流走下蒙巴那斯地下铁道的站口，一股混合着人体和机器散发出来的浑浊的气味强烈地向我冲来，将近10年了，我在这座世界文明之都的巴黎每天呼吸的都是这样的气味啊！这时，带着疲劳和厌倦的心情，一种难以排遣的浓烈的乡思猛然袭击着我的心。我默默反复地对自己说："祖国啊，在苦难中拥有稀世之珍的敦煌石窟艺术的祖国啊，我要为你献出我的一切！"

我到西方寻求"艺术之神"的美梦幻灭了，不久，我就收拾起画具一个人匆匆踏上了归国的旅程。当时，我在法国已经结婚，并有了一个女儿。妻子从事雕塑，她不愿离开巴黎回到当时兵荒马乱的祖国，便与女儿暂时留在法国。

通往敦煌的艰难之路

30年代的中国，是怎样的一个国度啊？内忧外患，满目创伤。很少人知道和关心在西北荒凉的大沙漠中千百年来在这些小小的洞穴中尘封着古代如许多的艺术宝藏。军阀割据，战乱灾祸频仍，加上关山阻隔，那年月要到阳关道上的敦煌去，真是困难重重啊！

对我来说，首要必须解决的是工作和生活的问题，到敦煌去只能等到相当遥远的将来才能考虑了。当我接受了北平艺专的教学工作后，马上觉察到不少学生经常不来上课，而是热衷于参加各种抗日救国的宣传活动：歌咏、绘画、演出街头剧……

我在艺专上的第一课的印象，至今还如此鲜明地留在我的记忆中。学生们知道我是刚从巴黎归国的，便纷纷提问沿途的观感。当我讲述到乘巴黎通往北平的国际列车到达满洲里，受到侵占中国东北的日本帝国主义的便衣警察和汉奸狗腿子的刁难和侮辱时，群情激愤，课堂里的人争先发言讲述自己类似的亲身经历，后来发展成为一场对日本侵略军的声讨和对国民党卖国政府的控诉。这件事吸引了越来越多的学生参加进来，立刻轰动了全校。后来听说，受国民党控制的北平艺专的训导处暗中对我的历史进行调查，阴谋迫害我及一些进步学生。

1937年七七卢沟桥事变爆发后，我在上海迎接自巴黎归来的妻女。日本侵略军进攻，国民党军队节节后退，我和艺专的师生开始了向后方长途跋涉的长达两年的逃难生活。先上了江西省长江南岸的庐山，接着又溯江而上，过洞庭湖，经湖南省会长沙，转到湖南西部的沅陵，不久又与后我们而来的杭州艺专合并组成"国立艺专"，于1939年经贵州辗转迁到云南的省会昆明，开学上课。两年的流亡，历尽艰辛。1938年冬，过贵州省会贵阳时，敌机的一次大轰炸，把我们学校的装备和师生们的财物，包括我十余年来用心血凝结成的创作、藏画和藏书，除了随身衣着外全部化为灰烬。

1939年冬，艺专又从昆明迁往四川重庆。这个被国民党反动政府踞以苟安的并改名为陪都的山城，权贵如云，醉生梦死，白天虽然频遭敌机残酷轰炸，但是晚上仍然是通宵达旦灯红酒绿的生活。目睹此情况，不由得使我忆起宋人林昇一首有名的《题临安邸》的诗来："山外青山楼外楼，西湖歌舞几时休？暖风熏得游人醉，直把杭州作汴州。"（临安即今杭州，乃宋代南迁时的临时首都；汴州即今开封，乃宋的京城；邸，即客店。）

不久，我离开了国立艺专，在伪教育部所属的美术教育委员会弄到一个闲差事，乐得有时间能和几个朋友从事油画创作。这是我回国后的比较安定的一段生活，得以做了一两年油画实践。我很喜欢嘉陵江边那种熙熙攘攘的杂乱市容，有时在码头上散步，看江水翻着愤怒的波浪咆哮着匆匆向前流去。重庆山城的江岸很高，码头工人沿着天梯般的石阶，肩负着沉重的货物，或是抬着像猪猡一样大腹便便的财主，嘴里哼着号子，遍身淌着油汗，踏着艰难的、缓慢的脚步，一步一步地登着走不完的石阶。

这使我不由得联想到那个在祖国西北角的敦煌，那个使我万里迢迢地从国外回来想投奔的敦煌石窟，转眼间四年已经过去了，敦煌还是远在天边，在黄沙蔽天的漠北，可望而不可即。要登上敦煌石窟所在的三危山，我的面前还横亘着一条多么漫长的、难以攀登的、嶙峋险阻的山路啊！

抓到一个去敦煌的机会

1942年5月，中国共产党的机关报重庆《新华日报》发表了毛主席著名的《在延安文艺座谈会上的讲话》。这篇文章在重庆进步的文化界产生了深远的影响。毛主席的讲话中，对我特别有启发的是下面这样一段话："我们必须继承一切优秀的文学艺术遗产，批判地吸收其中一切有益的东西，作为我们从此时此地的人民生活中的文学艺术原料创造作品时候的借鉴。"

当时，围绕过去河南省洛阳龙门浮雕被奸商盗卖的事件，重庆进步的文化界人士正在议论如何继承民族文化遗产和文物保护问题。这块巨大完美的石刻浮雕《皇后礼佛图》，被人劈成无数碎片，然后分别包装偷运出国。这是当地的反动派、奸商和外国帝国主义分子互相勾结出卖祖国文物的又一罪行。各进步报刊纷纷发表文章，对国民党反动派诸如此类的罪行进行揭露和批判。与此相关的，人们对敦煌石窟的历次被大肆劫掠和破坏，也对反动政府提出了批评和建议。为了应付舆论、装饰门面，重庆政府被迫指令它的教育部着手筹备成立所谓的"国立敦煌艺术研究所"。

负责人的人选是一个问题。反动政府里的官僚们只会做官当老爷，绝不肯离开安乐窝西赴阳关担当这份喝西北风的无名无利的苦差事。再说，他们中也的确没有懂行的人，就只好托人在文化界物色。

1942年秋季的一天，著名的古建筑学者梁思成教授找到了我，问我愿意不愿意去拟议中的敦煌艺术研究所工作。"到敦煌去"，正是我求之不得的愿望，于是我略加思索，表示愿意承担这一工作。他笑笑对我说："我知道你是不会放过这个机会的，如果我身体好，我也会去的。祝贺你，有志者事竟成！"

在当年的环境和条件下，要到敦煌去，说起来容易，做起来却难上难，它肯定不是《天方夜谭》中的一个充满浪漫色彩的故事。中国悠久的历史上有过不少出使西域的人物，汉代的张骞和唐代的玄奘便是其中著名的两个。他们一步一个脚印，长途跋涉在荒无人烟的戈壁沙海中，经受了各种难以名状的人间和自然界的折磨和考验，以自己的忠贞和毅力，创建了千古传颂的业绩。我当然是不能和他们相比的。我只有一个小小的心愿，就是为保护和研究举世罕见的敦煌石窟这个民族艺术宝库而一辈子在那里干下去。

承担这一艰巨的任务，靠我一个人，当然是不行的，必须组成一个必要的工作班子。由于工作需要，我必须有几位专长历史考古和摄影、临摹工作的合作者。我把这个要求向主管部门的伪教育部的负责人提出来的时候，想不到他冷冷地对我说："我不能给你找到这些人。看来你只有在你志同道合的朋友中去物色了，或者干脆到当地（甘肃兰州）去解决，可能更有希望些。"

总之，除了发给一笔非常有限的经费之外，伪教育部对我再没有任何其他实质性的支持和帮助。我不得不将我在最近几年创作的几十幅油画拿出来开个人画展，用卖画得来的钱筹办我的行装和做安顿家庭的费用。

不愿离开巴黎的妻子，现在也不愿离开重庆，这曾使我相当失望和苦恼。我本来认为她是会支持我的，因为她也是从事艺术的，西北大沙漠中艺术宝藏的发掘将最终会赢得她的赏识和赞许。可惜事实并非如此，她长期生活于大都市，留恋市俗的安逸生活。我决心单身去打头阵，让她暂且留在重庆照看我们两个年幼的儿女。

我的前辈，中国已故的大画家徐悲鸿，却给了我很大的鼓励和支持。他对我说："我们从事艺术工作的人，要学习唐代行脚僧玄奘的苦行精神，应该抱有'不入虎穴，焉得虎子'的决心，把敦煌民族艺术宝库的保护、整理和研究工作做到底。"我说："我已决定摒弃一切，破釜沉舟地轻装去敦煌。"并告诉他行前开画展筹钱、准备行装的计划。他极表赞成，并热情地为我的个人画展写了一个序言，为之介绍。人民群众，特别是当时的重庆的进步文化界，颇不乏支持我的热心人。画展上的四十余幅油画展品，全部售出，这是我唯一得到的安慰和资助。

到敦煌用了整整七年的时间

1943年早春二月的一个清晨，我们筹备敦煌艺术研究所的先遣人员一行六人，像中世纪的苦行僧一样，披着老羊皮大衣，冒着西北刺骨的冷风，沿着古代著名的丝绸之路，开始了我们最艰苦的敦煌之行。

最初我们被当作货物一样载在一辆早该报废的老式的运载羊毛的敞篷卡车上，从甘肃兰州出发。早在耶稣降生以前，汉武帝（前156—前87）为抵御北方的游牧民族匈奴建立了河西四郡，即武威、张掖、酒泉及敦煌。按照中国古代的交通驿站的标准距离，是人畜可以一日走完的行程，两郡相距是35公里。从兰州到敦煌，按理说四天即可到达。但是，我们乘坐载运羊毛的卡车前后却花了差不多一个月的时间。现代化的交通工具远远比不上原始的驴马代步，卡车之破旧，行进之慢，道路坎坷奔波之苦可想而知。

河西四郡是古代丝绸之路东段的重镇，汉、唐时期盛极一时，素有"银武威""金张掖"之称。但沿途所见，城市凋敝，村野荒凉，面带菜色的饥民，衣不蔽体地战栗于料峭的寒风中，到处是一派不堪入目的贫穷、困苦的景象。国民党地方军阀的军队却照样欺诈人民，盗掘地上地下丰富的文物宝藏以自肥。在荒城、流沙、草木俱无的一角，赫然出现"建设大西北"的大字标语牌，这真是对国民党反动当局的绝妙讽刺。

原始的公路最远通到安西，就折向西北直奔新疆，到敦煌就必须乘坐被誉为"戈壁舟"的骆驼了。经过一个星期的准备，我们雇得十峰硕大的骆驼，作为使我们这些到敦煌"朝圣"的"苦行僧"完成这次全程大约150公里"无边苦海"的最后一站的"慈航普度"。这是我有生以来与这种毛茸茸的庞然大物的第一次接触。我很不自在地坐在驼峰之间，骆驼迈着缓慢的有节奏的步伐，我随着驼铃单调的声音摆动着。骆驼在平整的流沙中踏下一个接一个的莲花瓣般的蹄印前进着。

由十峰骆驼组成的小驼队，在长着小灌木的沙丘之间迂回前进着。第一天走了30里，午夜后才到达自古以盛产甜瓜而闻名的瓜州口。但如今连人畜的饮水也得用毛驴从20多里外驮来，"瓜州"已成为徒具虚名的荒地了。在昏黄的月光下，隐约看见山沟里有几间土房。一个守屋的老汉，只能提供半缸水，还不够我们一行七人（连骆驼客——当地对赶骆驼人的俗称）的饮用。我们和衣挤在屋中的土炕上过了戈壁滩上又饥又渴的一宿。

第二天黑夜，投宿甜水井。甜水井，多么悦耳的给人带来欢乐和希望的地名。可是，从井里吊上半桶水，拾起路旁的兽粪生火煮开喝到嘴里，却是又苦又臭、难以下咽的咸水。

次晨，我们才发现井圈是由穷年累月到井边饮水的牲口大小便堆积的粪堆，人们却美其名为"甜水井"，怎能不使我们摇头叹息呢？骆驼客看到我们失望的表情，便不以为然地说："从安西到敦煌70公里的戈壁滩上就只有这一口井，对我们赶牲口的下苦人来说，真是一口救命的甘泉哩。"他的"真言"，不但提高了我们知难而进的勇气，而且是使我们今后长期在工作岗位上饮用苦水而不怨苦的镇定剂。

第三天到达疙瘩井。井名"疙瘩"，当然是干的了。也许在古代曾有过水源，但现在一片洼地上到处是沙丘疙瘩——长着干瘪的骆驼刺和红柳根的沙丘。这时从安西驮来的饮水已用光了，大家只得吃上几口干粮，在又冻又硬的流沙上倒头便睡。在戈壁滩上万籁俱寂的长夜中，我久久不能成眠，想起唐代名僧玄奘在《慈恩传》中所记："夜则妖魑举火，烂若繁星……顷间忽见有军众数百队满沙碛间，乍行乍息，皆裘褐驼马之象及旌旗槊纛之形；易貌移质，倏忽千度；遥瞻极著，渐近而微；初睹谓为贼众，渐近见灭……"这种类似的幻觉，确是行脚僧在孤独的沙漠中可能看见的情景，有时是出自古墓朽骨的磷火。它们使我在回想中出现了八年前在巴黎集美博物馆看到伯希和的《敦煌图录》中的飞天夜叉、天神菩萨、乐伎梵女、行军仪仗的形象，仿佛在我眼前纷至沓来……

计算着从1936年回国到现在经过七年的岁月，再过一天梦寐以求的"敦煌之行"就要到达目的地了。

到达"神圣的"绿洲

1943年3月27日，当一轮红日从三危山嶙峋的主峰背后升起的时候，骆驼客用平淡的声调指着日出的方向说："喏，千佛洞（莫高窟的俗称）就在太阳的西面、鸣沙山的脚下。"

我们从他指点的方向望去，只见戈壁和沙山延伸到一望无际的远方，看不见一草一木或什么寺庙人家，更没有石窟绿洲的一丝影子。大家正焦急间，骆驼客却慢悠悠地打趣说："千佛洞是仙境，时隐时现，凡人的肉眼哪能一下子望见它的真身哩。不要慌，跟着我走就是了。"

在叮当叮当的驼铃声中，我们的骆驼队还是用缓慢、平稳而有节奏的步伐前进着，在沙地上留下一个接一个莲花瓣似的美丽足印。当驼队走下一个陡坡的时候，人们还来不及辨认眼前单调的景色出现任何变化，我们所骑的通常反应迟缓的骆驼，这时忽然像得到什么灵感似的，不约而同地迅速加快步子，争先恐后地奔跑起来了。尽管骆驼客使劲挥动鞭子，大声吆喝，还是无济于事。

"啊，真是豁然开朗，别有洞天！"我们中一位眼快的同事不禁大声赞叹起来。这时，大家从沙丘的缝隙间发现，在不远的峡谷中有一片鲜艳杏花混杂其间的嫩绿树林。

骆驼们的审美观显然与人们不同，它们的心全被绕林而流的一条清清的溪水拴住了，跑到溪边，便迫不及待地俯首狂饮起来，不论人们怎么催逼，也休想使它们移动半步。我们被搁置在驼背上只得耐下心继续饱览眼前的不平凡景色。

"真是名不虚传的塞外江南啊！"我们中的一个说。

"你们看！"我指着白杨树后面崖壁上一片密如蜂房的洞窟说，"那里才是胜过江南的、值得我们骄傲的、伟大的民族艺术宝库所在啊！"

这时，三危山上的太阳，透过白杨的柔枝嫩叶，照耀在洞窟中彩色绚丽的壁画和彩塑上，产生出不可思议的动人心魂的宏观异彩。一阵按捺不住的发自内心深处对于伟大祖国民族艺术传统的爱慕之情，像电流震撼了我的全身，使我长途跋涉的疲劳顿时一扫而光。在我几十年从事艺术创作的生涯中，第一次罕见的"圣迹"出现了。

相见恨晚的初会

一下骆驼，行装尚未安顿停当，我们不约而同地极度兴奋，对神奇莫测的石窟群做了初次巡礼和探索。

断崖残壁，沙土堆积，危楼险阁……到处是一派遭人遗弃的劫后余生的荒凉颓败景象。尽管如此，但也磨灭和掩盖不了这人类历史上存留至今的稀世之珍的风采和魅力。

半天的"飞行"浏览，相见恨晚的初次相逢，危楼断壁的石室里面宝藏着的金碧辉煌的壁画和彩塑，不禁娇娆地把我们每一个人的心都俘虏了。我第一次瞻仰了从公元4世纪到14世纪千余年间中国民族艺术传统的全貌。中国古代的无名艺术家和无数劳动人民所创造出的如此珍贵的文化遗产——绚丽多彩、富于民族风格的壁画、彩塑和装饰图案等，以汉代为标志的中国民族艺术的传统，贯穿在敦煌4世纪的十六国经北魏、隋、唐、五代、宋、元等代的石窟艺术中，经千余年而不衰。

使我极度愤慨的是，20世纪初叶，曾经一度震撼世界的敦煌石室秘藏被帝国主义分子一再劫夺，今天第17窟已经空无所有。只有北壁唐人所画的两身供养仕女，她们执杖掌扇，依然天真无邪地表现出侍奉窟主洪䜣和尚的忠诚。她们是亲身经历千余年来石窟盛衰变化的历史见证"人"。

遗憾的是她们不会说话，否则，她们一定会清楚地告诉我们：宋仁宗景祐二年（1035），是什么人、为什么、在什么情况下，把数以万计的经卷、文书、造像、画轴等宝藏密封在这个洞子里的；她们也一定会清楚地告诉我们：经过865年的密封，光绪二十六年（1900）五月二十六日石室秘藏被道士王圆箓发现后，他是如何与斯坦因、伯希和等帝国主义"御用学者"之流勾勾搭搭、狼狈为奸、大量盗窃石室文物宝藏的。这一切都是她们亲眼所见的，但是，她们是壁画的画像，有口不能言的。

我默默地站在这个藏经洞中央，在空荡荡的窟主造像的坐坛前，愤怒使我久久说不出话来，心想："石室秘藏的发现已过去四十多年了，敦煌文物一而再、再而三地被外人大肆盗劫，这样的事今后绝不允许再发生！"此情此景，使我感到压负在我们肩上保护和研究工作的担子将会是多么繁重啊！

这时，忽地砰然一声巨响，把我从沉思中惊醒过来。这声巨响来自崖面第三层上面的第44窟五代危檐下崩落的一块岩石，随之而来的是一阵呛鼻的飞扬沙土。

这难道是对我们今后工作艰巨性的及时警告吗？但我宁愿把它看做是敦煌石窟为欢迎我们这批初来乍到的爱慕者而发出的见面礼炮声。

这里曾经是国际交通线上的大都会

敦煌——古代丝绸之路的要隘重镇，是从汉代开始形成的。文献上说："敦，大也；煌，盛也。"可见早在公元前2世纪时，敦煌在盛极一时的丝绸之路上就是中国与西域各国进行政治、经济、文化交流的"咽喉之地"大都会。

从印度传入中国的佛教，到公元四五世纪的南北朝时期开始盛行起来。这是中国历史上民族大迁移、战争极频繁的时代。各族的统治者利用佛教宣扬消极出世、逆来顺受的落后思想，以此巩固他们的统治地位；同时，广大的人民群众在当时的历史条件下，无力摆脱强加于他们身上的民族压迫和阶级压迫，也只好把佛教当作一种精神上的安慰剂接受下来了。当时，田园荒芜，城市坍圮，但是庄严壮观的佛寺却到处兴建起来。敦煌的莫高窟就是在这个时期开凿的。

据现存于敦煌文物研究所的一块古碑记载，前秦建元二年（366），有一个名叫乐僔的和尚，西游到敦煌的三危山下。时近黄昏，正要寻地投宿，他猛一抬头，只见山上一派耀眼的金光，好像其中有千万个佛。和尚认为这是块圣地，便用化募来的钱雇人在这里凿下第一个石窟。不久，又有一个法良禅师从东方来到这里，可能也是遇到类似的"神异"，发下心愿，在乐僔窟的旁边开凿了第二个石窟。

从十六国到魏、隋，石窟就继续不断地修建起来了。

到了唐代（618—907），莫高窟的开窟造像已经发展到了高潮。这时开凿的石窟数量最多，艺术造诣也最高。根据现存唐代碑碣上的记载，当时有数以千计的石窟，窟前有木构的窟檐，并有栈道相接。山上建起一座座金碧辉煌的殿堂，雕檐画栋，光彩夺目。据第148窟陇西李氏重修莫高窟碑所记，当大历十一年(776)，该窟前还是"前流长河，波映重阁"。现时不仅"重阁"已不复存在，就是那条"波映重阁"的"长河"，由于水源的干涸也已为一条涓涓细流了。

经过千数百年风沙雨雪的侵蚀，敦煌石窟已发生了沧海桑田的变迁。回忆往昔的光辉盛世，更显得眼前的颓败和凄凉。

我们在莫高窟的第一餐，是用当地生长的红柳条做筷子，向上寺僧人借了锅盆碗盏才做的饭。就在我们到敦煌之前，这座小小的古城曾遭国民党匪军的洗劫，城内商店关门罢市，路无行人，什么东西也买不到。

莫高窟离城25公里，为了购买柴米油盐和工作上需用的纸笔颜料，为了治病求医，无论白天黑夜、严冬酷暑，我们都必须靠自己的一双脚往返奔走于城乡之间的戈壁沙海。

我们的生活和工作条件虽然非常简陋清苦，但是大家的情绪还是相当高涨的，来莫高窟的初期尤其如此。

即使是无期徒刑也在所不辞

记得就在我们刚来敦煌石窟不久，当时画家张大千正带着家眷子女以及他所雇用的几个僧人画工住在上寺，还雇了一大群骆驼，在三危山峡谷的石窟群中，从事他随心所欲的所谓"深山探宝"。虽然我们名义上是伪教育部派来的，但是经费缺少，生活供应每天只是咸菜、干馍，与他们有天渊之别。承他的好意，他还邀请我参加他们丰盛的家宴，有时甚至还可以吃到十分名贵的熊掌、鹿肉之类的山珍海味。

1943年5月，他临离开千佛洞的那天，我曾在中寺门口送他们的骆驼队走了一段路。张大千半开玩笑地笑着对我说:"我们先走了,而你们却要在这里无穷无尽地研究保管下去,这是一个长期的——无期徒刑呀!"

"无期徒刑吗?"我接着说,"如果认为在敦煌工作是'徒刑'的话,那么我一辈子'无期'地干下去也在所不辞,因为这是自觉自愿、没有人强加于我的神圣的工作。"

虽然是这样回答了他,但是每逢生活和工作上出现困难,我的心头往往有一种灰溜溜的不祥的预感油然而生。那年月,在国民党反动统治下的文教机构,是人们所冷落的"清水衙门",欠薪、欠经费的情况经常发生,上级官僚们只管贪污中饱,有谁来关心我们这远处绝塞的一个区区的"敦煌艺术研究所"的死活呢?这研究所的成立原本就是一种装潢门面的勾当。伪教育部已有三个月不给经费了,谁知道今后是什么命运会落在我们的头上呢?

"初生之犊不畏虎"

在一定的含义下,张大千的话并没有错。从我们到达莫高窟的第一天起,我们就感到有一种遭遗弃的服"徒刑"的感觉,压在我们心头,而这种压力正在与日俱增。

来此的初期,我们这批热爱祖国文物的青年人,真所谓"初生之犊不畏虎",工作热情是非常高的。在当时人口不到4万人的敦煌这个边远小县,凭着伪中央教育部这块莫测高深的招牌,还能向伪县政府暂时借到一些钱,作为开展工作的资金。

我们不顾一切困难,首先雇了100多个民工,沿着千佛洞的崖面,夯土打了一堵长达800米的保护石窟的围墙。在沙漠中筑墙,就需要动用很多人到远处去搬运黏土,加上打墙本身的劳动,这项工程总共就花了1万多块钱。

接着,为了整理洞窟,第一步必须清除长年堆积在窟前甬道中的流沙。据工程师估计,堆积成山的流沙体积超过10万立方米。此外还要修补颓圮不堪的甬道、栈桥和修路、植树，等等。这一切，我们从春到冬，整整大干了10个月。围墙里的幼树，因为没有人畜的破坏而长出青枝绿叶，越来越多的游人在没有危险的栈桥甬道上往来观摩石窟，我们心里真有说不出的高兴。

但是，我们因此而债台高筑，再三向重庆伪教育部函电催促，如同石沉大海，未见分文寄来。挨到1943年年底，经费和工资，我们共向敦煌县政府挪借了5万多块钱。

在这种情况下，我们大家还是想尽办法进行工作。如向来此游览的人们做工作，劝说他们捐钱，为保护敦煌文物给石窟造门、造窗……做出他们可能的贡献。作为酬谢，我们还把自己临摹的"飞天"等画，赠给他们作为纪念。我们还完成了石窟群全部石窟的编号，并编写了一整套石窟内容的说明牌，使参观的人们能对各个洞窟的时代和内容有所了解。此外，我们还和四川成都华西大学联合集资编辑出版了一册《供养人画像题识》，借此扩大影响，以求得到社会人士的支援。

1944年秋，重庆伪教育部才正式批准成立"国立敦煌艺术研究所"。

然而到了1945年春天，在我们研究所正式成立不到一年的时间，重庆伪教育部竟又出尔反尔，忽然宣布解散敦煌艺术研究所，并勒令把所内全部工作移交给敦煌伪县政府。

家庭变故

我们的工作本来就是凭自己的力量干起来的，研究所的撤销或不撤销，实际上意义不大。对我个人来说，最大最致命的打击还是随之而来的家庭变故。

一直留恋大都市安逸生活的妻子，在我的不断鼓动下，于1944年秋也到敦煌莫高窟来了。虽然一路上叫苦连天，但是当她看到敦煌彩塑的时候，她爱好雕塑艺术的热情又重新燃炽起来了。她认为不虚此行，立即参加了我们的临摹复制工作。

但是，随着沙漠中万木凋枯的寒冬来临，她最初的兴趣渐渐消失了，对生活的不满和牢骚也渐渐多起来了。一天，我结束了当天的工作，带着疲劳而满足的心情回到宿舍里的时候，忽然发现妻子不见了，哪里也找不到她。我开始责备自己一味埋头工作，才想到平时对她关心太少了。看来她到这里来只是作一次短期的旅行，并没有长期干下去的思想准备。粗糙的饮食，单调枯燥的生活环境，使她再也无法待下去了。想不到，这个虚有其表的女人，竟然忍心丢下她的两个儿女和艺术事业，追逐她个人的"幸福自由"去了。

这对我不啻是个晴天霹雳，开始我真不知该怎么办才好，我尽力找各种可能找到的交通工具去追赶她，可是结果茫然。到头来我从马背上昏倒在途中，幸而遇见长期在戈壁滩坚持工作的老友地质学家沈健南（已故）和一位老工人，他们救了我，把我护送回敦煌。

我面临着生活第一次残酷的打击和严峻考验，像沙漠中的一阵黑旋风那样，遮盖了我前进的光明大道！

记得那是一个月明星稀、万籁俱寂的漠北之夜，我从不眠的午夜中起来，耳边响着九层楼上铁马锓锵的叮当声，我朝夕与共的石窟里的壁画和彩塑，一件件地从我脑际闪过。

第 220 窟是唐代贞观十六年（642）开凿的，壁画和彩塑是初唐的代表作品，1944 年我们和老工人窦占彪一道从宋代重绘的泥壁剥露出来的，色彩金碧辉煌，灿烂如新。东壁左面的维摩变中的维摩居中的画像，带有晋代大画家顾恺之的"清赢"画风和神态。这是莫高窟所有 50 幅维摩变中最好的一幅。这是前人，包括帝国主义分子伯希和、斯坦因、华尔纳之流以及张大千都未曾见识过的。

第 285 窟西魏大统五年（539）的得眼林故事壁画（内容是表现 500 个强盗皈依佛教改恶从善的故事，是帝国主义分子华尔纳曾在 1925 年妄图剥离盗走而未果的），充分表达了中国传统绘画气韵生动的特点，它是敦煌石窟艺术宝中之宝。

另一幅著名的北魏壁画，是第 254 窟中的萨埵那太子舍身饲虎图，它那粗犷的画风与深刻的寓意，总是那么强烈地感动我。我想，萨埵那太子可以舍身饲虎，我为什么不能舍弃一切而侍奉艺术、侍奉这座伟大的艺术宝库呢？在这个黑暗而动乱的时代，她多么需要保护她、终生为她效力的人啊！何况我在人前早已许下大愿，即使是"无期徒刑"，也愿意一辈子在这里干下去的。

　　这时，我又想起就在前一天，一个国民党反动军队的师长，在游览中想凭借他的势力，厚颜无耻地要拿走石窟中的一件北魏彩塑。后来我费尽了口舌，并以一幅飞天的临摹画作交换，才把那个嬉皮笑脸的"大人物"送走了。

　　想到这一切，我深深地感到，如果我放弃自己的责任退却的话，就将意味着这个劫后余生的民族艺术宝库，很可能会随时随地再遭万劫不复的洗劫！

　　"不能走！"决心下定以后，我在明月满窗的静夜安稳地沉入梦乡。在梦中，我仿佛看到一个个飞天从洞窟中飞出来，天空散满五彩缤纷的花朵，铁马的叮当奏出美妙的乐曲……

第一次向社会发出呼吁

　　一觉醒来，正是一个蓝天白云的晴朗秋日的早晨。"暴风雨"过去了，生活又恢复了它的常态。我和同事们商议了一下，既然国民党反动政府这样倒行逆施，与我们断绝了一切联系，"研究所"要想生存下去，就只有靠自己努力了，我们要向社会发出呼吁。我们决定派人把这几年来精心临摹复制出来的一二十幅壁画作品带到重庆展出，以显示我们的决心和对国民党反动当局的抗议。

　　开始时，我们这个小小的画展只在艺专的一间教室里展出，除本校的师生外，参观的人并不多。后来我们迁移到重庆市内七星岗的中苏友好协会展出，影响便渐渐地在社会上扩展开来，画展获得了意想不到的成功。

　　一天，我们在观众中忽然发现了为当时重庆进步文化界所敬爱的周恩来和董必武等同志（他们当时是中共中央驻重庆代表），同时，郭沫若等著名人士也来观看了我们的画展。

周恩来同志在参观后的一席话对我们鼓舞很大，他对我们在艰苦的境遇中保护敦煌民族艺术宝库的工作表示热情的支持和赞扬，并对反动派的无理措施表示十分憎恨，他教我们不要屈服，要坚持斗争，把戈壁滩上这个重要艺术宝库的保护和研究工作顽强地干下去。

我们回到莫高窟后，以百倍的信心重新投入工作。在当时人少事多的条件下，我们着重抓了石窟的保护和临摹工作。我们认识到，临摹工作也就是保护工作。我们准备用三年的时间，克服一切困难，临摹出一套代表各个朝代不同风格的优秀壁画和彩塑的摹本来。

1947年，由重庆和西安来了一群艺专毕业的男女青年美术工作者，在我们感到孤立无援的时候，这批生龙活虎般生力军的到来，使我们喜出望外。李承仙也在他们之中，她后来成了我得力的助手和志同道合的伴侣。

抗战以日本军国主义投降而胜利结束，国民党反动政府一面大发"劫收财"，一面发动全面内战，置全国人民死活于不顾。当时，我们在人力、技术、物资各方面都极感缺乏。我们自力更生、刻苦钻研，摸索出种种行之有效的办法和代用品。当时能弄到的纸，纸质不好，不能上重彩和烘染，我们每个人都学会了在纸上加矾和裱褙的技术。我们还从工人那里学会了制造毛笔和延长毛笔使用寿命的方法。最困难的是颜料问题，我们在附近的几个县，找到几种经久不变的矿质颜料。在这方面，创造最多、成绩最突出的是勤奋的、有才能的艺专毕业生董希文。他想出一种方法，用我一直珍藏着的法国优质油画颜料，加热去油炼成水色，成为我们必要时点染摹本重要部位的起到画龙点睛作用的颜色。他后来成了著名的油画家，新中国成立后，曾创作出好几幅受到人们赞赏的大作品，可惜他不幸先我早逝了。

当时我们的工作条件，现在说起来是难以令人置信的。例如窟内临摹的采光，就是一个很伤脑筋的问题。石窟一般只有一个入口，窟门一律向东。有太阳的日子，每天上午11点钟以前，阳光可以直射进洞窟，下午就没有阳光了。用自然光在窟内临摹的时间不长，要赶时间，就必须凭借油灯或烛光，日夜都是如此。我们常常一手执灯或烛，一手作画；遇到大的画面，在梯子上爬上爬下，体力的消耗是不少的。尤其是临摹窟顶的藻井图案，作画的人必须像叩头虫一样不停地抬头低头，不到一个时辰，就会弄得头昏眼花，有的甚至恶心呕吐，体力不支。临摹采光的问题后来也得到了解决，在当时的条件下，我们想出了用镜子反光，使窟外的光照射到一幅白布上，加强洞中的亮度，但是解决不了摹写窟顶藻井耗费体力的问题。

戈壁滩上的冬天特别长，每年八九月即飞雪，到次年四五月才开春。一到冬天，洞窟中又黑又冻，颜料凝结，手脚僵硬，一切临摹工作只得停止。这时我们就改作各种专题资料的收集整理，如洞窟时代的核定，供养人题记以及其他各种资料的整理和研究等。

我们就是这样齐心协力，夜以继日地工作着。不到三年的时间，初步完成了历史壁画代表作选、历代藻井图案选、历代佛光图案选、历代莲座图案选、历代边饰图案选、历代山水人物选、历代舟车选、历代动物选、历代建筑资料选、历代飞天选、历代服饰选等十几个专题选绘的摹本800余幅。这些总面积共达600多平方米的壁画摹本，都是我们以忠实于原画的风格和以一丝不苟的精神所精心绘制出来的。

度过黎明前最黑暗的时刻

1948年八九月间，为了继续向社会呼吁，我们将三年来的工作成果，又一次在南京和上海先后公开展出，两次展出都获得了很大的成功。参观人数众多，是事前没有料到的。人们对敦煌壁画的反应很强烈。上海几家报纸对这次展出一致表示赞许，并对国民党要停办敦煌艺术研究所的行径有所批评。

同时，我们还收到一些不具名的观众来信。一封信这样写道："现蒋家王朝末日已到，希望提高警惕，努力保护敦煌艺术宝库，只有共产党能救中国，保护敦煌石窟艺术……"

有些热心人还纷纷提出将这几百幅展品印制成彩色的《敦煌艺

术》专辑的建议。当时上海的《大公报》还刊载了这个消息。我们根据群众的这个要求，去电南京伪教育部请示刊印这部画册。回电只有二字"不准"。人民群众知道后，一方面痛骂国民党反动派只知道发"劫收财"，却置祖国文化遗产于不顾；另一方面，有几个热心人愿意私人投资出版，后来担任文化部副部长的西谛先生（即郑振铎，已故）就是其中的一个。私人愿意集资印行《敦煌艺术》彩色图集的消息也在《大公报》上发表了。这一下，可触动了心怀叵测的反动派的猜忌和怀疑。

有一天，一个自称剡某的伪教育部的社会教育司的头头，突然来到我在上海的寓所，出示伪教育部部长朱家骅亲笔签署的指令，要我把敦煌壁画摹本全部运往台湾展出。为了应付这一阴谋，我借故说展品已经在制版，等制版完毕后再运去台湾。当时，国民党在大陆上的经济已经濒临全部崩溃的前夕，上海金融市场混乱，伪币一日数涨，人心惶惶。剡某自顾不暇，只对我虚张声势地恐吓了几句，说什么如不照办，后果由我自负云云，当晚便乘飞机溜往广州去了。

我一方面看穿了反动派的狼狈相，另一方面又不得不提防他们狗急跳墙，可能搞阴谋暗算。我当夜便将全部摹本分藏亲友处，三天后，在午夜也乘飞机离开了上海。

在国民党反动派的大溃退、大混乱中，我从上海辗转经兰州、酒泉、安西，回到敦煌时，已是1948年11月的一个傍晚，塞外的苦寒已开始了。千佛洞前，白杨树全裸露着秃枝，落叶和泡泡刺（一种沙漠植物的种子）在寒风中飞舞。我从小毛驴上下来，中寺空寂无人，只见一个老僧迎面走出来，见到我，便拨开围到嘴边的头巾，双手合十有礼貌地说了一声："所长辛苦了！"便口中念念有词地走回上寺去了。

在中寺我们的办公室里，两个年老的工作人员正围着一堆烧柴烤火，见我来了，为我让出位子，并为我倒了一杯热茶。因为经费无着，几年来与我患难与共的职工都纷纷携眷东归另谋生路去了，他们是留下来的少数人中的两个。他们帮助我扫屋，生火，点灯。当他们走后，我感到周围是那样的空虚与寂寞，真是"倦旅归来，万念俱灭"。我感到心胸闷塞得难受，下意识地把纸窗打开，一股刺人的寒风，把油灯一下吹灭了。等我关上窗，重新点上油灯时，窗前书桌上已留下一层细细的流沙。沙，这个可恶的得寸进尺的东西！我们在这里与它斗争了多年，如果我们退却，它就会把我们连同这整个千佛洞全部吞没！我猛然间想起三年前周恩来同志在重庆鼓励我们要坚持干下去的话，于是我振作精神，抹去桌上的流沙，开始提笔写一篇直接向人民大众呼吁的文章。这就是后来刊登在同年12月14日上海《大公报》上的《从敦煌近事说到千佛洞的危机》一文。在文中，我提出了与流沙的斗争关系着中华民族文化能否万世永存的问题。

后来我们陆续收到寄自祖国各地的好心读者的来信，信中对我们千佛洞的工作表示热情的支持。其中有一封署名"扬"、来自上海的信，热情地称我们为同志，他说："你们的艰苦工作我们不但知道而且经常在关注你们，望坚守岗位不屈不挠地继续努力，坚持保护敦煌艺术宝库的工作，直到即将来到的全国人民的大解放。"

鉴于我在上海受到恐吓的经验，为了防止国民党隐藏的匪特与溃败的军队相勾结而破坏和劫持千佛洞文物，我们曾组织了一个保卫小组，日夜值班、放哨。我们还在石窟群最高的第130、156、159等窟内储藏了干粮、咸菜和水，集中人力和几支破旧的步枪，准备情况危急时，坚守石窟，与敌人进行战斗。

第一次见到解放军

1949年9月28日，解放军解放敦煌县的当天，城内万人空巷，欢声震天，我们也在千佛洞升起了红旗，一时弄不到爆竹，有人便到佛殿上去敲钟击鼓。钟鼓声和人的欢呼声响彻了千年沉睡的峡谷，宣告这座近百年来受尽帝国主义劫夺和国内反动统治摧残的民族艺术宝库终于回到了人民的怀抱。

第二天早上，我们迎接了第一批打垮国民党军队而来到这里的解放军官兵，他们一个个生龙活虎而又和蔼可亲，真是名不虚传的人民子弟兵。我们招待他们参观洞窟，由于人多，便分成几队，我们向他们进行讲解。

由我陪同讲解的队伍中，有一位骑兵师的张师长，他笑着对我说："你看，我们是不是三头六臂、青面獠牙像蒋匪帮所宣传的那样怪物？"

我禁不住也笑起来，回答说："没有人相信他们说的鬼话，他们自己才是十恶不赦、杀人放火的强盗呢！"我告诉他，就在解放敦煌的前几天，他们到处杀人抢劫，还扬言要来千佛洞，我们为此不能不有所戒备。

我带领他们参观到第130、158等窟高处用沙包临时构筑的工事以及预藏的枪支弹药、干粮、水和铺盖，他不禁用赞叹的口气说："很好，很好。别看你们文质彬彬，到了紧要关头还真有两手哩……现在，我们来就是接替你们保护石窟，不用再担心敦煌石窟艺术会遭到坏人的破坏了！"

张师长说罢，从口袋里掏出一本小册子来，那是北平（即今北京）解放后以郭沫若为首的北平文化界对全国文化工作者发出的宣言。文中说，只有依靠中国共产党和毛泽东思想，文化工作者才有出路，呼吁人们在新的形势下努力学习，加强自我改造。小册子里还刊登了郭氏到达北平时在火车站即席向新闻记者发表的激动人心的诗句："多少人民血，换得此和平！"

几天后，我被敦煌县人民政府邀请去参加全县胜利解放的"军民联欢庆功大会"，一进城，不料这座一向死气沉沉的沙漠中的孤城，现在忽地活跃异常，到处红旗招展，锣鼓喧天，人人笑逐颜开，万家欢腾。

我正在人群中观赏这种新气象，冷不防一个解放军战士从街心里窜出来把我拖进秧歌队里去，我从没有跳过这种民间的舞蹈，但在那位战士的帮助下，踏着音乐的节拍，我也模拟着人们的动作，笨拙地转动身子跳起秧歌舞来。这是我有生以来第一次深切感受到与自己的解放者和工农兵群众一同庆祝解放的欢乐。

周总理鼓励我干一辈子

第一个国庆节刚过，我们意外地接到发自北京的郭沫若先生的电报和西谛（即郑振铎）先生的信。1945年，郭曾与敬爱的周总理在重庆敦煌艺术展览会上给过我们宝贵的支持，是1948年敦煌艺术在上海展出时最大的赞助者之一。他们代表首都文化界分别对我们的工作给予充分的肯定和热情的鼓励。

无人过问、默默无闻地在边远的西北荒漠中苦斗了近八年的人们，今天忽然受到来自人民首都的慰问和关怀，其兴奋和感激的心情是无法用笔墨形容的。

1950年冬，我接到文化部社会文化事业管理局郑振铎局长的指示，要我将我所历年完成的全部壁画摹本带往北京展出，这是新生的人民中国对我们工作的第一次检阅，莫高窟的人们莫不兴高采烈地积极筹备着。

这是一个大型的展览会，是在文化部社会文化事业管理局的直接领导下由敦煌文物研究所在北京历史博物馆、北京大学、清华大学、中央美术学院等有关单位专家们的协助下进行筹备的。经过四个月的努力工作，于1951年4月下旬筹备就绪。

在展览会开幕前的一个星期天下午，其他的工作人员在休息，我和北京历史博物馆的张秘书在故宫午门的城楼上对整个展览做最后的检查，忽然接到中南海打来的一个电话，说有一位中央首长来会场参观，要我准备接待。

当天下着蒙蒙细雨，从天安门开进来一辆小轿车停在午门下，一位首长在一位陪同人员的跟随下，矫健地径直登上午门城楼来到展览会场，原来他就是我们敬爱的周总理。我迎上去紧紧地握着他的手，望着他慈祥微笑的面容，久久说不出话来。我心想，总理日理万机，居然会抽时间来关心我们的展览会，怎么不叫人感到激动和幸福呢！他那轻车简从、平易近人的态度，使我马上静下心来，毫无顾虑地与总理攀谈起来。

这是解放后我第一次见到周总理。从那次重庆展出敦煌壁画摹本以来，周恩来一直鼓励、支持我们的工作。他问到我们在敦煌解放前后的工作和生活，以及敦煌艺术的历史和这次展出的内容，等等。然后，他逐个展室地进行检阅，对于一千数百年来我国历代劳动人民在敦煌石窟所创造的艺术成就给以高度的评价。

当总理看到展品中有关近50年来帝国主义分子在敦煌石窟进行劫夺和破坏我国文物的罪证时，他说："这很好。这些铁一般的证据，雄辩地说明了帝国主义者如何用各式各样巧取豪夺的方法来破坏我国的文化，掠夺我们的财富。这就是我们的文化工作'古为今用'、为革命的政治服务的一个重要方面。"说到这里，总理充分肯定了我们多年来在沙漠中艰苦工作的成绩。他说，我们的工作在一定程度上起到了毛主席所希望的团结人民、教育人民、打击敌人的作用。在详尽地了解了我们在敦煌石窟工作和生活的情况以后，总理说，你们有困难，可以向领导提出，设法解决，并鼓励我们"决心做一辈子敦煌文物的保护和研究工作"。总理的每一句话，都深深地感动了我，我当时以激动的心情向总理表示了要一辈子干下去的决心。

千佛洞成了全民的财富

当时，全国正在掀起抗美援朝群众运动的热潮，我们的展览会对向广大人民进行爱国主义教育和揭露帝国主义侵略本质起了一定的作用。

敦煌文物展览会于1951年4—6月在故宫午门城楼上展出，每天成千上万的观众拥挤在各个展览室里，争相浏览1120件各个时代的壁画和彩塑的摹本、实物、图表和摄影资料等，并仔细聆听工作人员的讲解。观众的热情给我留下了深刻的印象。

这是建国以来最大的文物展览会，取得了很大的成功，首都各报刊纷纷撰文介绍，并对我们研究所的工作表示赞赏。6月初，政务院文化教育委员会主持召开了一个发奖大会，给我们研究所的全体工作人员颁发了奖状和奖金。当郭沫若副总理把一张4尺×2尺（即约133厘米×66厘米）、用富丽堂皇的敦煌唐代图案装潢的奖状交到我手里的时候，我幸福的泪水夺眶而出，心头思潮翻滚。

半个世纪以来的令人痛心的往事一幕幕地展现在我的眼前。大家知道，1900年5月26日敦煌石窟藏经洞的发现，是20世纪初期我国文物考古方面震撼世界的伟大发现。它把我国中古时代4世纪到14世纪千余年间政治、经济、军事、天文、地理、历史、文学、艺术、民族关系、宗教信仰等，以活生生的逼真的艺术造型和文字手卷公之于世。

由于清代封建王朝的腐败屡弱，以及地方官吏的昏庸无知，自1907年以来，斯坦因（Sir Aurel Stein）、伯希和（Paul Pelliot）、柯斯洛夫（P.K.Kozlov）、勒哥克（A.Von.Le Coq）、格仑俄特（A.Grunwedel）和橘瑞超等帝国主义分子纷纷窜来敦煌千佛洞，对发现藏经洞的王道士采用利诱、诓骗、恐吓、威胁等软硬兼施的手段，先后盗走数以千计的经卷、文书、刻本、佛画、丝织物等珍贵文物。他们各以其盗窃所得，据为己有，作为"善本""珍品"封闭在伦敦、巴黎、列宁格勒等地的博物馆和图书馆中，不让中国人过目、抄写、拍照，并扬言只有他们"才有资格和条件研究'敦煌学'"。他们把自己打扮成所谓的"敦煌学"权威，并厚颜无耻地说，是他们发现了"敦煌学"，是他们救出了敦煌文物……这真是强盗逻辑。

这样的日子已一去不复返了，现在，敦煌石窟艺术文物已全部掌握在我们自己手中，成了全民的财富。那些被盗去的善本什么的，不管怎样说，也只是敦煌文物的一部分而已，石窟艺术本身才是敦煌文物的主体。今后，我们要永远做它忠实的守护者。一个空前未有的保护和研究计划即将逐步地全面展开。

访问印度和缅甸

1951年秋，应印度和缅甸两国政府的邀请，我国派出了一个由三十多位有关专家组成的文化代表团访问了上述两国。代表团由丁西林、郑振铎和李一氓率领，我也为成员之一。为了做好加强邻邦之间文化联系和友好交往的工作，我们在北京一段时间做了准备和学习。在此期间，周恩来总理对我们多次亲切地指导。有一天，他笑着对我说："你这次带了敦煌艺术去印、缅访问，既要'献宝'，也要'取经'。看来任务不会比唐代高僧玄奘西游轻松多少呀！"这话，给了我及时的启发和鞭策。

从1951年10月到次年1月，我随中华人民共和国文化代表团先后访问了印度和缅甸，在这为时两个多月的访问中，我们参观了这两个国家的数以百计的文化古迹、艺术、科学、教育等单位。在几个大城市举办了新中国建设成就展览会和敦煌艺术展览会，并举行了有关学术性的座谈会和报告会。

配合敦煌艺术展览会，我做了有关的学术报告。印度观众对我国保存了如此完整的诸多佛教艺术品表示惊讶和钦佩，看到我们展出的第61窟宋人画的从《燃灯佛授记》《乘象入胎》《树下诞生》一直到《涅槃》《分舍利》等32幅佛传故事画，认为是世界佛教艺术中罕见的珍贵的历史画。他们对画里的人物和服装所表现的宋代民族特点，画得如此生动而自然，特别地赞赏。

在交谈中，有些印度佛教徒颇有感触地对我说，他们举世闻名的阿旃陀29个石窟的壁画，在英国统治时期，以保护为名而涂上了黄油，现在多已变成漆黑一团，画面上什么也看不清楚了。我告诉他们，我们敦煌的石窟壁画也几乎遭到同样可悲的命运。1942年，在我去敦煌之前，国民党政府高等教育司司长吴俊升，曾命令我采用英国人在阿旃陀用黄油的办法来保护敦煌壁画，我当时认为没有把握，后来也就没有照办。这说明了，保护民族艺术必须依靠自己，如果仰仗外国人，任意受人摆布，是很危险的。

我是一个美术考古工作者，过去在欧洲看到希腊、罗马时代遗留下来不少的好的雕刻和绘画，但那些陈列在巴黎、伦敦、柏林等处的美术雕刻，大都是帝国主义者从殖民地劫夺的一些零星片断。细部的造诣固然不错，但却看不到完整的艺术气魄。几千年来古代人类文明的历史遗产，如埃及的金字塔、希腊的帕戴龙、印度的阿旃陀和爱罗拉、中国的敦煌和云冈，没有哪一件不是劳动人民的智慧与毅力所创造的艺术杰作。很多是以整座石山，雕凿出既是细致入微、生动自然的人物形象又是互相组合、统一完整的气势磅礴的艺术整体。

这次出国访问，对我们这个新生的人民共和国加强与邻邦之间的文化交流和友谊，作出了贡献。对我个人来说，也打开了眼界，增加了很多有关东方佛教和佛教艺术的感性认识，对我今后研究祖国的佛教艺术是十分有利的。

更好地展开临摹工作

自 1951 年起，敦煌文物研究所成了中央文化部文物局的直属单位。从此，研究所的工作，不论人力、财力、物力以及方针、政策的指导等，都大大地比从前加强了。我们思想上也开始明确了，对文化遗产的保护工作是我们国家经常性的文化建设工作之一。中国长期的封建社会中，创造了灿烂的古代文化。通过学习毛主席的著作，我们认识到清理古代文化的发展过程，剔除其封建性糟粕，吸收其民主性精华，是发展民族新文化、提高民族自信心的必要条件，但是绝不能无批判地兼收并蓄。对古代文物，应从批判它的封建性糟粕着手，才能吸收其民主性精华，才能对民族文化起到积极的借鉴作用，以达到古为今用的目的。

1953 年，文化局指示说："敦煌艺术的临摹工作是发扬工作也是研究工作。要了解壁画遗产必须寓研究于临摹之中，通过临摹来熟悉古代艺术传统，从而古为今用，推陈出新，才能进一步发扬优秀的艺术遗产。"从此，对艺术品的临摹工作提到了更高的议事日程上来了。

解放前，由于经费、物资的缺乏，我们的摹本，除少数代表作外，一般都是采取缩小临摹本的方法，二分之一，或四分之一，或更小的。1951 年在北京展出时，曾受到一般观众和专家们的批评，他们要求对壁画做原大、原色的临摹。

现在条件具备了，上级领导要求我们，不但对千佛洞的重要作品做原大、原色的客观临摹，而且还要做纪录性的全面摄影。临摹工作者通过临摹，不但要掌握壁画艺术的技法、用色、用笔、建筑物和山水的布局，而且还要熟悉摹本的主题内容。这样一来，一切有关美术史、佛教史、图像学、哲学、社会学等的学习和研究，就成为当务之急。为了满足这一系列工作的需要，在上级领导的大力支持下，我们在短期内，从国内外购置了一大批重要的图书参考资料，开始设立了一个粗具规模的图书资料室，研究工作得以逐步地顺利展开。

另一方面，鉴于过去所用颜料质量低劣，摹本严重地变色褪色，上级领导责成我们要研究敦煌古代壁画颜料至今不变的原因，并提出，为了保证摹本质量，必要时可以采用石青、石绿、朱砂、赤金、白银等过去我们不敢奢望的名贵材料。在这方面，北京的故宫博物院支援了我们一批他们珍藏的石色颜料。一些地质勘探队还为我们物色到朱砂等贵重颜料的矿石，供我们研制成品。为此，我们还添置了一套手工和电动两用的球磨机。

从1952年开始，我们集中所内有多年临摹工作经验的人，开始整窟原大、原色的临摹工作，经过商讨研究，大家选定首先临摹第285窟，这是个保存完好的西魏时期的代表洞窟，有大魏大统四年、五年（538、539）的题记，历史和艺术价值都很高。1926年，美帝国主义分子华尔纳曾在1924年得手以后又第二次来到千佛洞，企图把这个洞的整窟壁画剥离盗去，终因当地人民抗拒未能得逞。临摹工作者夜以继日地忘我劳动，用了整整两年的时间，一幅5米×12米的第285窟原大、原色大壁画的摹本终于顺利完成了。

这件大型作品，曾先后在北京、上海和日本的东京、京都等地展出，普遍受到人们的欢迎和赞扬，认为这件作品是壁画临摹的出色成就。

为了进一步提高临摹的效果和改善职工们的工作条件和生活条件，文化部于1954年拨了专款，为我们购置了一台中型发电机、一台电影放映机、一辆汽车，此外还有大批摄影器材，并调来摄影、司机、电工等专职工作人员。

电灯照亮了黑暗的洞窟

新的工作和生活条件的改善,对我们在旧社会有过长期苦难经历的人来说,真是两个世界两重天!

回想当年初来千佛洞时,我常常赶着一辆木轮的老牛破车几步一停地奔走于城乡之间漫长的沙漠道上,当年是用镜子反射阳光进洞,一手执小油灯、一手作画。

我们多么渴望有这样一天的到来啊!

1954年10月25日,是千佛洞有史以来空前的一个值得纪念的日子,这晚上,新安装的电机开始发电,同志们早早地提前吃了晚饭,坐在洞窟中临摹壁画的架台上,看着新安上的灯泡,等待光明的到来。

8时整,电工按照预定的时间把电机发动起来,顿时,只听见千年沉睡的三危山和鸣沙山之间古老的峡谷里轰隆轰隆震撼人心的声音。当时,我听得轰鸣声,急忙从下寺跑出来,一下子冲进第16窟甬道中的第17窟那个有名的藏经洞中去。这个白天和暗夜一样漆黑的小小的洞窟,突然被一只一百支烛光的电灯泡照亮了,这是奇迹。

我要亲眼看看,在强烈的灯光下这座半个世纪以来历经劫难的石室纤毫毕露、空无所有的现实情况。我对北壁上那两幅唐代供养仕女画像审视良久。她们从这个石窟创建时起,就寸步不离地看守着石窟中的一切,她们是藏经洞惨痛历史的唯一见证人。现在,在明亮的灯光下,我看见她们正在向我露出动人的微笑,这是多么令人动心的幸福微笑啊!这是足以与世界名画《蒙娜丽莎》相媲美的另一种具有东方风格的"永恒的微笑"。我立即拿出速写本,感情激动地把这种"永恒的微笑"勾勒出来,记下这幸福的一瞬间,以表示我对中国共产党和毛主席终身难忘的感激。

然后,我从第17窟出来,向南奔向同志们正在赶制壁画摹本的几个照耀如同白昼的洞窟。只见一位女同志站在摹本的前面,手里握着画笔,正在出神地痴望着有点闪烁的日光灯管,迟迟没有动笔。

我知道她因为长期在黑暗中工作而损坏了视力,并且犯了色盲的毛病,便劝她说:"还是歇一歇吧,这闪动不定的灯光会加重你的眼病的。"

"不。"她委婉地谢绝了,接着激动地说,"太好了,我们梦想了多少年啊!这么好的工作条件,如果我们不抓紧时间把工作更好地赶上去,还像话吗?"我注意到她的脸,扑簌簌地滚下两行眼泪来,在灯光下闪着白光,这是比语言更感动人的幸福和感激的泪水。

重点保护自然毁损的洞窟

新中国诞生后,中央人民政府连续发布了一系列有关保护文物古迹的法令。过去长期存在的那种任人盗卖文物和对祖国文化遗产无人过问、任其自生自灭的无政府状态逐渐得以改观,人们对文物保护工作有了比较正确的认识。随着管理工作的加强,来千佛洞参观游览的人越来越多,任意毁损壁画、彩塑或在墙壁上涂写"到此一游"的现象也越来越少了。

自从本世纪初石室藏经被发现以来,从愚昧贪婪的王道士手中断送给帝国主义分子和当地官僚地主们的就有近两万卷的写经文书及唐宋卷轴幡画。新中国成立前,在反动政府的默许和纵容下,敦煌文物被奸商恶霸作为捐官致富的资本。有一个时期,流散在民间的文书写经曾有过以尺寸、以行字来沽售的市场,也出现过伪造敦煌文书的作坊。

现在,由于一系列新的文物政策法令的发布与广大人民群众对于文物有新的认识,许多人觉得这些劫后仅存的散落在民间的文物不应据为己有,而应是国家的财产。敦煌县城一个中药店里的店员,自动地无条件地把他祖父收藏的出自敦煌藏经洞的唐人画的两幅白描菩萨绢画捐献给研究所收藏。新中国成立初的几年中,由捐献和收购得来的文物还有:一卷唐人写的著名的《说苑》,汉玉门关遗址出土的有"敦煌长史"封泥印和题记的汉简,唐代天宝年间胡奴多宝的卖身契，宋代木制回鹘文木活字，元代也的米矢买人契等。

从 1951 年开始，我所保护工作的重点从防止人为破坏转移到防治自然损毁方面。

敦煌石窟修筑在一种由卵石和钙化沙土结合的岩层上，属于第四纪酒泉系砾岩。地质年代并不太远，易于风化散落。所幸这里雨水极少，否则雨水冲刷就会造成毁灭性的后果。这里最大的威胁是来自每年春冬两季的大风沙，风势凶猛而持久。往往一夜风沙，就在廊道上和窟洞上形成一座座沙丘，阻碍交通，有时还导致洞窟崩坍。窟内经常性的危害是壁画的色彩和形象被磨灭、起甲和霉烂。

针对这种情况，在中央邀请的古建筑维修专家的帮助下，我们开始对敦煌石窟采取治本与治标相结合、临时与永久相结合、由窟外到窟内逐步进行抢险和加固工程的工作方针。窟外部分，又分成抢修和加固岩壁、设置洞窟门窗、修造防沙墙、植树造林等几个步骤来进行。窟内部分，采用高分子原料的卡塞因和阿古立拉等化学混合液注射，消除近年日渐严重的壁画酥松、起甲、发霉、脱落等病害现象。这种措施虽然暂时也解决了一些问题，但是高分子化学原料的作用并不能持久，看来还需要进行新的试验和探索。

绝不会再受人劫夺破坏

说到文物保护，我想起 1944 年初秋发生的故事。

那是我们来到千佛洞的第二年，由于重庆国民政府教育部的渎职和拖欠，我们的经费奇缺，工作和生活条件极端困难。为了维持日常必需的城乡之间的联系，我们凑钱低价买了两头毛驴和一匹老马，这是我们的唯一交通工具。因为找不到储藏牲口草料的库房，负责喂养牲口的同志异想天开地看中了中寺后院一间大约三米见方的土地庙，没有其他办法，我只得同意了。

庙里面并排着三个大约是财神、土地、龙王的坐像，是 19 世纪中叶清代的遗物。艺术价值不大，但作为文物，在未作鉴定之前，还须妥为保管，因此，我再三叮咛把神像移到别处好好保存起来，不得损毁。

人们按照我的嘱咐把神像搬离了土台子，发现每座神像都用一段木料作为固定的中心支柱。其中有一个姓杨的泥工，认出那是桃木。按照封建社会迷信的说法，鬼怕桃木，因而可以避邪。老杨用力一抽，整根桃木便从神像腹中抽出来了。

塑造神像，坯子一般是用草和泥捆扎的，但这三座神像却不同，而是用古人的写经紧紧地捆扎在桃木上，也没有用泥水，所以解开看时非常干净和完整，粗粗检视一下，认为这些文书很可能是距当时大约1500年前的北魏手写的佛经。更令我惊奇的是，这些写经用的米黄色纸张又细又薄，好似刚从纸厂生产出来的一般，墨色晶亮，笔画清晰遒劲，如此的纸光、墨气真是令人倾倒。

这天是1944年8月30日，我们正接待来自重庆的几位文化学术界的朋友，其中有著名的考古学家夏鼐、敦煌艺术研究者向达和阎文儒等专家。这个发现惊动了这些专家，在他们的指导下，我们对这些文书进行了初步整理。

根据纸张、书法和三个明确的题记年代判断，肯定了这些新发现的文书乃北魏人的写经残卷，共65卷。其中有兴安三年（454）五月十日谭胜写《弥勒经》，前凉和平二年（355）十一月六日唐丰园写《孝经》和《毛诗》残叶，太和十一年（487）五月十五日写《佛说生死得度经》，以及六朝职官花名册等经卷杂文等共66种。

这次发现，是继1900年震动世界的敦煌藏经洞之后又一次重大的发现。经卷数量虽然不多，而且出自偶然，但是在敦煌千佛洞发现，其意义却是很大的。

据现已去世的当时70岁的上寺主持老僧易昌恕回忆，土地庙和上寺同时建于清道光十一年（1831），早于1900年石室藏经的发现69年。这就可以断定，这次新发现的文物，绝不是第17窟藏经洞里的东西。这给我们提出了有趣的问题：在第17窟藏经洞发现之前，千佛洞是否还有过一次类似的发现；这里的石窟群中，今后可不可能再有新的藏经洞的发现。当时正在我所做客的夏鼐等专家和所内的同事们都很兴奋。

现在可以肯定，新中国如果再有新的发现，绝不会再有被人任意劫夺、破坏的事情发生了。

做一名无产阶级文艺战士

解放初期，投身于席卷全国的政治学习热潮，使我对中国共产党及其政治纲领、各方面的方针政策，都有了进一步的认识。特别是从我在新、旧社会几十年生活的亲身经历对比中，我清楚地看到，只有中国共产党和社会主义的国家，才能正确地理解和重视祖国传统文化艺术的保护、继承和发扬的。

证诸敦煌石窟的历史，远的且不说，自从本世纪初藏经洞发现以来，不论是在清代封建王朝、北洋军阀，或是国民党政府，都不能阻止外国帝国主义分子和冒险家等对我国古代文物的肆意盗窃和破坏。现在好了，这座举世无双的民族艺术宝库从此有了忠实可靠的守护者和继承者。我感到有生以来从未有过的兴奋和幸福，我将为它献出我一生微薄的力量。此时，我认识到，"共产主义是社会生活和个人发展的理想的真正实现"（《马克思恩格斯早期著作集》俄文，1956年版第588页）。

1956年，我向研究所的党组织提出了入党申请。不久，我荣获批准，被接纳为中国共产党党员。从此，我意识到自己是一名无产阶级的文艺战士，不论是在改造客观世界还是在改造自己的主观世界，落在自己肩头上的责任就更重了。

忠实临摹和摄影大规模展开

自从工作条件和环境大为改善以后，壁画临摹和全面摄影的工作开始大规模地展开。这是现代各国配合考古发掘而开展的一项永久保存文物的有效方法。

临摹古画，本是中华民族绘画传统中不可缺少的。我们的先辈一向主张临摹，不仅要客观地临摹绘画的形与色，而且更重要的是神态、笔墨气韵。宋代著名画家米芾（1051—1107）曾说过："画可临可摹，书可临不可摹。"他认为"摹"画在于外表的效果，而"临"画则是需要通过理解绘画整个神态和笔墨气韵。临摹，就是力求把一幅绘画作品从"形似"到"神似"都忠实地再现出来。

大家知道，印度阿旃陀壁画的临摹工作是由英国女画家海林岗（Aerringham）于1896—1897年进行的，当时海氏和她的几个助手，用两年工夫一共临摹了百余幅阿旃陀壁画，使这个埋没在德干高原的古代印度绘画艺术公之于世，在伦敦举行了一次轰动英国的阿旃陀壁画摹本展览会。但这些摹本是用英国传统素描勾勒和水彩烘染的技法表现的，很难体现出印度东方壁画那种厚朴生动的特点。可惜这些摹本在一场火灾中，全部被焚毁了。

东邻友邦日本奈良法隆寺的金堂壁画，由名画家入江波光、桥本明治、中村宏陵等二十余人用10年时间精心临摹完成的，可算得上是近代世界美术史一项重要的科学文献性的纪录工作。金堂壁画不幸于1949年初漏电导致的火灾中烧毁了，现在幸亏有那些摹本代替了壁画真迹，成为存世的"孤本"，列入日本的国宝。

敦煌石窟艺术的临摹工作，从1943年算起，至今已有30余年的历史了。新中国成立前的七年，由于人力、设备等条件的限制，规模不甚大，收获亦少；只有新中国成立后的二十多年，才算走上了轨道，取得了像样的成绩。我们的临摹工作，前后大约有三四十人参加，临摹了北魏、隋、唐、五代、宋、西夏、元等各时代的壁画代表作品共计1300多平方米。

我们就是选用这些摹本，前后大约30次在国内外举办的敦煌艺术展览会中展出。除了若干幅整窟原大的摹本外，还有近两千幅各时代的代表作品和各种专题的集锦。这些摹本客观地体现了公元4世纪到14世纪千余年间敦煌艺术的主题内容和时代艺术风格的发展演变。在国内，批判地提供了新艺术创作的借鉴；在国外，使国际友人认识到，除了斯坦因、伯希和、华尔纳、柯斯洛夫、橘瑞超等盗劫的部分宝藏外，敦煌石窟还有这样丰富的艺术遗产，受到共产党和人民政府的保护和重视。

首次与日本同行们交往

1957年末至1958年初，应每日新闻社和日中文化交流协会的邀请，我们敦煌艺术展览工作团一行四人访问了日本。从1月5日到2月16日，敦煌艺术展览先后在东京和京都举办。我为团长，李承仙作为团员同行。

这次我们带了三百多件展品，其中包括上文提及的那幅5米×12米的第285窟整窟原大的摹本，在一个多月的展出期间，参观者达10万多人次。来自观众的，特别是日本文化界同行们的热烈赞赏，给我留下了极其深刻的印象。

在东京的展览会场上，我见到《敦煌画之研究》的作者松本荣一先生，他紧紧地握住我的手说："今天亲眼看到你们这样丰富的艺术展览会之后，我才感觉到我知道的敦煌艺术实在太少了，太片面了，因为我是根据伯希和的《敦煌图录》和斯坦因有关敦煌报告中的插图进行写作的。它们最大的缺点是单色的黑色照片，而且又是非常小的照片，今天看到你们原大原色的杰出摹本，对我启发很大。"

美术史家今泉笃男先生说："我们多少年来埋头在埃及、希腊、罗马等西方古代美术史的研究中，了解西方世界人类艺术创作演变的历程，却没有料到敦煌北魏时代壁画具有那样朴实浑厚而又富于表现力的风格。在这种风格中，不但可以意味到汉晋绘画气韵生动的传统，而且还可以看出北魏早期敦煌壁画大刀阔斧的气魄，是现代派绘画的前驱者。"

美术评论权威柳亮先生说："从敦煌早期壁画中，可以体味到埃及古墓壁画的风尚，可以看到拜占庭艺术和罗马艺术的风尚……不管希腊、罗马艺术如何崇高……我说敦煌艺术是虎虎有生气的东方人类文明的曙光，是20世纪现代绘画的祖先。"

考古学家驹井和爱教授说："战后日本青年一味崇拜希腊、罗马……认为东方没有什么古文化可以研究学习似的；在参观了敦煌艺术展览之后，他们都惊叹敦煌艺术的高超和过去崇拜西方文明的盲目性。有些人看了敦煌唐代壁画后才进一步认识到古代日本和古代中国是同文同艺的，原来日本飞鸟、奈良时期的古文化是从中国隋唐时代传过来的。法隆寺第六壁阿弥陀净土变中的佛、菩萨像与敦煌第57窟北壁初唐说法图的佛、菩萨像，俨然如同出自一个粉本似的……这一切可以说是历史的见证。今后我们应该面向东方，从东方民族文化的基础上发展我们的新文化。"

考古学界的权威原田淑人博士说："敦煌艺术是日本艺术的根源。"

日本天皇裕仁的弟弟三笠宫先生参观展览后说："敦煌艺术是日本艺术的原型。"

《每日新闻》还刊出了《敦煌——东洋美术宝库》，末页列举一些实例，将日本自8世纪到17世纪1000年中的著名绘画与敦煌壁画作了对比，这是研究中日文化交流关系非常有说服力的资料。

通过面对面的座谈、讨论、讲演以及广播、电视、电影、出版物等渠道，与日本朋友进行广泛交流，我获益匪浅。日本文化界同行们一个个诚挚而友善的音容笑貌，以及充满友好热烈气氛的各种集会的场景，至今回忆起来仍然历历如在目前，特别是前日中文化交流协会会长片山哲老先生，他在展览会开幕式上热情的讲话，春节时（访日期间适逢佳节）给我们这些远离家乡的人拜年，羽田机场上依依惜别的情景……永远深深铭记在我的心头。对他最近的溘然长逝，我谨致以沉痛的悼念。

研究工作顺利开展

敦煌文物研究所的工作，当然并不只是临摹和介绍，更重要的是如何保护和进一步用马克思主义、列宁主义、毛泽东思想在批判分析基础上的研究。

根据中央文物局的指示："敦煌艺术的临摹工作既是保护文物的一种手段，也是分析研究古代艺术遗产演变发展的重要实践。"近年来，我们在进行临摹工作的同时，研究和保护文物的工作也在顺利地开展。

在延绵1公里长的千佛洞岩壁的北端，有很多如蜂房的小洞窟，有的小到只能容一人栖身，有的洞内还找到当年遗留下来的调颜料的破陶碗、秃笔管和小油灯盏。这些小洞窟是千百年前各时代的无名画工和塑匠借以栖宿的地方。想到他们在封建统治者的奴役和压迫下，用一些极端简陋落后的工具，竟能创造出如此灿烂辉煌的艺术作品，这些古代民间的艺术匠师们具有何等令人惊羡和敬佩的毅力和才智！

通过临摹，通过对各时代壁画中的人物、山水、花鸟等的描绘、着色、勾勒、烘染等的研究，我们可以看出这些古代的无名艺术家高度的艺术造诣和创造革新的精神。他们突破了佛教和来自西域的佛经题材与佛像量度、仪轨等的清规戒律，在民族绘画传统的基础上，兼收并蓄，为我所用，从各方面反映了当时的社会生活，表达他们对善恶的颂扬和批判、对于美好生活的憧憬和向往，从而创造出既富于时代特点又富于生活气息、现实感的杰出艺术成果。在千百年后的今天，仍然是栩栩如生的动人景象。

但是，敦煌艺术是以宣扬佛教为主的宗教艺术，当时它具有如此有生气的艺术感染力，因此也就含有一定的迷惑和欺骗人民的因素。马克思说："宗教是麻醉人民的鸦片。"毛主席说："中国现时的新文化也是从古代的旧文化发展而来，因此我们必须尊重自己的历史，绝不能割断历史。但是这种尊重，是给历史以一定的科学地位，是尊重历史的辩证法的发展，而不是颂古非今，不是赞扬任何封建毒素。"

因此，我们的研究工作始终应以马列主义、毛泽东思想为指导思想，应以历史的、辩证的观念进行批判分析，扬弃其封建性糟粕，吸收其民主性的精华，以供发展民族新文化、新艺术借鉴。

从 50 年代末到 60 年代初，全国各地大专院校的一些毕业生充实了我所的研究队伍，他们与所里老年的和中年的同志们一道，对这个浩如烟海的古代艺术宝库进行认真的探索和研究。

敦煌早期壁画，乃出自五胡十六国拓跋氏的画工之手，他们的粗犷放达、富于汉画传统的生动笔触，所绘来自印度的佛教菩萨、飞天形象，还带有域外袒胸裸臂的风尚。到了隋代，敦煌壁画中的人物线描已趋向细致圆润，正如中国画史所说："隋代画家展子虔的人物描法甚细，以色晕开。"这种甚细的描法，一改敦煌粗描放达之风。而且，隋代的敦煌壁画中采用大量的赤金、白银、石青、石绿、朱砂等贵重颜料，这一切正反映了隋代皇帝的穷奢极侈和利用佛教麻醉人民之一斑。隋文帝在开皇元年（581）下诏大修佛寺，大造金、银、檀香、夹纻、象牙、玉石等佛像数以千百万计的时代风气，也传到了遥远的敦煌千佛洞。一直到唐、宋、元等代，敦煌壁画的民族绘画传统，更进一步显示了中原民族绘画传统的特点。这就充分证明了古代艺术匠师们如何智慧地去芜存菁、外为中用，使敦煌艺术成为广大人民喜见的古代民族艺术。

为了贯彻古为今用、推陈出新的方针，我们在临摹的基础上，经过分析批判，也尝试创作富于时代特点的新壁画。另外对于石窟历史的分期和排年，我们也初步做了系统研究和鉴定的工作。

连成一部完整的中国美术史

为学术研究作参考的资料和图书也在不断地补充和增加。有些是向国内外购置的，有些则是用我们自己的著述和资料与国内外有关单位交换的，到目前为止，我们共拥有 2 万多册有关敦煌研究的专著和 2 万多幅有关的图片。中国科学院还把失散在国外的敦煌写经全部复制成近 7000 个缩微胶卷，无偿地赠送给我们，丰富了我们的收藏。新中国成立以来，我们在敦煌地区发掘和收购，也增加了为数不少的贵重文物。

我们历年在洞窟维修工程中，陆续发现了不少被沙掩埋的和暗藏的洞窟，石窟的总数不断增加，从解放前的309个增加到现在的492个，共增加183个新发现的洞窟。在有些保存比较好的洞窟内，还找到了一些有价值的历史文献和其他重要文物。

中国历代的美术史，只见诸零散的文字叙述，而没有作品实物的流传，敦煌艺术可以说是稀世的伟大的存在。它是宗教的艺术，但也是民族的民间艺术。虽然有人至今仍然否认它是正统的中国民族艺术，但是证诸中国画史和近年出土的汉唐墓室壁画，不能不承认敦煌艺术是4世纪到14世纪一脉相承的民族传统艺术。敦煌壁画制作技术当然与中国传统的宫廷卷轴画有所不同，但它所反映的粉本技法还是足以代表各代民族风格的。

这一座从北朝到元代1000多年内容丰富多彩的492个洞窟的壁画，系统地填补了《历代名画记》和《图画见闻志》等中国著名画史所空缺的图录，补充了宋元以后就散失了的历史名画真迹，它本身就是一部活生生的中国中世纪的美术史。由于它的存在，我们可以上接汉代出土墓室的壁画，下连永乐宫、法海寺等地的明代、清代绘画，一直和近代衔接起来，连成了一部完整的以图画为主的中国美术史。这对中国艺术今天的发展具有不容忽视的作用。这增强了我们这些长期在沙漠孤岛中埋头工作人们的信心和决心。

史无前例的全面加固工程

文物保护，是我所主要的经常性的工作之一。从1951年起，我们首先抢修了三座岌岌可危的唐代和宋代的木构窟檐，对石窟群的现状作了一次普查，并制订出一个初步的整修计划。为了弄清地下的埋藏情况，对石窟群从南到北进行了一次底层的全面电测。对一座早期北魏危险洞窟，我们采用花岗岩柱承重办法，修建了121米长的永久檐前栈道。我们用塑料化合物卡塞因和阿古立拉等液体注射法做试验，成功地粘补了一座严重起甲洞窟的壁画。对于重点洞窟，我们还安装了温湿度测验的装置、岩壁开裂的观测装置以及防风沙的风速风向的小气候测验装置，等等，初步建立起保护石窟的安全装置系统。在上述装置所得到的数据记录基础上，逐步建立了石窟保护和研究的资料档案。

壁画长期封闭在空气不流通的洞窟中，崖壁本身因气候变化而蒸发返潮等，致使壁画出现酥碱、龟裂、起甲及大面积脱落等病变。据统计，损毁壁画约占石窟全部壁画总面积的六分之一，共计7411平方米。壁画的加固和维修工程是大量的、刻不容缓的。经过摸索和试验，我们采用土洋结合的方法，用高分子溶液和矾胶水的混合体进行注射，得到了令人满意的效果。

1959年，为了进一步推进全所的工作，我写了一个报告，向文化部详尽地提出了如何加强保护石窟群的壁画和彩塑、如何防止石窟崖顶上鸣沙山向前移动危害石窟寿命等问题。这个报告文化部很重视。后来，文化部派了一个由文化部副部长徐平羽为首的包括治沙、古建、考古以及有关出版和电影摄制等十余位专家组成的敦煌工作组，到莫高窟来进行现场考察和研究。在一段时间内，解决了机械固沙、壁画修补复原、抢救危险洞窟以及有关研究资料的出版和彩色纪录片的摄制等问题。与此同时，并请有关专家作了有关石窟艺术价值、保护、抢修工程等的专题报告。文化部工作组的上述工作，给我们解决了研究石窟艺术的理论问题，也解决了保护和抢修工程的实际问题。这使我们认识到，这座历经一千数百年的民族艺术宝库，由于年久失修而险象环生，零星修补是无济于事的，必须尽早进行石窟群的全面抢修工程。

1961年，莫高窟被国务院公布为全国重点文物保护单位。

在敬爱的周总理的亲切关怀下，经过周密的勘探设计和研究，最后国务院批准拨给我们一笔相当可观的巨额经费，铁道部桥梁工程队承担莫高窟的全面抢修工程。

为了保证工程质量，铁道部从全国各地调来一百多个富有实践经验的桥梁隧道工程师和工人，共同研究，制订出抢修工程方案。根据这个方案，工程既要加固崖壁保证石窟的安全，同时还要保持古建筑的艺术形式与石窟外貌的和谐。

从 1963 到 1966 年，工程分四期进行。石窟群的南北两区总共约有 4040 米的长廊中，加固了 195 个石窟，用钢筋混凝土预制梁臂和花岗岩大面积砌体，对 360 多米的岩壁和三十余处有严重倒塌危险的洞窟彻底进行了加固。

这是莫高窟一次史无前例的全面加固工程，其作用不但对洞窟结构起到永久性的加固作用，而且还按照需要在有些地方加深了甬道，脱胎换骨地更新了风化的岩壁，彻底解决了石窟艺术品经常遭受风沙、雨雪和日照侵蚀的危害，从而防止了壁画变色、脱落等病变。

今天，布满在鸣沙山崖壁上的 492 个洞窟上下四层之间，都用钢筋混凝土浇铸预制的护栏回廊连接起来。唐代莫高窟全盛时期的那种巍峨壮观的"虚栏栈道"，可惜只见诸文献记载。当人们沿着牢固美观的回廊尽情巡礼浏览时，除了感到上下崖壁交通的安全便利以外，也能领略到千佛洞昔日的一些风采和气派。

严峻的考验

1966 年春夏之交，当我们正在积极筹备敦煌莫高窟 1600 年（最早的窟开凿于公元 366 年）的纪念活动时，迎来了"文化大革命"。

这场"伟大的革命"，莫高窟和我个人，都经历了一次严峻的考验。

作为一个敦煌艺术的保护者和研究者，我获益最深的是关于对"文化大革命"前新中国 17 年工作如何评价的问题。

新中国成立后的最初十年，毛主席革命路线在文艺战线的主导地位是不容否定的，革命文艺为无产阶级政治服务的历史也是不容篡改的。就以我们敦煌文物研究所的工作来说，在这 17 年中，在周恩来总理的亲切关怀下，遵循了毛主席的革命路线，坚持了毛主席提出的"古为今用"的方针，取得了一定的成绩，这是有目共睹的事实。

人们都知道，所谓敦煌学的研究，是从本世纪开始的，1900 年 5 月 26 日，当时主持敦煌石窟寺院的道士王圆箓，在第 16 窟甬道偶然发现了一个封闭了的宋代景祐二年（1035）约3米见方的秘密藏经洞，内藏公元5世纪至10世纪几百年间僧俗人等手抄的古代多民族文字的文书及绘画、织绣、版画、拓片等4万多件。

当时，面对这不可思议的意外发现，愚昧无知的王道士不知所措，随即报告当时敦煌县伪县长，那位不学无术但却狂妄自大的县太爷，竟以古人的书法不如他为辞，命王道士不必大惊小怪，再将洞窟封闭起来。

王道士还不死心，又悄悄地写了一个草单，"上禀当朝天恩活佛慈禧太后"，报功请赏。不想，1900年，八国联军攻进北京，大肆烧杀掠夺，清王朝惶惶不可终日，在这垂亡关头，丧权辱国的反动统治者实行对内镇压、对外投降的政策，随着不平等条约一个接一个地签订，中国成了各国冒险家的乐园。外国强盗，武装的和"文明"的，在中国大地上横行无阻，竟相肆无忌惮地劫夺祖国各地的文物宝藏。晋代大画家顾恺之的《女史箴图》，这样一件稀世之宝，就是这时被抢走的。

1902年，一些垂涎中国西域文物的外国专家、学者，在德国汉堡开了一个所谓的国际东方学术会议，一个曾于1879年到过敦煌的匈牙利地理学会会长鲁克西，在会上谈到了敦煌石窟艺术宝库，并叹为冠极世界。从此，帝国主义国家的"专家"们便接踵而至，与王道士相勾结，把藏经洞四分之三的重要宝藏先后盗劫而去，称为敦煌学资料。有了这许多"赃物"，他们竟然厚颜无耻地宣扬，只有他们才有资格研究敦煌学。这真是地地道道的强盗逻辑。

1911年，清王朝覆灭了，来了个民国，在蒋介石反动政府的统治下，国家的地位并没有本质的改变。敦煌艺术研究所也是名存实亡，一任我们几个工作人员在沙漠瀚海苦寒酷热里吃尽苦头，从来不闻不问。

新中国成立后，敦煌石窟艺术宝库回到了人民的怀抱，成立了直属国务院文物局的敦煌文物研究所。从此，古代劳动人民创造的这些无价的民族艺术瑰宝，有史以来第一次得到了妥善保护、研究和继承。17年来，我们的工作虽然做得不多，但是一直受到党和国家以及国内外人们的赞扬和鼓励。此事以前多有论述，这里不需赘述。

我所以要谈起这些世人皆知的往事，目的是想要用历史来做个对比，没有对比，便没有鉴别。

可是，林彪和"四人帮"完全不顾事实，对一切民族文化都采取野蛮的虚无主义的态度。几年前，不学无术的江青就叫嚷过："敦煌是没有什么可继承的！"主子一声令下，走卒们便为非作歹起来：全盘否定17年的工作成绩，竟在建国初期中央政务院颁发给我所的奖状上打上一个大"×"；诬蔑石窟壁画是"贩毒广告"，诬蔑我所的工作是"推广贩卖毒品"；给我和其他一些工作人员戴上"走资派""反动权威""残渣""余孽"等帽子，百般地打击和迫害……

我对这一切，当时心里是怎么也想不通的，而且我也知道，有我这种想法的人不在少数，只是在"四人帮"法西斯的淫威下，敢怒而不敢言了。在这浓云密布的日子里，我一直坚信，乌云是遮不住太阳的，总会有风停云散日出的一天的。

大悲大喜的一年

1976年，是我一生中最难忘的大悲大喜的一年。悲的是，我们党和国家三位最卓越的领导人周总理、朱委员长、毛主席相继与世长辞了；喜的是，"四人帮"这个祸国殃民的"政治毒瘤"终于被铲除了。

这一年，第一个噩耗传到兰州时，巨大的哀痛，使我心血上涌，无以自制。想起周总理对敦煌文物工作一贯热心的关怀，对我这个在人生道路上长途跋涉、在中国共产党内得到政治生命归宿的知识分子谆谆教诲，不禁痛哭失声。我俯在总理像前哀恸地想："敬爱的总理早逝了，而我却活着。"竟至于痛不欲生。

我自1973年被迫离开敦煌千佛洞，心情极端苦闷。后来又不断听到敦煌来人讲到那里由于管理不善，石窟中堆满了积沙，游人到处题壁涂抹的陋习又出现了。看到敦煌艺术遭到如此的冷遇和破坏，而又无能为力保护它，我在有苦无处诉的心境中写了这样一首诗：

> 危岩千窟对流沙，卅载敦煌万里家。
>
> 金城长夜风吹雨，铁马叮当入梦涯。

千佛洞九层大佛殿檐角的铁马，当戈壁滩上刮来的劲风吹动时就发出耐人寻味的叮当叮当的声音。这声音，在解放前每逢不眠之夜，曾给过我多少慰藉啊！虽然不免有些单调，但是在死寂的漠北之夜，那如泣如诉的声音，在我艰辛的生活中还能增添一些生气。它使我联想起祁连山中夜行骆驼队的铃声。驼铃声要比铁马声浑厚、雄壮得多，而且又是一种自远而近、自近而远的立体感觉。驼铃给我的感觉是急迫的，它仿佛在启示我：在我有生之年，应该为党为人民多做些工作。

这时，我不禁想到周总理生前对我的教诲，他曾多次鼓励我，要我把敦煌文物的保护和研究坚持下去。人们曾不止一次地听总理说过："我知道自己老了，要多做些工作，争取一分钟的时间，就多做一分钟的工作。"

在我半生坎坷不平的生活中，特别是在那"四人帮"横行的日子里，总理曾给了我多少斗争的勇气和信心啊！

噩耗接二连三而来，特别是伟大领袖毛主席的逝世，给了我人生中难以承受的最大打击。这时，整个中国，整个世界，仿佛刮起了一阵沙漠中的黑风，铺天盖地，没有尽头……

1976年10月，距毛主席逝世还不到一个月，忽然传来了万恶的"四人帮"彻底覆灭的喜讯。整个兰州欢喜若狂，人们奔走相告，好像迎来了第二次解放。仿佛在茫茫沙漠中一场黑风过后，忽然风停沙落，晴空万里，阳光普照，无限光明。

1977年8月，在全省庆祝中共十一大胜利召开的大会上，我代表知识分子在大会主席台上打心眼儿里欢呼："党中央是多么的英明、伟大啊！"

"'飞天'新装挥舞迎"

"十年冰霜花事尽，春风喜度玉门关。"这两句诗颇能表达我今天的心情。中国古诗有"春风不度玉门关"之句，用来状述大西北戈壁瀚海的荒凉。但我今天深深感到，吹遍中国大地的春风，同样激荡着玉门关这神话般的沙海中绿洲孤岛——敦煌莫高窟。

1977年9月，兰州军区肖华政委和韩先楚司令员乘直升机访问莫高窟。这给了我们研究所全体工作人员莫大的喜悦和鼓舞。肖政委是位身经百战的名将，又是位有才华的诗人，他的《长征组歌》博得了广大群众的喜爱。他在参观石窟后，在留言簿上即兴挥笔写下了：

> 银鹰降临沙州城，"飞天"新装挥舞迎。
> 莫高艺术扬中外，阳关春暖观光人。

这振奋人心的诗句，对敦煌石窟新貌、真是传神写照。

当时正值我们接待相识20年的老友西园寺公一夫妇、子媳一家的时候，宾馆的客厅里挂着"新装挥舞"飞天的摹本，宾主一道在热情友好的气氛中，尽情谈论着敦煌石窟中时代数以千计、婀娜多姿、气韵生动的飞天。我们谈到中日友好，谈到法隆寺与莫高窟千百年来一脉相承的源远流长的关系。我说："一衣带水的中日两国人民的友好关系，一定会世世代代友好下去的。"我当即随手写了"飞天过四海，中日情谊深"两句话，以志纪念。

飞天，佛经称香音神，她们在天国晴空中往来飞翔、奏乐和散花，是敦煌石窟庄严的佛教壁画中的一种轻快美丽的艺术形象。飞天本来是中国传统的佛教画中用来刻画"极乐世界"，象征和平幸福景象的，兼具现实主义和浪漫主义的色彩。有如西洋宗教画中的天使，但肩上没有翅膀，全凭衣带的飞扬、裙裾的摆动和轻盈身段而飘飞，显得十分逼真而动人。这是中国和日本古代无名画师天才而大胆的创造，使石窟内产生"天衣飞扬，满壁风动"的效果，博得人们的喜爱。

今天，欣逢中日和平友好条约签订之日，我们完全有理由相信敦煌飞天和法隆寺金堂飞天，她们像和平友爱之神那样，自由翱翔于海之两岸中日两国人民之间、法隆寺和莫高窟两处著名佛教窟寺之间。

现在，我们接待来访的日本友人越来越多。今年，我们接待过井上靖、井上清、清水正夫、松山树子等先生。我们和日本朋友在小果园中欢聚，频频为中日两国人民两千多年友好交流的历史、为今后世世代代友好下去而干杯，而欢呼！

时光在流逝，莫高窟檐角铁马的叮当声永远在我心头鸣响。它给我以一种紧迫感，仿佛在启示我：生命不息，跋涉不止。我决心在有生之年，把全部心血和精力献给敦煌石窟的保护和研究事业，鞠躬尽瘁，奋斗到底。

我与敦煌四十年[1]

上星期六晚播出的《丝绸之路》片集中,有常书鸿所长介绍敦煌壁画被外国人揭盗的镜头。他正在日本访问,此文是他写给日本报纸的专文,深情地述说了他与敦煌的感情。——译者

我和敦煌的关系,到今年已是 40 年了。也就是说,已在敦煌一共过了 14600 个昼夜。我为什么要在敦煌工作呢?在这里回顾一下往事。

我从小就喜欢绘画。宋元时期的中国文人画,都是把画家的心境加以抽象化地表达出来的,不易理解。而我的心为写实的欧洲绘画所吸引,因此梦想到欧洲去学画。但是家穷没有旅费,我便去船上干厨房和打扫的工作,在底舱过了一个月,才到达法国。随后在里昂大学考取了奖学金,学习美术和法语,那是 1927 年的秋天。当时,巴黎的蒙巴纳斯区是著名的无名画家聚集之地,其中也有藤田嗣治,他是我尊敬的人之一。有一天他说:"卖了画,今天咖啡店的钱,由我来付。"他是个经常招待大家的欢乐人。

我在法国居住了大约十年。一天,我在塞纳河畔的旧书摊前散步时,突然发现了敦煌摄影集。那是伯希和拍照的,由此,我才第一次知道我国有敦煌。这才吃惊地认识到从 4 世纪到 14 世纪之间中国所绘的壁画,比起 15 世纪意大利文艺复兴时期的作品毫不逊色。我也不能忘记,那时的我十分惭愧,自己竟然完全不知道自己国家艺术的情况就来到欧洲。这时我才明白,并非只有法国绘画才是最优秀的绘画,因此下了决心:"回国到敦煌去!"当时,听说敦煌石窟已遭到破坏,那么我就做个艺术宝库的看门人吧。1936 年秋天

---

1 本文原载 1983 年 7 月 26 日日本《每日新闻》,其时常书鸿先生扎根敦煌已四十年。

我回国，第二年中日战争就开始了。

1943年，经于右任先生提议创办敦煌艺术研究所，我作为该所副主任第一次访问敦煌。莫高窟既没有电，也缺乏食物。莫高窟南北长1700米，壁画面积共为4.5万平方米，492个洞窟，其中有数千座塑像，大多数都已崩落陷入沙土中，壁画也是剥落不全了。

洞窟内还有牧民居住着，周围树木被羊啃光了皮以致折倒；以土坯砌起来的围墙把洞窟围上，第二天就倒塌了。若有政府官员来视察，他们要拿走一部分壁画作为纪念。为了阻止他们破坏，便要我女儿描绘作画，后来我也描绘，作为礼物送给这些官员，就这样，防止了大批壁画的流出。

壁画仍不断剥落，便在洞窟入口造了门，以防风、雨、飞沙侵入。政府不给钱，便请当地的地主帮忙，或是在门柱刻上地主的姓名，或是给他画像，作为答礼。

就是这样持续了三四年，保存了壁画，可是这些事遭到"江青集团"之流的批判，说是勾结地主、安装洞门是保卫妖魔鬼怪的佛教。我们夫妇被迫跪在大佛殿前，被人又打又踢。

那时，有些曾经参观过印度阿旃陀古迹的官员，说是人家把瓦尼什油（一种假漆）涂在壁画上，保护得很好，极力迫使敦煌要照样办，我坚决拒绝。理由是涂了瓦尼什油，阿旃陀古迹的壁画很快就变色了，不能再看了。周恩来总理在中日战争中就已经显示出对保存敦煌壁画很有认识，新中国成立后他给予我很大的援助。

1958年和1982年两次在日本举办了敦煌展览，所以有很多人知道敦煌。今天，以日本为首的各国前来访问敦煌的客人逐渐增多，世界人民对于敦煌的文化遗产很有认识，给予很高的评价，我们极为感谢。这40年来，一再有人劝我就任北京中央美术学院院长或兰州艺术学院院长。也许那些工作比留在敦煌更好，然而我还是以必须留在敦煌谢绝了。只要健康允许，我就要守在敦煌，愿将我的一生贡献给敦煌。

守 护 敦 煌

敦煌艺术与今后中国文化建设

文化的命脉像一支千古不断的源流，从各自本土滋长出来，穿越一切阻障，融会贯通，曲折蜿蜒，时隐时现地奔腾前进，它由细流而小川，由小川而江河，终于变成一望无际的大海汪洋。文化当其健全生发的时候，总是像江流一般冲激汹涌、波涛滚滚；及至年湮代远，积流成海，往往沉滞静寂，无有力量。

中国艺术两千余年来，画体的演变，画法的演进，六朝、隋、唐昌盛，五代、宋、元蜕变，目前已像一池止水，贫乏困顿。那时候我们需要变换，需要一个外力的波动。这种外力不是吹皱平湖的春风，而是掀波作浪的大风暴。

从来因政治或战争变乱的刺激而产生新艺术创造力量的颇多前例。唐代艺术的昌盛，是因为两晋、五胡的变乱；15世纪法国文艺的复兴，是因为法王都尔斯八世、路易十二、法兰西斯一世等屡次与意大利的战争；20世纪新艺术的勃发，可以说是第一次世界大战后的收获。我们并不赞扬战争，但我们明白因战争破坏而产生建设的力量。在目前，我们正当一个空前未有的为正义而进行的八年大战，已经到达胜利阶段的今日，我们可以断言，由于这场排山倒海的暴风雨，静止了几个世纪的中国文化，正在酝酿着一个新的趋势。这个新的趋势可能有两种力量：一是外来的，一是内发的。庚子以后，中国学术文化已奠定了新的基础。从这次同盟国合作的情况来看，今后国际军事、政治、经济、工业、文化的交流，将会有从未有过的繁荣。对于今后外来学术文化的影响，我们可以毫无疑问地得到不少助力。不过，文化的内容，不能没有自发的基于民族立场的主体。我们需要它，比外来的影响更是追切，因为我们要用自己的血液来培养五千余年来绵延的祖先留给我们的文化基础。

称为文化前驱的中国艺术思潮，一向被密封在"象牙之塔"的少数文人的闲情逸趣中。本来缺少正确的观念与健全的修养，加之隋唐以后的艺术品已为专供君王赏玩的御宝，其间由于政治的变迁，艺术品遭受的损失真是不可胜计。继秦始皇焚书之后，汉武帝虽创置秘阁，广搜天下法书、名书，一到了董卓之乱就全部被损毁。梁元帝书画、典籍24万卷，在兵困城下求和乞降之前就全部焚毁。《贞观公私画史》记所存名画不过293卷。如此帝皇的宝藏，我们则无由得见。民间之收存，又由于中国人有秘藏国宝的传统陋习，书画古玩这一类应该收藏的东西，就没有在社会上展览的机会，这使我们对于中国古代艺术的认识非常浅薄。譬如顾恺之在瓦官寺作壁画，"闭户往来，月余成维摩一躯，启户而光耀一寺"，这种类似传奇的记载，并不能使我们把握作品的梗概。及至数年前，在伦敦博物馆中看到《女史箴图》手卷，才恍然于"春蚕吐丝"的笔法。这是幅经过无数劫运尚能为我们所见到的仅存六朝画稿，给予我们很大的启示。这幅画使我们知道，早于欧洲文艺复兴千余年前，中国绘画已到了如此昌明精深的阶段。我们遗憾的，除此之外是没有更多的证明和实例。绘画这样的造型艺术，对于一个从事绘画的人，仅仅是文字描述评论的文章是不够的。

因为没有实物的证例，所以中国美术史的评论是非常不易的。现有的若干书籍，总脱不了参考拼凑在枯干无味、陈陈相因的字里行间做文章。就是从事艺术创作的人，也滞留在传说一般的美术史的阴影中，得不到前人的鼓励，"学画无异学书"地修行学"道"，迂回在方寸天地之中，真是到了"今古绝缘""数典忘祖"的地步。

敦煌石室的发现，是距今四十余年前的事情。自从斯坦因、伯希和等盗取了经卷幡画之后，国内才争相传诵。世人知道敦煌学，是包括敦煌石室发现的手卷、孤本等有关宗教、哲学、天文、地理、历史、语言诸方面的学问。说到壁画、塑像艺术部门，大家都以为边疆荒塞所存者不像内地寺院所可见到的泥塑画匠的玩意儿，并没有打动"读万卷书，行万里路"的文人画家的心坎，所以有带着翻译、坐了大邮船"行万里路"而至外国去当场挥毫的国画名家。这个远处在嘉峪关外、瀚海彼岸的千佛洞，依然冷落寂寞，一任游人毁损偷窃。如果当年绘制壁画的画家灵魂有知，一定要大放厥词地讥讽这个年代艺术家沽名钓誉的异常心理。

张大千先生两年前来到这里，是继无数考古学者、游人之后，中国画家到千佛洞的第一人。他是中国画家中已经有地位的人，他很可拿他的地位漂洋过海做人家正在做的事情，然而他并没有这样做。因为他知道敦煌艺术并不是简单的佛家宣传画，也并不是画匠的俗套，而是真正一千数百年来中国文化的结晶。现在藏经洞秘藏虽已扫刮净尽，但四百余石室中的艺术品却真正是国家的至宝呢。

前年教育部艺文考察团王子云先生等莅至，虽仅短短几个月，却作了百余幅彩色的临摹，并且在陪都举行敦煌艺术展览会；其次是大千先生在成都、重庆的画展；再其次是本所研究员罗寄梅先生等的敦煌艺术摄影展。在这两三年中从事艺术的人，总算已间接地把敦煌艺术烘托出一个轮廓大体。

千佛洞现存的四百余窟，包括北魏、西魏、隋、唐、五代、宋、元各时代的塑像和壁画，真是一个规模最大、收罗最丰富的博物馆，一部描写最详、引证最确的活的美术史。现在我要简短地把这几个时期的艺术作风叙述一个大概。

我觉得敦煌艺术大概可以划分为三个时期：

一、印度艺术传入时期——象征的——北魏、西魏诸窟

二、中国艺术繁盛时期——写实的——隋、唐、五代诸窟

三、衰退时期——装饰的——宋、元诸窟

一、印度艺术传入时期

中国绘画吸收外来影响，是在东汉明帝时期。印度佛教传入，佛教画开端始于三国孙吴之曹不兴。那时天竺僧康僧会携佛像东来，曹不兴开始临摹，其后佛像普遍地流行。张僧繇画一乘寺的时候，就采用称为凹凸法的印度阴影画法。这是画史的记载。千佛洞依照开凿年代（366）来说，那时正当魏晋西域诸国的沙门优婆塞借印度

佛教的推动力源源东来，其时西域一带正浸润在佛教全盛的氛围中。

敦煌为当时东西交通的要道，印度佛教艺术作风自然浸入千佛洞诸壁画中，北魏、西魏诸窟里边带着犍陀罗作风，显然可以明白。印度佛教艺术最显著的特征，是犍陀罗风格。那带有优秀衣纹线条的表现，浑厚坚实形体的烘托，是兼有希腊、罗马两个特有素质的。从壁画的色彩方面说，其浓重丰丽之感，有波斯、印度的特性。

至于采用的题材，因为当时正在佛教东流的初期，一切礼教与法道要借绘画力量来传播，所以都拿佛传和本生经作为正主。许多故事连环画，把活动热烈场面，用朴素而真率的态度尽情描写出来。这些壁画，使我们想到文艺复兴前期乔托那些叙事式的宗教绘画，有时候带着粗野奔放的气势，只有法国野兽派画家 Rouault 的画可与之比拟。例如，就北魏第248（编者按：本文洞窟编号为张大千编号）窟来说，北壁的降魔变那种用粗线条描述的动作形势、笔触色彩，没有一处不表现力量和动作。

我们知道北魏壁画制作的程序，是先以朱红的粗描勾了轮廓，敷以白粉之后，再加上细线的勾画。但现存的六朝壁画，大部分白壁和外缘的细线已剥蚀，显露的朱红也变作灰黑，因而表现得异常粗野强烈。同窟南壁一幅舍身饲虎故事画中，王子剥了衣服长跪着预备向山下投身饲虎顷刻的描写，简直是油画画成一个模特儿的习作。其凹凸光暗立体型的表现，笔触的放纵，颇有大气磅礴、睥睨一切的气概，把东方画的线条运用在面的表现上，其效果之成功，真令人有点不可相信。在颜色方面说，照现存的情形只有灰（朱红氧化后的变色）、黑、红、白、青、蓝的几种。这几种颜色，在画壁上相映成简朴、坚实的氛围。年代已久远，有些剥落部分，或褪了色的角落，都分外可爱地诱惑着我们。这种坚实温雅、朴素浑厚的色彩与笔法，令人想到现在法国恢复壁画运动的宗教画家窦乏理哀(Dosualiez)，因为佛像的描写上，魏画多少带有高底克氏(Gothiquc)的风味。

在此我们要知道画史上记载着的尉迟乙僧，他是一个从于阗到中国来的画家。如第83窟那种与其他诸窟截然不同的意味、风趣和作画的方法，不但有所谓犍陀罗风的雕刻，而且那种曹衣出水的笔调一样显著地留在魏画胡服的衣褶及其笔迹中。在这种壁画前面，我们看到印度、波斯、希腊、罗马的幻影，却又说不出它的所以然。

在笔法方面，也许我们没有看到如张彦远评顾恺之画的"坚劲连绵，循环超忽，格调逸易，风趋电疾"的情形，我们面对着中国古代绘画，有时真会迷离恍惚，不知怎样来描述这些大胆有力、千余年前的作品。

有好多地方，如同前面所述，魏画提示着原始稚拙、朴素的感觉，他们在描述一个故事，房屋与人的比例，山林与兽的比例，都是非常不相称的，有意或无意地带着象征的意味，唯其是这样，六朝画更充满了表现的力量。

二、中国艺术繁盛时期

中国古代艺术经过六朝佛教艺术的渲染，从朴素、典雅的特质进而至于繁杂美丽、金碧辉煌的境地。千佛洞壁画，隋唐画家承六朝余风，造诣更为精进。他们用圆润细劲的笔线来代替犍陀罗消瘦、锐利的作风。他们用纯厚浓丽的色彩来代替印度的色调，如吴道子、阎立本、张萱、周昉、李思训、王维等辈。这里虽然没有题记作为证据，但是许多洞窟都可以说明诸家近似的风格。如第292—270、126诸窟的壁画，在大规模的经变构图中，庄严如佛像题材的描写，唐代的画家仍然非常生动地表现姿态动作。要不是画家们真能"熟悉典故""领悟佳趣"，又焉能至此？这里使我们知道画史中"随类赋彩""金碧辉映"的实例。第301窟《张议潮夫妇出行图》，真是"鞍马屏帷""冠盖如云"！一列仪仗充满着写实的风度，令人想见当时"贵游之盛"。至于紧凑、生动的结构，自由、活泼的描写，使绘画的理想全部实现出来，真有忘人忘我、感情移入的微妙境界。中国绘画渡过六朝的桥梁，这个时候已达到登峰造极的顶点。

从题材方面说，佛传故事虽仍为重要的描写对象，但隋以后大量挥发净土意识，到此时已有了根本的改变：

然而这种目的，在把个已存在消灭的特殊的印度式悲观论的人生观，中国一般人的心里似乎有点不大高兴接受。中国的佛教徒没有印度教徒那样偏于玄想，他们却相信深信三宝的人，因为他们合乎德行的生活同精神上的修养，可以往生净土为其报酬。在那里得到有福的休息，虽不是永久的，时期之长却不可计量。这种往生净土，往往画成善人的灵魂从莲花瓣中转身而为婴儿以表示之，于是这种虔诚的想象，显得更有诗意了。[1]

中国人已把佛教悲观的消极思想改变，在千佛洞唐画经变中，天真活泼的往生孩子悠然自得地在七宝池中漂流的景态，真可以代表大唐民族奋发有为的精神。

再从描写的态度上说，唐画充满着写实的成分。试拿第292及第126窟北壁的两幅净土变（是千佛洞唐画的代表作）做证例来简略地一说。第292窟北壁为西方净土变，释迦如来居中，周围诸菩萨众，下方伎乐供养及宝池往生灵魂，上方楼台亭榭，全画构图紧凑、用色典雅。菩萨像的圆润丰厚带有肉感的线条，其纯化精美的程度，可以拿欧洲文艺复兴时期的意大利画家达文西或19世纪法国画家安格尔的作品来比拟。至于楼台结构的严整、细密，远近法的入情入理，真是得未曾有。其他宝池中水纹的荡漾，楼台屋顶微光的映辉，加上远远配置在亭角间的佛光神影，俨然已写出西方极乐世界的真迹。第126窟北壁的净土变，色彩富丽，布局高贵、宽敞。上部蔚蓝的晴空中，天人、供宝、乐器、花卉随着云彩飞坠而下，一如流星。中部世尊说法，诸菩萨环坐听道，左右楼台亭榭，下方宝池中桥影波光，互相辉映。再下乐神舞伎，余音缭绕。这种入情入理的表现效果，已把净土意境充分透露，壁前静观，诚令人有出世之感。

上述的两幅唐代壁画，最充分地表现着写实的精神。但这里所谓"写实"是"中得心源"的带着主观的表现，并不是19世纪的Realist所作和客观的"形似"而已。

---

[1] 向达译斯坦因《西域考古记》第164页。

三、衰退时期

五代以后，精彩时期已过，宋元画作虽纯练烂熟，却多含衰颓退化的成分。千佛洞所见壁画已甚粗俗刻板，描写的经变内容有时几于不可辨识。壁画的画面不过是散点模样重叠起来的装饰图案，毫无生气力量。元画实例不多，用色方面较为新鲜，但似缺少生气。

从艺术作风的系统讲，上面三个时期是表示三个倾向，对敦煌艺术要注意的是：

1. 全部壁画以人物为主体。
2. 全部绘画都采用浓重色彩。

六朝、隋唐的画家大抵都是佛教画家，间有以山水为背景者。真正的独立山水是始自唐代的李思训、吴道子，当时崇尚青绿。自王维水墨山水兴起后，山水画家即风起云涌，一直到现在，此风尚没有完全消失。这种关系文化哲学的问题，如果一定要知道所以然的缘故，我们可以先拿西洋文化做一个例子来说明。

我们知道西洋文化是发源于古希腊的。希腊半岛是山地的地理形势，希腊人居住都是背山临海，局促一隅，人与人的关系要比人与自然的关系多，所以他们的艺术以雕塑为表现工具，把整个美的因素放在裸体人的身上。这里代替山水、林木、丘壑起伏的节奏是人身上面、线的变化与和谐，代替嫣红紫绿的色彩是投射在人体上的光的变化。他们是从人中间去看宇宙，而中国人却是从宇宙中间去看人。中国山水画能历久存在，就是因为这种哲学基础，觉得在茫茫宇宙间，人类不过是一个无足轻重、补点在山水中的穿插而已。于是从看天而到怕天，由怕天而到依靠天，有了"靠天吃饭""听天由命"的消极出世观念，使中国文化整个都埋葬在避世怨生的阴影里。这并不是一个好的现象。

就是拿欧洲的艺术动向来说，古代中世纪一直到文艺复兴时期的画，亦无不以人物为主。一个乔托（Giotto）、一个米格、一个万罗纳（Veronese）、一个提香（Titian），一直到伦勃朗（Rembrandt）、安格尔（Ingres），哪一个不是以描绘人物为主？真正风景画是在18世纪布审（Paussin）以后的事情，从那时以后到了19世纪法国的哥罗（Corot）、英国的Constable，他们都专门从事于画架画（Peiutnreau Cheoalet）的制作。那时候欧洲的绘画才从叙述的装饰的大块文章一变而为散文小品，接着印象主义诞生。印象派的鼻祖莫奈（Monet）回答一个问他画面何者为主的人说："这幅画的主体就是光。"这正如倪云林所说："余之竹，聊以写胸中逸气耳。"欧洲绘画到这个时候，已逐渐走向主观的路。及至第一次欧战之后，个人主义支撑着整个欧洲艺坛，从立体主义、表现主义一直到超写实主义，真是离奇古怪，把下意识的、未经统制过的人类的幻想、梦想支离破碎地表现出来。艺术到这个时候，只有虚伪做作的人才有创作，只有假冒伪善的人才能欣赏。这正如近时文人画家，沾沾于笔墨气韵、神逸超脱的风度，拿"传神""写意"的口号，干抱残守缺的勾当，所谓"不过意思而已"。如此样子穿着大袖绸衫、潇洒雅逸的文人骨架，使中国绘画从孤高自赏的傲慢阶段而渐渐陷入隐退感伤的悲剧境地，必然的趋势是自杀与灭亡。这正如我看到欧洲超写实主义画家拉生拿"被埋着的人"为题材，描写沙漠中的夕阳，照着倒立的一个骷髅，那瘦长凄惨的样子，正指示在世界末日的十字架上。朋友，这毕竟不是象征着一个正常的可以乐观的世界呀！

　　这个不能乐观的世界，终于爆发这一次可怕的悲剧——从未有过的大战。经过八年来的抵抗，胜利终于来临。在这时候，我们应该计划一下今后的文化建设问题。那站在前驱的艺术动向，也就是中华民族的立国基础。我们知道，目前已是"航运"的世界，我们并不缺乏外来文化的影响，我们缺少的是引证历史的实例、找出文化自发的力量。因为只有历史，才能使我们鉴往知今地明白祖国的过去，明白中华民族的精神之所在。

　　敦煌艺术是一部活的艺术史，一座丰富的美术馆，蕴藏着中国艺术全盛时期的无数杰作，也就是目前我们正在探寻着的汉唐精神的具体表现。

敦煌艺术特点

一、两魏艺术之特点

自后汉明帝时佛教传入国土后，中国文化随西域交通的频繁，显然进入一个新的阶段。

敦煌艺术滥觞于北魏，正当中国艺术受佛教艺术影响之时际。自其开端即已呈现印度犍陀罗派（Ecolevgreco-Buddigue）的作风与北魏民族雄伟、活泼、旷达、流利之特点。此时壁画一般描写的对象多为灵鸟、走兽之奔驰，天神、梵仙之霞飞，一如第285窟窟顶之天体描写，无一不呈现行动飞逸之感觉；另一方面释迦如来以及比丘弟子则以天地万物主宰之地位，肃穆严正地静处其中，不紊不乱，则又显示佛力之伟大、高超。

此期壁画用色多为石青、石绿、紫红、土红、黑、白，兼及富丽、典雅、清快、明澈，形态表现着重于主题之扩大与主要动作之加强，就是张彦远所谓的：

或水不容泛，或人大于山。率皆附以树石，映带其地，列植之状，则若伸臂布指。详古人之意，专在显其所长而不守于俗变也。

莫高窟共有魏窟23个。此23窟，均具有北魏雄伟、古朴之风趣，所谓的"人大于山，水不容泛"，均可于第285窟得眼林故事画及第290窟隋代佛传故事画中获得其实例。此外在第288窟之白衣释尊像中，可窥见犍陀罗风之实例，即所谓希腊佛教艺术（Grico-Bugdisue）之特点。其时壁画造像之线描衣褶均紧贴身体，一如希腊帕特农雕像把人体的曲线从柔软的衣褶中表现出来一样。这也就是北齐曹仲达的"曹衣出水"体式。

二、隋代艺术之特点

有隋一代，享祚甚暂，但因当时朝野佞佛之风所及，莫高窟现存400余窟中，隋代洞窟共计96个，约占石窟群全数之五分之一。由此大多数之比例，可知隋代在莫高窟所占地位之重要。

石窟艺术自创造至于隋代，经200余年之精练洗刷，逐渐受中国文化之陶冶熏炼，已具有充分的民族气氛。用色由简朴渐趋于华丽（千佛背景多用土红），用笔更形流利、爽达，多在造型方面之变化，系自北魏带有欧洲中世纪哥特之瘦削、细长渐变为半圆实之体式。题材方面除承袭两魏故事画外，间有简单的维摩经变及普贤菩萨之描写。综观此时之艺术，可谓为六朝与李唐间之桥梁，是由自由到规律、由象征到写真、由异国情调到民族色彩的蜕变时期的标本。

此期藻井图案之风味，受波斯小亚细亚及印度之影响，其富丽多变之程度，为莫高窟各时代之冠。

三、李唐艺术之特点

李唐三百年，由于政治之修明，其于中国文化之盛，各个领域均有其极普遍之发展。敦煌唐代壁画约可分为初、盛、中、晚四个时期。此四时期之作风，有显然之差异。初唐作品，尚含有画风方面部分的古朴拙劣，一如六朝制作。盛唐制作，大抵丰富、美丽、金碧辉煌。制作，一切客观的条件都已到了顶点，那时比例透视和其他有关写实技巧的发达，实在远超时人所作的图画。

唐代绘画题材，一变过去消极牺牲的连环故事画，而为大幅经变（经变是把佛经以图像来表示）。净土宗在中土抬头，而把佛教之教义从极阴森消极的印度思想中拯救出来。唐代的净土宗，是唐代中国民族积极进取的象征。敦煌壁画的一百余幅西方净土变中，从初唐到晚唐，往生灵魂的蜕变是于七宝池中开始一直到参加天神讲坛的行列为止，正可见到唐代民族在佛的理想国中是如何的样子，从微细的幻想而到了彻底具体的现实。

在技巧方面，唐画铁线描的流利放达正如"春蚕吐丝"一般，把全幅画面富丽的色彩，如同取此教堂中嵌镶玻璃似的，每一个颜色在细润圆滑的包含中，格外地显现出充沛的力量和它所要表现的意识，这正如中国美术史上所常提到的"吴带当风"那一类奔放活力的另一种认识。

四、五代宋元艺术

五代居唐、宋之间，为荆关一代蜕变的重要时期。

千佛洞，由于曹议金三世统治瓜沙，利用其政治地位和财力修了不少规模雄伟、内容精美的洞窟。一般的作风都是承袭李唐而没有很大的变化。不过美术史上所说"山水至荆关一变"的实例，我们确是在五代壁画的故事穿插上见到了，那是从铁线描到兰叶描的一个重要转变。我们去岁重修发现的第27窟完好如新的龙王海会大幅壁画中，完全见到了那已蜕变加上压缩与类似枯柴描的新线。这种倾向一直到元代第3窟的千手眼观音，尤为显著。

宋代是自然主义卷轴画倡行的时期，徽宗创画院，设画官，集中艺人于小品抒情之造作。那是从方寸天地之中，窥探大自然的禅宗领悟的静穆的一个时期。千佛洞此时代壁画，大都是画匠机械仿制之品，内容贫乏，表现板滞，没有多少可取的东西。

元代密教盛行，千佛洞所见壁画，内容已大部分由经变而为密教曼荼罗，如第456、454窟的，制作虽精，但已有衰退的迹象。

明嘉靖三年（1524）退守嘉峪关一直到清雍正元年（1723）才再置沙州，在这个时期中，千佛洞没有一点历史的痕迹。

敦煌艺术

一、几句历史的话语

敦煌是甘肃、新疆交界处河西走廊最西的一个国防要口，是世世代代祖国儿女们用血肉所戍守的边防。

由河西走廊出玉门关，沟通东西交通的道路是以天山为界的南北两路。南路由敦煌到罗泊卓尔转和阗，越葱岭；北路经吐鲁番、库车、喀什噶尔，越天山。这两路都以敦煌所属的玉门关为出发点，所以敦煌便成了东西交通的要隘。汉朝班超出使西域，唐代玄奘三藏西行，元代马可·波罗东来，都是经过此地的。所谓"阳关大道"，所谓"春风不度玉门关"，就是那个时候形容敦煌在中西交通要道上给予人们深刻印象的光景。

敦煌这个历史的都城，一方面是文化荟萃的中心，另一方面是交通的枢纽。它自己有肥腴田亩，再往西去，就是寸草不生的无尽沙漠。西行沙漠的中古时代的旅客、行商和远征的战士们，必须将这个都城作为囤积粮秣和商货的地方，因此"货通胡羌，市日数合"，使敦煌形成了瀚海的良港。

敦煌艺术是产生在这样一个历史背景和地理环境中的。据唐武周圣历元年（698）李克让《重修莫高窟佛龛碑》所记，莫高窟创建于前秦建元二年（366），那时正当五胡乱华；敦煌是处于全国最平静的地区，这个祖国最重要的文化宝库因此得以保留下来。它是如今中国三四千年浩瀚的历史中用色彩和形象来表现的最美丽、最动人的一页。自从4世纪创建，一直到14世纪的元代为止，敦煌艺术有其整整10个世纪1000年继续不息的生发、滋长和分段演变的过程；

它是中国艺术史上工人画与文人画分野中，属于画工们的集体创作，是英雄的劳动人民无上光荣的天才的表现。

二、敦煌艺术的源流

在上述这样一个历史背景与地理环境中所产生的敦煌艺术，是免不了要受到外来文化影响的。尤其是中华民族素来就有博大宽厚的融合力，这正是一个古老国家所以能"新陈代谢，万世长春"的基本条件。

敦煌在莫高窟艺术以前，显然存在着汉代艺术正统的典型。为了说明这一事实，我们在展览会中特别另辟了一个敦煌文物参考陈列室，陈列着辽阳壁画的摹本与1945年莫高窟附近出土的六朝前期彩绘墓砖摹本，由此可以证实敦煌以至于全中国，在佛教艺术传入之前，已具备着光辉灿烂的自己民族的艺术传统。

然而近50年来，美、英、法、德、日等帝国主义者在敦煌劫夺了我国的文化宝藏之后，那些资产阶级学者发表许多荒谬言论，企图利用这些材料来引证敦煌艺术的光辉果实是出自欧洲希腊的源流。如那个洗劫了高昌库车壁画的德国文化间谍勒库克，在他的《被埋葬的中国宝藏》一书中说：

在公元前370年前，印度西北入新疆要路的加布洛河苏流域一带，称为犍陀罗王国的地方，在佛教最初传入的神像的形式还没有确定。后来由希腊印度混合族的人，模仿希腊所记的太阳神的样子，开始塑造最初佛像的典型。于是配合了他们固有的佛经神学，就逐渐吸引了信徒，普及到全印度并伸展他们的势力，经中央亚细亚而到达了中国。

我们伟大祖国的艺术传统，在发展的过程中，是曾经吸收与融合外来成分的。敦煌艺术中是有着印度佛教艺术的影响，但绝不是像勒库克所说，佛教艺术经过印度中亚细亚而原封不动地到达中国的。从西域的画风、敦煌的画风以及东行麦积山、广元一带的画风来看，我们有充分的证据来说明由西而东，民族艺术的成分是经过敦煌而逐渐加重它固有的性格与特点的。由于我们的文化艺术具有优厚的便于多方面发展的蕴藏，而能顺利敏感地接受外来影响，又进一步结合了民族的思想、感情和风格而丰富而发展，成为自己的东西。

三、怎样来认识敦煌艺术

从内容上来说，敦煌艺术主要是围绕着佛教故事及经典创作的。无疑的，宗教在当时是起着麻醉人民和巩固封建统治的作用。从敦煌艺术创始的时代，在"五胡乱华"时统治中国西北部的北魏太祖拓跋氏，就是以提倡佛教为手段，企图把天国的神权和地面的王权联系起来，使人民服从神，也就是服从王。在当时社会的精神领域中，普遍受了佛教教义的影响，将秦汉以来"求仙入道，长生不老"的欲望，变为"行善礼佛""往生不死"的观念。一部净土《阿弥陀经》，传到了中国就改为《无量寿经》。于是艺术的内容也改变了，过去所采用的那种"鉴贤戒愚"和"颂功颂德"的零碎标榜题旨，改为统一的、总体的以如来佛为首的善行模拟。以佛本生经与佛传本行经所载的故事，来烘托出一个享尽人间富贵、快乐的悉达多太子。他为了不愿世间有生、老、病、死的种种痛苦，而以自己的出奔山林、苦行成佛来拯救世界。像耶稣被钉在十字架一般，这种"牺牲的善行"，在封建社会中是起了不小的为统治者麻醉人民的作用。所以我们不难理解敦煌艺术的内容中，为什么会有这许多类似尸毗王的剜肉喂鹰、萨埵那的舍身饲虎和须达拿的施象被逐等故事。

但是这并不等于说敦煌艺术仅仅是宣传佛教的工具，这里更为重要的是：被压迫的人民通过被迫受雇而从事宗教艺术的创作，所透露出来的是自己的愿望、自己的感情和当时社会现实中的生活形态。

例如被隐藏在壁画角落所描绘着的、穿插在法华经变与佛本生故事画中的劳动人民的生活情况。作者是如此亲切而胜任愉快地描绘着自己所熟悉的事物：耕作、洒扫、喂养牲口、推磨和拉纤……在西方净土变中，他们充分发挥自己丰富的想象，用极瑰丽的色彩来描写西方极乐世界，那虽然与他们的实际生活有着天地之别，却是反映了他们对幸福的要求和愿望。例如在《宋国夫人出行图》和一些供养人家中，我们可以看到当时统治阶级的穷奢极侈。此外，供养人画像和非佛经故事画的地位随着朝代位置逐渐提高，数量逐渐增加。这一切都说明了来自民间的画工们用现实的生活形象来代替空泛的宗教内容，"人"在壁画中代替了"神"的地位而逐渐成为主体。

这些被奴役被迫害的善良的人民艺术家，把自己的苦难寄托在描写菩萨的笔墨间。偶尔在大幅壁画的墙角下，我们可以看到这样的小小题字："为先亡父母、见存妻孥祝福消灾，敬造菩萨像一躯。"类似的文字使我们仿佛见到，当时在荒凉无际的沙漠里的洞窟中积年累月劳苦工作着的画工，他们在为雇主祈福之余，也悄悄地、虔诚地企图通过自己忠实从事的艺术创作来为自己的亲人消灾。面对着高大、硬实不可移动的墙壁，作画的人是没有丝毫便利可取的。想想看，在一个阴沉黝黑、仅仅靠入口的阳光照耀的洞窟里，有时微弱的光线仅能辨识十指，画家在高达十余丈的梯架上，仰天对着窟顶藻井，或匍匐在地面小不可容膝的洞角里，一点墨、一条线、一片颜色地把那些富丽堂皇的建筑、含有几百个到几千个人的大场面构图，严肃工整、毫不苟且地画出来，我们是应该向他们学习的。过去在西洋美术史上，我们读到文艺复兴时期意大利的大师米开朗琪罗，为画教堂、皇宫的壁画，五年的屋顶工作，不幸使他养成双目上视的残废病态。而在中国，在敦煌的469个洞窟中，该有多少不知名的米开朗琪罗在沙漠边塞中默默无言地完成他们光辉伟大、流传于世的创作。

敦煌艺术，使我们首先受到感动的，不是它的宗教内容，而是伟大的中华民族坚毅、朴厚的优秀性格。

这样伟大的艺术宝藏，如果不在敦煌，不在莫高窟469个洞窟里面，是不容易获得完全印象的。我们在北京看敦煌展览会时必须了解：今天陈列在眼前一幅一幅的小画，是从有组织、有布置的整个敦煌壁画结构中所割切下来的片段。实际上，敦煌艺术都是大块壁画配合了塑像、藻井、边饰及地面的花砖，与整个洞窟建筑结构不可分开地合成的一个整体。差不多每一个空间，都是荡漾着同样的空气与同样的情调，这种全般的设计与整体的表现使身处其中的人，从视野的接触所发生出来的内心的共鸣，是具有一种不可抗拒的感人力量的。然而这却是中国士大夫阶级笔下、美术史上从来也没有提到过的无名画工艰苦劳动所创造、遗留给我们的最优秀的民族艺术传统。

敦煌艺术的源流与内容

一

敦煌艺术，在北魏创始时期就已经达到高度的技术水准，显然的，它不是从敦煌石窟中发生滋长的原始艺术。因此，谈到石窟艺术作风，不能孤独地在敦煌就地分析，孤独地只限于敦煌本身。一个正本清源的问题，这里有它必然的需要。

首先要解决的，就是敦煌艺术的来源问题。

在汉武帝时候，敦煌就是一个总绾东西、"华戎所交"的都会。随着政治、经济的开拓，文化也一定不会没有它发展的面貌。从历史上，我们看到敦煌在汉朝的时候有张奂、张芝，晋朝有索靖，南北朝有刘昞，隋唐时有薛世雄及沙门竺法护，等等，都是著名的文艺与政治方面的人物。这不但说明了敦煌当时文教的昌盛，而且使我们理解了敦煌应该有莫高窟前期艺术存在的必然性。

不幸的是这个僻处边塞的小城市，在不断地受到敌人的攻击与几度陷落的灾难中，倾圮了的汉唐城池，经过长时期的流沙风雪剥蚀，现在仅存几个黄土堆，是唯一标志着"华戎所交"都会的古迹了！

为了探讨一点敦煌艺术前期的消息，1943年由夏鼐、向达、阎文儒诸先生主持的考古发掘队，曾在莫高窟附近的废墟和古墓中做了一番新的发掘工作。限于经费和人力，虽然在佛爷庙附近墓穴中发现了充分保持汉画风格的六朝前期的彩画墓砖数百块（该项砖石由夏鼐先生复原存于敦煌艺术研究所），已经获得在佛教艺术前期敦煌艺术作风的若干启示，但是还没有找到大家所渴望的进一步的证据。直到现在，我们做敦煌艺术工作仍还只限于以敦煌艺术本身为出发点。当然在这里，我们同意向达先生的意见，敦煌艺术应该包括莫高窟（即千佛洞）、榆林窟（即安西万佛峡）、西千佛洞，这三个地区要作为一个系统来看。这个三位一体的艺术系统，因为莫高窟规模的广大与它所包含的历史内容和艺术形式的丰富，我们大部分是以莫高窟为尺度来展开工作的。

二

今天谈到敦煌艺术的人，都免不掉要说到它与希腊、印度、犍陀罗艺术的关系，但另一方面却忽视了它与祖国民族艺术一脉相传的事实。

我们知道中国艺术的长成与发展，早在三代、周、秦的时期。而壁画的创始见于史籍的已有明堂画着尧、舜、桀、纣肖像的壁画。今天根据殷墟、乐浪以及辽阳出土文物的高度技术水准来说，中国造型艺术的各部门早在四五千年前已达到它正常发展形势的事实也是不可否认的了。不过这里还没有搞清楚的就是甘肃仰韶期中国原始社会的彩陶文化到三代青铜时代的中间，似乎还应该有一段民族艺术的启蒙时期，尚未为今人所发现。这个历史的悬案，有待于考古学者的努力。

从三代以后出土的铜器、漆器的纹样来看，反映着当时人类生活的似乎可以分为两类。

第一类是严肃工整的饕餮、螭夔纹的三代铜器。这是高度技术的象征螭纹样。这种高度的技术透露出当时人民生活的意识：人类在长期与自然的搏斗过程中，尚留有对于猛兽的恐惧心理，而借此提起自己的警惕。这种纹样大都严格刻板地对称布置，铜器本身线条的硬直与锋利，给我们的感觉是喘不过气来的当时奴隶社会拘谨板滞的气氛。

第二类是从乐浪与长沙出土的漆器以及辽阳等地发现的汉墓内的壁画，这些作品，大部分描绘流利奔放、气势飞动旋转。中国艺术到了汉朝，把那庄严、厚重的三代文化逐渐推向写实的道路，造型的具体表征上可以说是进一步达到了生动活泼的境界。

这时候，配合着生活与造型建筑有各种式样的绘画。我们知道，记载着的有楚先王庙、公卿祠及鲁灵光殿描绘"山川神灵"的奇伟谲诡与"图画天地，品类群生"热闹场面的壁画，阿房宫与未央宫在承明殿所画的"屈轶草，进善旌"等壁画，以及汉武帝时在甘泉宫所画的"天地太乙诸鬼神"，汉宣帝时代"单于入朝"，等等，一直到辽阳的墓穴壁画，我们应该确实地了解中国壁画艺术在距今两千余年前已经达到它成熟的叙事史画的高度艺术水准了！

三

就是这个时候，佛教在印度阿育王死后的衰败情势下，经西域传入中国的内地。

佛教本身像其他宗教一般，开始的时候并不具备着一定的艺术形象。公元前4世纪左右释迦死灭之后，阿育王为了纪念释迦生前的圣迹，使巡礼拜佛的善男信女有所寄托，在公元前3世纪的时候曾建立了数十根铭刻着佛经文典的石柱，作为传布和崇信佛教的一个中心象征。当唐玄奘去印度的时候还存有30根柱子。

与阿育王石柱同时的，是借亚历山大东征的胜利侵入中亚与印度内地的希腊王国所谓"亚历山大里亚"的建立。这个新政权的建立，随即把所谓希腊文明的形式灌注在北印度犍陀罗地方。因此石柱的形式与内容更丰硕起来，从而演变成塔婆的形式。所谓阿育王建造的石塔84000个，就是进一步在质量上提高的表现。内容方面，除了经典铭文外，还刻画着佛传故事形象，使枯燥严肃的经典内容同时具备着优美活泼的形式。这种初期的佛教美术，大抵带有装饰风味的佛生前圣迹的叙述，那是与凡人一般，是释迦生前的故事，并无丝毫偶像观念的。如佛陀伽耶（前100年）释迦成道古迹的圣树、佛座，等等。

一直到汉灵帝光和二年（179）大乘佛教创始之后，迦腻色伽王才开始铸造佛像。《般若三昧经》上记载着：

复有四事，疾得是三昧。一者作佛形象，用成是三昧故，常造立佛形象。

这是人们起始把"大无边的佛法"与"佛力"在一个可以用形象表现的范畴中表现出来了。

关于这个佛像历史的开端，玄奘三藏在《大唐西域记》的"梵衍那"条上记载着：

王城东北山阿有立佛像高百四五十尺，金光晃耀，宝饰焕烂，东有伽蓝，此国先王之所建也。

梵衍那在今阿富汗的巴米扬地区，是古代印度西北犍陀罗与巴克特里亚（即大夏）中间的唯一通商大道。大佛就开凿在这个通道上，佛高53米，这是最原始的立佛形式。这个立佛形式，据关卫的《西方艺术东渐史》所载：

大夏（即巴克特里亚）的地方，早就有许多希腊人住着，所以关于堂塔的建筑和佛像的雕刻，多成于希腊工匠之手。一时造型艺术大为发达，这便是所谓犍陀罗艺术。有了这样艺术之后，才有佛像制作的流行，即最初制作佛陀的尊像的乃希腊艺术家。所以最初的佛像，无论是面貌或服装，都完全带希腊风，佛陀的尊像，同阿波罗（Apollo）的神像一般，无论是头发、面相或衣服，完全是希腊罗马式。

这个糅合了印度佛教教义与希腊艺术形式而产生的犍陀罗佛教艺术，在新生滋发的情形下，以下列三条路来传流。
1. 从犍陀罗的大月氏国越葱岭经西域而传入中国。
2. 南下回返到印度而与印度本位艺术相结合造成希腊—印度艺

术。

3. 西行波斯，经过萨珊王朝（Sussanidae）发扬光大，经过希腊罗马的古典形式而形成了辉煌的拜占庭（Byzantium）艺术。这是糅合东西文化精粹的艺术形式。

这里不能忽视的一个现象是，印度佛教随着阿育王的逝世，早已走上衰退的道路了。犍陀罗艺术，虽然按照上述三个方向传流，但是实际上能存在而滋长、生发的道路只有走向东方的中国与西方的欧洲。

中华民族是具有无比丰富的融合、吸取与感化异族文化力量的。

当公元2世纪后半期佛教的中心已逐渐由印度转移到大月氏国的时候，迦腻色伽王为了在中国推行佛教，派有名的高僧支娄迦谶与安世高为首率领着西域的佛僧来到中国，从事各种译经与传教活动。随着佛教输入而来的异族文化，如胡琴、胡笛等等，一般已为中国朝野所爱好而仿效。尽管汉灵帝喜欢胡服、胡帐、胡床、胡座、胡饭，但到了标志意识形态本质的关键，我们的祖先即毫无犹豫地批判了是非取舍，决定了民族立场而知所适从。例如莫高窟表现最多的《阿弥陀经》，当其在北魏初期传入中国之后，却把那一个题旨配合了当时王公贵富求仙成道、长生不老的愿望，索性把阿弥陀佛改为无量寿佛了。这个事实证明了伟大民族的本质，是怎样用自己的观念来体味印度佛教的教义的。所以羽田亨在他的《西域文明史概论》中说：

西域的佛教事实上已不是纯粹的印度佛教，而是经过了一些变化的佛教。

四

佛教文化自西方经旧时的路线来到了中国。从现在尚存的古塔可以看到南北两条路线。这两条路线上，至今尚遗留着北路以库车克孜尔为主和南路以于阗、米兰等为主的多少含有贵霜王朝犍陀罗艺术系统的艺术遗迹。但从那些壁画的特质看来，标志着7世纪左右唐代风味极盛的用色、描法以及内含的对象与人物，我们无可怀疑地认定它是中华民族文化向西域流布的反映。西域，我们知道，偏处深山旷漠，一直为游牧与其他少数民族所居住着。那边人民的生活方式，动荡的政治局面，个别的宗教形式与不定型文化成分，在那里是佛教、耶教、回教、摩尼教错综复杂地展开的地方，艺术的发展是要受到限制的。

如今还存在着南北两疆在西域通道上（如库车、焉耆、吐鲁番、和阗、尼雅、米兰等处）的佛教艺术，那简直就是受了汉唐文化影响的。

格鲁兀得在劫取了中华民族艺术宝藏之后，与勒库克同样以武断的抹杀事实的见解，把新疆艺术分为犍陀罗（库车）、古代土耳其、近代土耳其（即回纥式，吐鲁番附近）与西藏式四种。这些侵略者是如此的荒唐，没有把整个中华民族的文化形式列在其内。

只要看一看现在的敦煌艺术像历代美术史陈列馆一般的具体例证，我们就不难了解中国艺术传统是如何在汉唐文化交流的十字路口，启发它光芒四射的民族特性。

敦煌，不但是现今中华民族文化的宝库，而且是汉唐保留民族传统的都城。汉末黄巾军起义、董卓之乱以及南北朝中原的杀戮，使这个偏处边疆的文化古都成为士大夫避难的乐园，因此一直保留着汉代正宗的文化传统。这个没有被战乱摧毁的民族文化中心，像南面的荆州、北面的北京与东面的会稽一般，到后来都成了复兴民族文艺的主要刺激力量。

敦煌，不但保持了民族传统的特点，而且它地处古代中西交通的要道，也就自然地形成了中西文化荟萃的都市。中央亚细亚经过西域传来的西方文化，据关卫在《西方艺术东渐史》推断：

中央亚细亚的东南部，即西土耳其斯坦的突厥族，我们可以肯定地说，他老早就熏染了希腊罗马系统的艺术文化。又就地理上的关系说来，他受波斯的感化亦必很深，即他也会从波斯的安息国吸收过希腊艺术，也会从萨珊朝吸取过欧罗巴系统的艺术。

一个如此含有复杂系统的文化潮流，来到了这个没有被战乱所摧毁而保持完好的中华民族文化中心敦煌之后，祖国伟大而优秀的传统文化，自汉魏到六朝这一段长时间是这样机智地、批判地、融会贯通地接受并且融合了外来的文化。

佛教艺术从印度、梵衍那进入新疆经南北两路而达敦煌，糅合了民族特质之后，又分南北两路散布开去。南路经麦积山、泾州、广元、大足到乐山。北路经云冈、龙门、巩县、天龙山到响堂山。从这两路散布开去的艺术迹象来看，民族形式的飘带、衣褶及形体的更换、内容的蜕变各方面，是愈益接近中原，愈益充分表现了民族特色的。

敦煌是远处边陲的民族文化的前卫，也是首先给复杂错综的外来文化以冲刷洗练的第一站。

五

现在我们从敦煌壁画中看一看佛教艺术传入中国之后的演变情形。

显然的，佛教文化传入中国之后，中国艺术无论思想内容还是技术等多方面都会受着相当影响的，但这个影响是仅止于个别的"流"的方面，而不是本源的问题。

从思想方面说，印度佛教教义的那种消极"无为"的思想，不能为当时的人民所接受。这里，从隋唐时代壁画中以西方净土变来代替佛陀本生牺牲故事这一点可以得到几许线索。如上面已经讲过的，他们在北魏初期就把阿弥陀佛改为无量寿佛，正说明了佛教教义在那时候已把适合秦汉以来当时朝野求仙入道长寿的愿望改变为行善礼佛、往生不死的观念。

从内容方面说，也是随着佛教思想的转变，把过去鉴贤戒愚、颂功扬德、零碎标榜的对象变为统一的以如来佛为首善行的模拟。以佛本生经与佛传本行经等方面来烘托出一个享尽人间富贵、快乐的太子，为了不愿世界上有生、老、病、死的种种痛苦，而以自己的出奔山林、苦行成佛来拯救世界。像许多宗教的教主故事一般，所谓"放下屠刀，立地成佛"，所谓"万善同归"那一类封建道德在过去封建统治的矛盾社会中，起了不小的便利于奴役与剥削广大劳动人民的作用。

我们不难了解，为什么六朝的壁画中有许多本生故事画以及在隋、唐、宋、元有规模宏大的经变故事画的缘故。那时候王公贵富，那些已经享尽人间豪富的统治阶级，为了更进一步地巩固与发展自己不尽的欲望，他们用尽一切权力与财富来支持这个宗教的社会地位。他们支持佛教，是为了要巩固自己的统治政权；他们支持佛教，是为了要修炼来世的荣华富贵。

因此人民生活不能借此获得幸福，那些处于"水深火热""民不聊生"的被压迫、被剥削的现实环境中的人民，他们的"苦劳怨曲"，他们的"生老病死"，并没有像悉达多太子出游四门时所遇到的人们为当时统治者所注意。于是亿万个被束缚在"劫数难逃的命运"中的劳苦大众，在无可奈何的呻吟叹息中，只有拿释迦如来生前苦行的往事，来作为自己做奴隶的榜样而"随遇而安""听天由命"地在压迫下过活。

就是在这样悲惨的阴影中，无数劳动人民被奴役地用自己的血汗，一代又一代，在二三千年漫长的封建统治下，造就了世无匹敌的伟大的文化史迹。敦煌莫高窟就是在这样的时代利用人民对于宗教的信仰而创建的石窟寺。

莫高窟在今敦煌城（清雍正三年即公元1725年修建）东南20公里的地方。它修建的年代，根据现有的文献记载应该介乎公元353年与366年之间开始，从4世纪的北魏一直到14世纪元朝的1000年间。各代修建的洞窟在唐朝的时候共有千余个，经过长久的毁损，现在据我们整理的结果，存在画壁及造像的石窟共469个。这里面包括魏窟22个，隋窟90个，唐窟206个，五代窟32个，宋窟103个，西夏窟3个，元窟8个，清窟5个。这许多不同时代创建的洞窟，洞窟结构及壁画造像形式方面，都具备着各不相同的特点。北魏洞窟型式都是模仿印度支提的制度。前面入窟的地方凿成与屋宇一般的人字披间，这是一个便于礼佛跪拜的前庭。窟的后半部有一个龛柱，即中心柱（Autel Central），这是为进香礼佛时沿用着印度礼佛习惯做回旋巡礼（Pradaksina）时用的。隋朝的洞窟大约可分两种：一种沿袭北魏的龛柱形式，一种是中央平广而三面有龛壁的形式。唐朝的洞窟只有入门相对的一面神龛的形式。五代、宋以后，可能由于莫高窟的建造日益增加窟的结果，仅有可以造洞窟的地方已全被修建用了，因此就把早期的洞窟修建改造。这些被修建改造的洞窟，大都是早期魏代的洞窟，他们为了便利及减省工作起见，就把龛柱改造成为须弥座及屏风而另创了一个洞窟的形式。

这些各时代的洞窟型式，都有它们各自的内容配置。如魏、隋大都以千佛为主体，间杂了佛本生经——须达拿、尸毗王、萨埵那等那些流行的佛传故事画。千佛与故事画之下，照例有供养男女及施主的画像，并有时配列了边缘的花纹。下面墙脚上则大概是魏代壁画中已有的金刚力士。隋朝的洞窟，除如上述的配置外，有时在神龛的左右侧还画出原始形态的维摩经变，这是唐朝经变画的开始。唐朝显然以经变为主体。初唐经变的形式，开始的时候有几个洞窟是把维摩变等简单的经变画在神龛内部弟子和菩萨塑像的后面。整个巨大富丽的经变包含着许多有趣的故事，其生动活泼的各个场面与中央佛堂上庄严肃穆的佛说法形式巧妙地组合成了一个对比。四周配合着净土兜率的天地与金碧辉煌地矗立宝池中的楼台建筑，加上飞天、菩萨、伎乐与舞蹈等，画面就变得非常富丽紧凑。

晚唐、五代仍旧沿袭旧的形式，由于张议潮、曹议金的政治权力与财富，洞窟规模、壁画技术都有宏大、富丽的表现。到了宋朝，莫高窟砾崖可以修凿洞窟的地方已差不多全为上代所占据，为了修造自己的功德窟，他们不惜把前朝已经修造好的洞窟涂抹而重绘。当时在发达的商业资本和货币资本影响之下，在物质需要已超过神灵感召的信仰之下，佛教艺术显然已走向衰败的道路，那些壁画所表现的内容与形式多半是贫乏而单调的，重复的千佛与简单的颜色，今天给我们的整个印象只是均一整齐的图案趣味。

元朝虽然在文献上有过重修莫高窟与皇庆寺的碑石，但洞窟的数量很少，所表现的密宗曼荼罗壁画在技法上也许有不失精密加工的成分，在艺术的质地上，一般地说来是走上比较退步的道路了。

六

敦煌壁画虽然是以佛教内容为核心来表现的，但是因为佛教宣传的对象是人世间的人，所以重要的表现内容是以人物为主的。这里从北魏初期的故事画一直到唐、宋间大规模的近千余人的构图场面，每一幅都是经营、布置得非常紧凑而生动。

初期的北魏壁画，如降魔变及尸毗王本生故事等，虽是反映着佛教艺术传入以后的影响，多少还是含有粗野、旷达的风味，但构图上严密的组织性的主题烘托，却已到达了甚高的境界。例如北魏第254窟壁画萨埵那太子本生故事，就是一个最好的实例。这幅画中没有时间与空间的阻隔，没有树石房屋的穿插。人与人，动作与动作，密密排排地堆叠为一幅思想意识与内容、技巧天衣无缝的杰作。这幅画的作家，是如此聪明、巧妙地把萨埵那太子出猎、刺血、投身喂虎以及萨埵那两个哥哥发现弟弟的死尸悲哭、埋骨、造塔等八九个不同场面与不同的时间，在一幅画面的一个空间上全部表现出来了。画面上的色与线、形体与内容，以深棕色的色彩加重了严肃、沉重的气氛，表现出这是一个悲剧，是一个阴森森的佛教故事。

同一个故事，第428窟却是用另一种方法表现的。这是采取了民族传统形式，即承继武梁祠石刻与卷轴画的办法，把全部故事情节原原本本地罗列在连续的条幅上。一般故事的叙述是自左至右与自上至下作"之"形的连续。第428窟的故事画在入窟东壁的南北两侧，南侧的是萨埵那太子故事，北侧是须达拿太子故事。这两壁故事画是横幅卷轴式，每一个故事分三条横幅来描写。南侧的萨埵那太子故事是从观者右方开始的，北侧的须达拿太子故事是从左方开始的。一个是自右至左、自左至右、自右至左作"S"形的连环。

一个是自左至右、自右至左、自左至右作反"S"形的连环。仅仅从这个排列的次序看来，壁画艺术的多变与灵活的运用是十分机智的。这里充满创作的智慧，无论边饰、藻井及人物的配置，都没有一个教条与呆板的规律。为了详尽动人地说明一个故事，我们的艺术家知道如何掌握题旨的重心，把主体的人物配合了山林、房屋，一层又一层地夹隔着，连环而又个别地表现出来。这些穿插的山水树石，与其说是自然景物，不如说是每段故事的美妙序幕，他们是如此样子不多不少地去处理故事的主题与配景。这里的萨埵那本生故事画比较详细地罗列了13个情节：

1. 波那罗、提婆、萨埵那三王子出猎前告别父王摩诃罗陀。
2. 三位王子并辔向园林行进。
3. 三位王子试猎打靶。
4. 三位王子有预感。
5. 三位王子更前行。
6. 三位王子见饿母虎及七小虎。
7. 萨埵那太子动了救虎意念，劝其二兄先行。
8. 萨埵那太子解衣卧虎前，虎因饥饿无力食人肉。
9. 萨埵那太子起身立山顶，以干竹刺头出血，从悬崖投身喂虎。
10. 二兄不见弟在，折回原地，见其弟尸骨，惊惶悲号。
11. 二兄驰马归途。
12. 向父王报告萨埵那喂虎情形。
13. 萨埵那成佛。

这13个连环故事的过程是按照下列次序排列的：

④	③	②	①
	⑦ ⑧		
→⑤			
⑥	⑨		⑩
		⑫	
	⑬		⑪←

如上排列着故事的 13 个阶段，作家聪明地处理主题与配景，甚至于每一个场面的人物表情都纤细逼真地、毫无疏忽地刻画着。第 10 段二兄折回在萨埵那尸首前惊惶悲痛的表情，随着两个扑身向前的动作，是如此样子真实地把丧失了弟弟的两个同胞兄弟的悲痛心情全部显露出来了。像这样大胆地配合线条与色彩的调和、虚实天地的布局，动而不乱，疏而不散，密而不挤，静而不空……这使我们想到张彦远在《历代名画记》上论到的六朝山水：

其画山水则群峰之势，若钿饰犀栉，或水不容泛，或人大于山。

这说明了以人物为主题的构图中山水的地位。为了加强主题的力量与人物的重要性，在上述的连环画中，我们又为什么一定要求作者要"人小于山""水能容泛"，像后来《清明上河图》那般平铺直叙看不见主题呢！

这种"人大于山""水不容泛"的古代作家含有突破拘泥规律的大胆作风。到第 249 窟北魏后期作品时，是完全配合了中国古代神话传说《山海经》一类幻想的：随着云彩飞驰奔腾的天体，各种神怪、龙虺、羽人、天狗之类在转动，穿插着天花、星宿，真是已经做到画面上"动"的境界了。如同长沙出土的战国漆器上所绘的动物模样，如同辽阳与通沟墓壁画中飞人、奔马一般地都充满了运动回旋的力量。这其中，飞人、飞马有飞奔驰行的效果，就是散布在主题以外的天花与附着在人物上的飘带，等等，都是造成全画运动中不可分离的力量。多少年来我们只能在书本上找寻，用文章来议论。这正是 5 世纪时南朝齐谢赫在他的《古画品录》所发表的"六法论"中列为第一的"气韵生动"的显明证例，也是中国美术史上主要问题的一个答案。

六朝壁画中除了故事画之外，作为洞窟壁画供养主题的贤劫千佛的配置，虽然是平铺直叙地罗列无数千佛在大块画壁上，但是用色的间隔和参差调配方面，仍然没有疏忽构图上统一变化的原则。此外，藻井边饰图案与力士、供养人的适当配置，在大部分赭红色的壁底上，显现出十分调和的整体性。

从初唐到晚唐，在7世纪到9世纪这长达300年文艺发展的情况之下，那作为过渡桥梁时期的隋朝简单经变场面，由四五个人发展到四五百至千余人的大经变。这里，经变的主题虽然在大体上是以佛说法为中心，环绕着菩萨、天人、伎乐舞蹈以及琉璃七宝的供养，但是表现最入情入理而体贴到每一个时代生活的，却是穿插在大经变四周空隙中，如《譬喻品》之类的故事画。这些故事画已不同于北魏及隋朝那些以佛传为主或以牺牲为主的仅限于佛教的内容，它们是结合了现实人生各种题材的内容，除西方净土变的"未生怨"与"十六观"之外，其他报恩、药师、观音等经变故事，穿插着"鹿母夫人本生""九横死"和"十二大愿""普门品"等各种曲折离奇的故事。那些故事的本身就是一篇美丽的诗。从壁画的描写中，我们体会到历代的画工们是如何样子用自己洋溢的热情表达这些美丽诗史的场面。例如报恩经变中有这么一段故事：

尔时太子于利师跋城于果园中，防护鸟雀，兼复弹琴以自娱。利师跋王女见太子，心生爱念，愿为夫妇，遂两目平复。

这是叙述善友太子被其弟刺瞎双目后，在果园中做防鸟雀护果园人的时候，利师王女儿见而生爱，他们结为夫妻，善友太子双目复明。

在画面中，我们可以看到唐代壁画作家是如何样子来处理这个类似"田园交响曲"场面的。

在浓荫披罩的树下两个对坐絮语的男女，一个人手作抚琴的样子。疏疏的几笔，把整个故事的要点表现出来了。在这幅故事画中，我们并没有感觉到佛经，也没有感觉到神与菩萨，那是"人"的"世间"的一幕平常的喜剧，一幕离开了宗教空气如此遥远的抒情诗歌！

要指出唐代壁画的另一个特点，是代替卷轴式连环画的横幅描写，发展到整个画面上下左右的全般布景。洞窟中没有窗户与门堂，大块画壁，在唐以前多半遮饰着千佛与故事画，到了唐朝初期，这样大幅的画壁，都整整齐齐地画着全幅大块的经变图画。这些经变图画大部分都配合了楼台建筑与树石山水，居中是说法的佛，周围环绕着菩萨、天人、供养伎乐与舞蹈乐队,加上四周配合穿插着各种主题的故事……这里整幅经变是在严密紧凑的布置中叙述了经文内容,一个佛教徒理想的世界从画家所体验出来的神、人、山树、水池、楼台等描述中,是如此完备地反映出来。

我们先拿维摩经变做例子,现在引一段《维摩诘经·香积品》的经文:

于是香积如来以众香钵盛满香饭,与化菩萨,时彼九百万菩萨俱发声言:"我欲诣娑婆世界供养释迦牟尼佛,并欲见维摩诘等诸菩萨众。"佛言可往……时化菩萨即受钵饭,与彼九百万菩萨俱承佛威神及维摩诘力,于彼世界忽然不现,须臾之间至维摩诘舍。时维摩诘即化作九百万狮子座,严好如前,诸菩萨皆坐其上。时化菩萨以满钵香饭与维摩诘,饭香普熏毗耶离城及三千大千世界。

如第335窟盛唐画维摩经变,是一幅受六朝士大夫清谈影响的维摩诘与舍利弗辩论场面的叙述。两个主人,维摩居士与文殊菩萨。维摩诘是才富学高、博学多能的辩才,扶几对客,手执羽扇,仍不失其滔滔辩才的精神。文殊菩萨在这幅画中是用责问的神情来对待面前的居士。其他是900万菩萨、比丘、天女,以及穿插着的与人间关联的皇子、善男信女等群众。这是一幅不受佛经粉本所拘束、场面宏大、趣味生动的故事画。作者可以应用丰富的想象力来处理这个比较现实的题材。在画史上,我们可以看到晋、魏、隋、唐画家,如袁倩、张墨、顾恺之、吴道子、孙尚子、杨庭光、吴道玄、范琼、孙位、朱瑶、贯休等,都画过这样的题目。敦煌壁画中也有大小50个画面,这是艺术作家乐于接受的动人画面。

诸如此类,我们可以在敦煌壁画中找到数不尽的艺术家丰富想象能力的表现,尤其是唐朝这个伟大的民族艺术光辉灿烂的时代。我们看到那些变化无穷、忽上忽下、左右回旋的飞天,那是凭着理想而创造出来、不可能存在而看来仿佛存在的"若有其事"的形象。在这里,我们伟大艺术创作的先驱者,既不像西洋耶稣教艺术所表现的"异想天开"地背上生两个羽翅的天使,又不像后来道教"腾云驾雾"地用一大块云彩托着的仙人。他们，唐代的艺术作家，仅用了几根飘带，一转一倒便把那个上下飞腾的整个身子自如地飘忽在空中了！同样富有想象力的创作，如九首龙魃，如十一面观音，如天龙八部，如天狗、飞马，等等，他们是如此聪明、智慧地把历史上远古的传说、佛经上离奇怪诞的神话，那些不可捉摸、无从捉摸的东西，都具体而现实地表达出来了。

尤其使我们惊异的，是占有壁画百分比很大的东方药师变的创作。我们的作家在描写下面的境界：

然彼佛土，一向清净，无有女人，亦无恶趣，及苦音声。琉璃为地，金绳界道，城阙宫阁，轩窗罗网，皆七宝成。

他们在布置了城阙宫阁、轩窗罗网、"琉璃为地，金绳界道"之后，又：

以种种杂宝庄严坛，安中心一药师如来像。如来左手令执药器，亦名无价珠，右手令作结三界印，一着袈裟结跏趺坐，令安莲华台。台下十二神将，八万四千眷属上首。令　又令须莲台，如来威光中，令住日光、月光二菩萨。

在经变天国世界的主体布置好之后，接着左右就是九横死、十二大愿。他们在这样一个安静、快乐的世界周围，马上布置着：

一者被误投药石柱死，二者横被王法所诛，三者耽淫贪酒放逸而死，四者横为火焚，五者横为水溺，六者横为恶兽所啖，七者横坠山崖，八者横为起尸鬼等所害，九者饥渴所困不得饮食而便横死。

这九个不同悲剧的构图在和平乐园的四周，显出苦乐不同内容的对比，加上真实表现的技法，我们的艺术家，在创作上是全盘达到成功的境地。

作家想象丰富，他们可以想到乐的境界和苦的场面，而这些表现场面又是如此地入情入理，如此地动人。这不是作家把想象力与创作经验结合起来又哪里能达到这样的地步呢？宋宗炳在他的《山水画序》上说得好：

夫以应目会心为理者，类之成巧，则目亦同应，心亦俱会，应会感神，神超理得。

所谓"得心应手"的作品，自然也就是"合理"的东西。

七

敦煌壁画从六朝经过隋唐，一直到中晚唐的时候，由于供养人像地位的改变与重要性的增加，壁画内容也起了变化。那些在魏隋时代一直位于壁画下段或神龛下面的供养人，到了中唐以后，差不多全部移在洞窟入口的甬道左右。尤其是晚唐张议潮以及五代曹议金几代的洞窟，他们家族庞大，往往四五十身一大排的大型供养人像，就占据了很大壁面。我们从安西榆林窟第25窟曹氏供养人题记中看到"都勾当画院使"的名称，知道瓜沙曹氏之世，敦煌虽远在沙漠，但尚有画院的创设。从几个洞窟艺术精美者，我们不难推测到，当时作为供养人而描的肖像画技术已逐渐进步了。这又使我们想到，汉朝的画官制度以及尚方画工所描绘的五十卷汉明画像、吴道子的历代帝皇像等。石窟壁画的维摩诘及唐代少妇的遗像，涅槃变弟子脸部所表现的悲痛表情，天神、舞伎婀娜多姿的神态，佛、菩萨像庄严、慈爱的神情，天龙、力士勇敢、忠烈的面貌……这一切复杂变化的表情，既没有用木炭的阴影，也没有用油画的彩色与笔触，这里，用民族传统的工具，全部是烘染过的线条的力量。这个线，在生硬垩白的壁面上，比在宣纸上还不易处理，假如我们在落笔之前没有"成竹在胸"，那是不会有如此样子出神表情的。宋陈郁说：

画写其形，必传其神；传其神，必写其心。

因此，我们对于这些妙用无穷的线条，不能孤立地当作线的本身来看，在这个线的里面，实际上是具备着一系列含蓄着的条件。

八

唐代大规模经变的发挥，一直到五代、宋初的几百年中，我们慢慢地可以看出，经变画是怎样从初期的简单形式一直到五代、宋初的大而完整的成功。如第61窟宋初曹延禄的洞窟，实在已到了登峰造极的顶点了。然而，那些虽有变化，但可能由粉本传来的定型经变格式，到后来已不为一般画家所喜欢了。西方净土变在莫高窟现有的壁画中占有二十余壁，这时画画的人却喜欢在两旁未生怨及十六观的故事中作比较生动、详尽的描写。维摩变，可能是由于包含各国王子，具有阎立本的历代帝王像的场面，也是采取比较多一点的题材。其他如劳度叉斗圣，那是一个富有活动性、热闹的题材。从这样的趋势中，我们可以找到一条线索，晚唐以后壁画题材，逐渐地从死板的佛教内容中解放出来而又回到独立性的故事画。像第61窟宋初五台山图及一连有百余幅绘画精美的佛传故事画等，都是显明的例子。这许多故事画，现在已由卷轴式连环形式改为单幅连列的故事画。不要忽略，这个时候中原的创作作风，正在花间体中盛行着所谓"踏花归去马蹄香"那一类院试考题的，一切浸润在自然主义的"残山剩水""孤花片叶"的伤感抒情小品中。

九

为了有一个比较具体的敦煌艺术内容的概念，这里我把不完全统计所得的结果罗列在下面。

要声明的是：

1. 这个统计数字没有把我们最近发现的17个洞窟（5个隋窟，7个唐窟，4个五代窟，1个宋窟）计算在内。

2. 这个统计没有把占有最多数数量的千佛（可能有百十万）计算在内。

3. 没有把数量不算小的供养人计算在内。

4. 没有把飞天伎乐计算在内。

5. 没有把每一幅经变构图以及建筑物边缘的图案计算在内。

（一）关于壁画方面

甲　经变

1. 西方净土变	125壁
2. 东方药师变	64壁
3. 弥勒净土变	64壁
4. 维摩诘经变	50壁
5. 天请问经变	32壁
6. 华严经变	29壁
7. 报恩经变	25壁
8. 法华经变	24壁
9. 法华经普门品变	21壁
10. 金刚经变	17壁
11. 劳度叉斗圣变	12壁
12. 思益梵天请问经变	11壁
13. 涅槃经变	10壁
14. 楞伽经变	9壁
15. 降魔变	4壁
16. 密严经变	4壁
17. 陀罗尼经变	2壁

乙　故事画

1. 佛传故事	27壁
2. 见宝塔品	18壁

3. 涅槃故事　　　　　　　　　　　　　　　10 壁

4. 萨埵那太子本生故事　　　　　　　　　　5 壁

5. 须达拿太子本生故事　　　　　　　　　　5 壁

6. 五百强盗故事　　　　　　　　　　　　　2 壁

7. 尸毗王本生故事　　　　　　　　　　　　2 壁

8. 多子塔　　　　　　　　　　　　　　　　2 壁

9. 十王　　　　　　　　　　　　　　　　　2 壁

丙　曼荼罗

　　密宗曼荼罗　　　　　　　　　　　　　11 铺

丁　佛像

1. 文殊菩萨　　　　　　　　　　　　　　80 铺

2. 普贤菩萨　　　　　　　　　　　　　　80 铺

3. 如意轮观音　　　　　　　　　　　　　39 铺

4. 不空羂索观音　　　　　　　　　　　　36 铺

5. 北方天王　　　　　　　　　　　　　　30 铺

6. 观音　　　　　　　　　　　　　　　　29 身

7. 药师佛　　　　　　　　　　　　　　　25 身

8. 南方天王　　　　　　　　　　　　　　24 身

9. 千手千眼观音　　　　　　　　　　　　24 身

10. 四大天王　　　　　　　　　　　　　21 身

11. 地藏佛　　　　　　　　　　　　　　17 身

12. 千手千钵文殊　　　　　　　　　　　10 铺

13. 水月观音　　　　　　　　　　　　　 5 铺

14. 卢舍那佛　　　　　　　　　　　　　 3 身

15. 孔雀明王　　　　　　　　　　　　　 2 身

16. 金翅鸟王　　　　　　　　　　　　　 1 身

17. 阿修罗王　　　　　　　　　　　　　 1 身

（二）关于图案方面

甲　藻井图案　　　　　　　　　　　　约 420 项

乙　佛光图案　　　　　　　　　　　　　 未详

丙　座饰图案　　　　　　　　　　　　　 未详

丁　边饰图案　　　　　　　　　　　　　　　　未详

（三）关于塑像方面

甲　魏塑（包括影塑456身）　　　　　　　　729身

乙　隋塑　　　　　　　　　　　　　　　　　318身

丙　唐塑　　　　　　　　　　　　　　　　　442身

丁　五代塑　　　　　　　　　　　　　　　　39身

戊　宋塑　　　　　　　　　　　　　　　　　187身

己　西夏塑　　　　　　　　　　　　　　　　8身

庚　元塑　　　　　　　　　　　　　　　　　4身

辛　清塑　　　　　　　　　　　　　　　　　684身

十

　　上面这些内容，是以宗教为中心的造型表现的主题，也就是由这些内容，把从4世纪到14世纪前后1000年中的民族艺术传统在敦煌长达25公里的巨大的壁画上连贯不绝地记录着。它补足了过去美术史的残缺，它充实了民族文化史的内容，使祖国伟大而丰富的艺术传统放射着无限的光芒！

　　我们要感谢我们的祖先，即可敬爱的古代画工、塑匠，他们是如此地用自己的手和智慧，在荒凉凄惨的沙漠戈壁中不分寒暑、成年累月地进行他们神圣的工作。他们是生在那里，工作在那里，甚至于死在那里！多少次，我们在石窟北段尘沙满室的小型洞窟的石坑上、沙堆里发现枯黄的尸骨和残破的麻布、烟盒、油灯……以及壁墙上残留着若干用土红勾画着的画稿……这些长不满2米、高不能容身的石窟，就是默默无闻的画工、塑匠们死葬的地方。

　　我们知道"前呼后拥""鞍马屏帷"的当时位极人臣的河西归义军节度使和他的夫人出行图的壁画，但不会知道这类画就是如此样子由贫病而死的劳苦画工用心血和智慧所创造出来的。

从敦煌艺术看
中国民族艺术风格及其发展特点

中国最伟大、最光辉的艺术遗产之一,要算西北甘肃省敦煌的千佛洞。从数量上说,敦煌的千佛洞有四百多个石窟,如果把从北魏到元朝的每个洞里的壁画按画面紧密地平铺陈列起来,其长度可达 32 公里。若从该佛洞产生最早的年代(366)计算,至今约有 1580 余年。而且每个洞窟的壁画、雕塑,不论色彩、构图、形象,从其辉煌富丽的程度上可以看出我国造型艺术史上远从北魏时期起就把这些最珍贵、最有价值的艺术杰作保存起来,并传流下来了,成为我们现在人民艺术最宝贵、最丰富的遗产。

从敦煌艺术研究来讲,我们可以看出当时的中国艺术是受到了印度影响的。自北魏以迄隋唐,中国西北大陆上对外的交通,由河西走南疆,经过戈壁大沙漠到罗布卓尔,转和阗越过喜马拉雅山而达印度。历史上唐僧取经,也是走的这条道路。敦煌就是这条道路上的关口,去来的歇脚点,当时东西交通十分兴隆。敦煌艺术的基础就是在这样的条件下逐步建立起来的,而达到后来的大成。

远在前秦建元二年,即公元 366 年时,是所谓"五胡乱华"的时代。当时中国本部受到边疆民族的袭扰,而统治中国西北部的拓跋氏,在提倡佛教的名义下,把天国的"神权"和地面的"王权"联系起来,叫人民尊敬他,不仅把他当作帝王来奉养,而且还当作如来佛来礼拜,以达到统治目的,这是敦煌千佛洞创立的原因。从这原因我们可以体会到洞窟中的造像与壁画无非是统治阶级拿来麻醉人民的工具。所以这些洞子题记只有施主的姓名,而那些被压迫的在这些洞里绘制出了辉煌壁画的画工,却不见留有一个名字。

应该了解,处在"五胡乱华"的十六国时期,封建主们干戈相见,年年争战，这些无名画家生活的痛苦是可想而知的。而这些艺术家们为了维持生活，在那些洞子里如奴隶一般地工作着，就使他们产生了逃避现实的出世思想。《魏书》描写当时人民生活的"尚寐无吪，不如无生"这两句话就反映了这种思想。这些艺术家们虽然是被压迫者，然而他们的创作态度却是非常严肃的，并且为我国民间艺术的意识形态开辟了道路，尤其是在表现手法上获得了成就。

我们可以从最早北朝（即北魏）的壁画找到例证。前面讲过，中国艺术曾受到印度的影响，而印度又被希腊影响，希腊亚历山大皇帝把艺术带入印度以后，印度就有了"印度希腊风格"的艺术作品。而我国北朝壁画的犍陀罗风格就是具有希腊印度风格的，并掺和了中华民族的艺术成分而表现的技法。画家曹仲达所作的"曹衣出水"图，其中人物身披薄绸和纱，但仍可从紧密的衣褶下看出肉体，这就是"犍陀罗"的风格。这种风格的特点，就是人体上细微的线条表示着一种连贯、生动的运力，如六朝顾恺之绘画中的"春蚕吐丝"，形象与线条生动、活泼。色彩方面，大抵以青、绿、红构成对比的调子，热烈而稳重，这是北魏时代艺术的一般表征。到了西魏，艺术风格虽大体相同，但已减少了一部分旷达、粗野的力量。

隋朝统治虽只有37年的历史，但在敦煌400多个洞窟中，建之于隋的有70余窟，约15%。中国艺术——根据敦煌遗迹的研究——由印度传入后至唐朝才始渐形成具有中国民族气魄的艺术风格，自北魏至唐朝之间，隋朝恰是其中的桥梁。拿造像做例，如果说，北魏的造像长身、细腰富于纤细的风格，那么隋朝的造像却已慢慢变为壮实、丰厚，并为后来唐代艺术之发展准备了条件。隋炀帝统一了南北朝以后，他由西域请来了尉迟跋质那等画家创导了佛教艺术。而当时汉族画家展子虔除受了他们的影响和感染而外，他自己也发挥了创造性。从隋代壁画中可以看出，展子虔的作品已达到"细描色晕，神志俱足"的程度了。

由隋到唐，有了长足的发展。敦煌的壁画和塑像，以唐代最丰富，400余窟中，唐窟占43%，约有200余个。唐朝统治由盛至衰历时300余年，现分初唐、盛唐、中唐、晚唐四个时期概述如下。

自唐高祖掌握了统治权起，此后100年间，即由公元618年至

718年是为初唐。初唐的艺术风格虽然仍保持着隋朝的风味，但是壁画的内容却起了不小的变化。为了说明这个变化，我们先以唐朝以前的壁画主题做例子。六朝壁画内容大都含有一定完整的故事性，如"舍身饲虎""白象""割肉喂鹰"等即是。

"舍身饲虎"是取材于佛经上萨埵那太子故事的，各个画面都反映了太子血和肉的牺牲，仅为同情一个哺育着七只小虎的饥饿母虎，为了救活幼虎，使它们能吃到母虎的奶，太子就舍身喂了母虎。"白象"是须达拿太子的故事。据说这只白象是勇敢无敌的无价之宝，太子看见七个步行的穷人走得太疲乏了，他就把这只白象送给了他们，后来却遭受了极大的灾害。"割肉喂鹰"的主题表现了尸毗王救生的故事，一只鹰欲捕食一只鸽子，而为尸毗王所见，他估计鸽子的重量约有二斤（1公斤），就从自己的腿上割肉二斤（1公斤）补偿喂鹰，以救鸽子的命。

诸如此类的故事，反映了唐代以前模糊的"舍身成仁"的思想。到了唐朝，壁画内容起了很大的变化，人们的思想从无谓的"舍身"转变为把希望寄托在"下一世"。虽然这仍是逃避现实的出世思想，但是较"舍身饲虎""割肉喂鹰"的苦行则大有不同了。唐朝的壁画约有80%表现了以净土宗为内容的主题。如大壁画净土变即是取材于表现西方净土的《阿弥陀经》。这是一幅大的构图的画，表现佛在讲经。佛前有供台，下为听众，有乐队，有舞蹈，两旁即为经中所讲的故事，配有伎乐、供养、花果、乐器，因而形成了所谓天花乱坠的庞大画面。类似这样净土变的壁画，代表了唐代的艺术。所谓的变相就是以图画来解释佛经，把佛经通俗化。除"图变"外，唐时还有"文变"，亦称变文，把佛经变为能说能唱的五言偈语，是佛经通俗化的另一办法，据说这就是中国说唱文学的起源。不论这是否是事实，从唐朝起绘画向雕塑发展，变文向说唱发展，是可以看出来的。唐朝的伟大不仅因为那些艺术家们创造了艺术，而且在创作主题上由绝对的消极转变为比较积极，给人们以若干希望，这在封建社会的时代里，不能不算是一点进步。如"七宝池中的莲花"这一类的画面，在莲花中绘有小孩，这表明了人们"往生灵魂"的超度，不像隋朝壁画那样叫人作无谓的牺牲。

初唐的特点，除艺术风格继承了六朝和隋朝的风格而外，壁画内容又有了如上述的变化。这一时期的名艺术家阎立本、阎立德两兄弟和尉迟乙僧等人都是代表作者。

盛唐始于玄宗，为武则天以后唐朝鼎盛隆昌的黄金时代，大约由公元713年至765年。在这53年中，艺术风格较初唐时又有不同。由敦煌壁画中我们可以看出，盛唐时代的作品已具备了雄健、开达的作风，在创作方法上也走上了写实的道路。六朝时期（即北魏、西魏）的作品多趋于象征，"人大于山""水不容泛"都含有漫画扩大的意味。而盛唐时代的艺术作品，由敦煌壁画看起来，却由象征跨入了写实，在许多大型的集体创作的壁画中，其人物的比例、透视——如山水的远近、界画，如造像的解剖，等等，均在表现手法上推陈出新，创作更见合理，这在当时可算达到了顶点。虽然壁画的内容上仍脱不出神的范围，可是我们应当这样理解：画面上的神确实为人的化身。

由8世纪到9世纪，即公元766年至820年，是为中唐，敦煌壁画发展到另一个趋势，即由大题材的集体描写转为专题描写，如画女人、瀑布、山水，等等，手法相当精细，但在画面上稍见拥塞。中唐时代虽然政治、经济日趋衰落，艺术上的进展远不如前，可是较之晚唐尤胜一筹。

自公元821年至906年是为晚唐，在这一时期由于唐武宗对于佛教设施有所毁坏，敦煌的艺术亦不见有更新的发展。

唐亡宋兴，宋朝设有画院，作品富于装饰风格。从艺术风格上来讲，敦煌壁画可以说明这样一系列的演变，即是：六朝的画表现了象征，唐趋于写真，宋则追求装饰，而到了元朝的密宗画就比较颓废了。

总之，从1500年前的敦煌艺术来看，历经了上述的许多变化过程，这也就是与每一个时代政治、经济相互影响的发展过程，我们可以看出我们中国民族艺术的特点，即在绘画上早就有了线的创造，在艺术上说，棱角即是线的存在。如吴道子名作的"吴带当风""春蚕吐丝"，线的表现就具有"运力"的具体表达。从敦煌的画看来，线不是孤立的，而是帮助一定的形象而存在，因此，线又不是抽象的，它具体地存在于铜器雕刻和回纹上面。线并非无光无形的东西，线因光或物体的运动而会起变化的。敦煌壁画，用红土勾勒，然后再涂色，有光与线之分，这就证明了那些认为中国壁画就是平涂、没有凹凸的说法，是不大妥当的。从敦煌古壁画又可以看出它是用了重色先画衣褶，然后用淡色涂之，在平涂之下仍可显出凹凸，绝不是一般所谓的单线平涂，所谓中国画无立体的、无光暗的感觉之说，完全被敦煌艺术否定了。

我们可以这样理解，从敦煌艺术的研究知道，中国民族艺术在历史上很早就有了辉煌的创造，这就是线。而这个线，既非日本人藤田嗣治口中庸俗化的线，也非法国资产阶级野兽派的线，亦非目前所谓的单线平涂，敦煌壁画中的线是帮助形体、光暗、色泽三者共同存在的具体轮廓。总的说来，即有线有光，有光有线，线与光色融合组织而成形象。所以线可以根据光暗有粗细之分，可以根据色泽有浓浅之别，线更应该根据物体的色彩而随时随地地变化着。这就是中国民族艺术的特点，是我们应该学习与发扬的遗产。

目前一般所谓的单线平涂，是来自于木刻，实际上木刻是黑白对照比较强烈的东西，在刀锋与笔触上用功夫。在革命斗争中，由于木刻易于表现艺术上的对比方法和易于印刷，就成为斗争中的有力武器。在老解放区敌人被消灭了，当时人民从事生产建设，人民的生活是愉快的，因此黑白对照的木刻的阴纹改为阳纹，成为"单线"，上色就是"平涂"。此一方法，随着中国革命的胜利，一切印刷出版方面的条件有利于木刻发展为年画，这是提高了一步的进展。但是在技术方面，今天的单线平涂还可以在原有的基础和成绩上再提高一步，如何提高，那么具有民族特点的敦煌艺术，足可以供我们借鉴与研讨。

从敦煌壁画看历代人民生活

敦煌壁画的伟大，在于它历史时代的久远、内容的丰富和它所反映的自4世纪到14世纪1000年的中国封建社会意识形态的逼真与翔实。

由封建统治帝王所御用的史学家描写的中国历史，多半是以帝王将相为主体，充满了歌功颂德、欺骗后世的谎言，我们很难从字里行间看出长时期被奴役的亿万人民群众的活动。

连御用的中国美术史也是只把画家歌颂统治阶级的作品世代相传地留下来，著名的4世纪顾恺之的《女史箴图》和7世纪阎立本的《历代帝王图》就是最显著的例子。

敦煌壁画却替我们填补了这个缺陷。

大家都知道，千佛洞是一个佛教中心，千佛洞的壁画多以佛教内容为主题。我们勤劳又智慧的古代画工们却善于从佛经故事取材，刻画出一千五六百年前人民生活的种种，他们的手笔，使我们知道中国绘画除历史上所记载的《历代帝王图》等之外，还有历史典籍不会记载的"历代人民生活相"。

下面描绘的就是从敦煌壁画中所选出来的描绘历代人民生活的几幅代表作。从《马夫与马》一画中，我们可以看到北魏时代赤足裸臂的马夫用力驾驭一匹骏马的情况。在《伐木者》一画中，我们可以看到隋炀帝奴役人民，筑运河、修宫室而为个人巡幸；赤身裸体的砍树者——当时被征用被奴役的平民，在山林旷野间辛勤砍伐。《舞乐》一画是隋代舞乐人正在林中演奏的情形，它的观众却是统治人民的"孤家寡人"。《狩猎》一画，可能同样是统治者的娱乐吧。这里，我们看见的围猎景色，不是在深山旷野，而仿佛在一个假山假水的人造的御花园中。《纤夫》一画中，唐代现实主义的画家是如此心灵手巧地运用他们的智慧与力量，尖锐地刻画出统治与被统治阶级两个截然不同的对立典型。金碧辉煌的大场面中，可以发现如此突出地表现着牛马一样倾倒了身子用肩膀在河边上拉纤的劳动人民。这个形象刻画得如此生动，使我们联想到19世纪俄罗斯人民艺术家列宾《伏尔加河上的纤夫》所塑造出来的那些劳动人民的形象。这里由于变色的关系，虽然已不能辨别脸上的表情，但是他们张开了的手指与用脚尖顶住地面的姿态，分明表示出支持不住的辛劳的动态。《雨中耕作》一画反映出：一面农民为了生活，在不避风雨地耕作；另一面却描绘着安坐着饱食终日、无所事事的显然属于地主阶级的享乐场面。《修建图》一画，描写修建房屋，劳动人民采取原始的工作方法，用绳子把梁木拉上去，把砖石抛上去。这说明统治阶级所享乐的宫殿楼阁，无一不是劳动人民用血汗修盖起来的。唐代《狩猎图》，这幅代表唐代优秀的现实主义传统的画，画出了在马的奔驰与举弓满弦的猎人姿态互相配合的一刹那。《百戏图》是晚唐张议潮夫人宋氏出行时仪仗队的百戏表演，我们可以看到那个头上顶了四个人在耍舞十字竿的主角，在如何用力平衡的动作。那是从现实中体现出来的生动形象。《耕作与收获》一画，很好地说明了当时劳动人民在田野间耕耘、收割与扬场三个农事过程。但那衣冠周整的宋代劳动人民的形象，使我们体会到宋代理学深入到社会各阶层，于此活生生地意味着古书上所说的"文质彬彬"的意思。

敦煌莫高窟介绍
——中国人民的艺术宝库

一

敦煌莫高窟在现今甘肃省西边敦煌县城东南20公里的三危山与鸣沙山之间的峭壁上。汉代称敦煌县为敦煌郡，与酒泉、张掖、武威同为河西四郡之一。它恰恰在阳关大道的口子上，是古代从内地经新疆到印度、波斯、罗马等西方国家的门户，是中西文化交流的总汇。

公元1世纪左右佛教从印度传入中国之后，佛教艺术也随着发展起来。莫高窟创建于公元366年的东晋时期，经北魏、隋、唐、五代、宋、元继续开凿，是4世纪到14世纪中国佛教艺术成长时期无数艺术匠师们在那里继续不息的集体创造出来的艺术宝库。根据文献记载，莫高窟在7世纪的时候已有绘满了壁画和装配着彩塑的石窟一千余个，它们经过千百年的风日侵蚀与人为损坏，岩石风化引起坍塌，流沙掩埋，洞窟的数量已逐渐地减少。敦煌文物研究所历年发掘和清理的结果，到目前为止，还有保存比较完好的洞窟480个。全部洞窟沿着峭壁自南到北长达2公里，它们南北贯连、上下相接，最多的地方有四层；在蜂窠一样的洞窟内部，包含了晋、魏、隋、唐、五代、宋、元七个朝代一千数百年中所绘塑的壁画和彩塑。如果将石窟全部画壁展开连接起来，可以伸展到30公里左右；把两千四百多个彩塑排起队来，长度也可以达到一二公里。其中有两个高达三十多米、精美壮丽、栩栩如生的彩塑大佛和数百个形体生动、姿态活泼的飞天影塑还没有计算在内。另外五座唐宋的木构窟檐建筑，是中国现存古代建筑中最宝贵的标本。

二

1900年5月，就在这些石窟群中，还偶然发现了一个可能封闭在10世纪左右约有3米见方的暗室（现在编号第17窟，就是著名的藏经洞），里面秘藏了3万多件自5世纪到10世纪用古代汉、藏、回鹘、龟兹、和阗等多种文字书写和木板刻印的经卷、文书，以及卷轴幡画、刺绣、铜像等，它们包含了反映千百年间古代封建社会有关宗教、历史、文学、艺术、人民生活各方面的重要文献材料。这是20世纪人类文化史上的一个空前的发现，因此引起外国帝国主义分子的垂涎。从1907年到1924年间，在昏庸的清政府与反动的国民党统治下，美、英、法、日文化间谍在上述藏经洞和其他石窟中劫取了数以千万计的文书、古画和壁画、彩塑等。这是古代艺术匠师们的智慧创造，也是热爱祖国的中国劳动人民所最为珍惜与爱护的，在无可容忍的帝国主义分子卑鄙地一再劫夺之下，燃起了敦煌人民的愤怒火焰：1925年美帝华尔纳和他的走狗霍雷斯·杰尼再度"光顾"莫高窟，企图大举劫夺，敦煌劳动群众坚决反对，并把他们驱逐出去，摧毁了帝国主义分子的无耻阴谋。

三

敦煌莫高窟是祖国伟大的艺术传统中最富有人民性和现实主义因素的艺术遗产的宝库。敦煌艺术继承了汉代艺术成熟的经验和生动活泼的传统，把丰富的佛教故事与神话传说细致曲折、生动活泼地用不同时代风格和乡土色彩体现出来。这使我们今天站在这些丰富多彩的石窟艺术品前面的人最容易体会到：古代优秀的艺术匠师——石窟艺术的创造者——和他们同时代佛经翻译者与变文俗文学创造者一样,知道如何把烦琐的经典文书和神话传说,概括扼要地用艺术的形式从主题、内容、结构组织在几个人到几百个人的经变或本生故事画的大小画面中。这些伟大的艺术的成就,不但雄辩地说明了故事的本身,而且极富感染力地刻画了封建社会各时代统治者与被剥削的劳动人民的意识形态,使我们对历史的认识有了更现实的体验。此外在中国艺术史方面,这些杰出的遗产展示出一千五六百年民族艺术演变和发展的各个阶段,使我们有可能运用古典艺术优秀而丰富的创作经验为继承民族艺术遗产,推陈出新地创造出社会主义现实主义的新艺术作品来。

敦煌艺术还反映了千余年来一脉相传的中国人民在民族与民族、中国与外国、东方与西方之间和平相处的文化交流活动中辉煌的成就。因此它不仅是祖国伟大的艺术传统中最富有民族个性的艺术遗产,而且是人类整个文化和平创造历史中不可分割的组成部分。它受到中国人民的珍惜与爱护,同时也受到全世界和平民主人士的珍惜与爱护。它是人类文化和平创造的骄傲。

四

在伟大的社会主义建设时代,敦煌已成为中国人民最为珍贵的艺术宝库,早在 1950 年敦煌解放初期,中国共产党领导下的人民政府就从北京打电报到敦煌,热切地慰问被国民党解散过、曾经在遥远的沙漠中孤苦无告地为祖国艺术坚持工作的同志们,决定把敦煌文物研究所直属中央文物局,并于 1951 年在北京举行第一次敦煌艺术展览会的时候,由政务院文化教育委员会隆重地颁发了奖金与奖状。这一切都大大地鼓舞并激发了全所工作人员的劳动热情;加上逐年增加工作人员编制和与之相适应的各种改进业务的设备与投资,使敦煌艺术宝库的发扬和保护工作得以按照计划,在发展中取得了初步的成就。

首先在保护修缮方面,主要修理并复原了五座暴露在风沙中已摇摇欲坠的危楼——唐宋木构窟檐。清除了5280立方米的窟前积沙，修筑了1088米防沙墙和防沙沟、700米的防水堤坝、500平方米的窟顶保固工程，新建桥廊通道250米、洞窟门窗176副、洞窟保护隔墙及窟檐55座，其他窟内外零星修补及地面铺作150余处，共计2000平方米。在整理工作中重新整理并书写了480个洞窟的内容说明牌，整理并修补了彩塑二百余件。在清除沙土和修缮整理的同时，还新发现了唐及五代的洞窟共计11个，并在第108窟南面发现了五代时的具有年代题记、反映当时修建洞窟情况的诗文墙壁一堵。

在发扬工作中，为了纠正过去零星片段的细碎临摹介绍，近年开展了整窟原大的临摹，各种原大本生故事及经变画的临摹，各时代壁画中有关人民生活及装饰图案等各种专题材料的介绍和收集，这些都是有计划地发扬介绍工作中的一部分。历年积累下来数以千百计的壁画摹本，除1955—1956年在北京故宫奉先殿展出外，1951年在北京午门第一次展出，参加多个出国文化代表团，先后在印度、缅甸及捷克、波兰等一些人民民主国家多次举行了展出。最近又把过去未曾介绍过的莫高窟所宝藏的两千余件各时代的彩塑用临摹和摄影介绍出来。全面整理和进一步对敦煌艺术系统的研究工作正在按照规划逐步地展开。如经过研究，有根据地恢复原色壁画的临摹工作，各种本生故事画、经变画、供养人、佛及菩萨在各时代不同的表现方法和不同的艺术作风的比较分析研究也在一步一步地进行。中国造型艺术所特有的彩塑技术也作了初步的探讨和研究。几年来，这些工作对于敦煌如此伟大的艺术宝库来说，显然是不够的；大规模有计划、有步骤的修缮，系统的研究和大量的出版与介绍，成为爱好敦煌艺术的人民群众一致的期望和迫切的要求。为了满足群众的要求，中央文化部文物局除邀集专家研究莫高窟的全面修缮计划外，并于1954年在石室中安装了电灯，敦煌文物研究所添设了摄影部门；今后要配合有系统的研究从黑白片到彩色片展开全面摄影工作，在短期内收集全部的纪录资料，为分析研究和大量出版介绍创造条件。

在中国共产党和人民政府的领导下和人民群众的爱护与督促下，敦煌艺术的发扬和保护工作，像祖国伟大的社会主义建设事业亿万工作部门一样,正在针对着改善人民物质生活和文化生活总的要求和目标,一步接一步地在广阔的道路上前进!

守护敦煌·敦煌莫高窟介绍——中国人民的艺术宝库

漫谈古代壁画技术

早在原始公社时代,人类就利用壁画刻画出他们从集体生活和劳动中体现出来的艺术形象。如在西班牙阿尔泰米拉洞窟中发现的绘于1万年以前的牛的壁画,在瑞典岩石上发现一幅人用牛拉犁的壁画(见伊林《人怎样变成巨人》),这些足以说明壁画艺术是从实际生活的要求中发展起来的,它一开始就与集体的劳动相结合。

但是,这种为劳动人民服务的壁画艺术,经过封建社会,在漫长的年代中一直被利用为宗教和封建统治者服务,如唐张彦远《历代名画记》所谓:"夫画者:成教化,助人伦,穷神变,测幽微。"历史记载周朝的明堂和楚国的宗庙、祠堂都画满了以"成教化,助人伦""鉴贤戒愚"和山川神灵为内容的大幅壁画。汉魏以后,中国佛教壁画在民族艺术传统的基础上吸收了印度和中央亚细亚的做法,得到新的发展。以著名画家阎立本、吴道子为代表的无数专业画家们,不但在制作技术上发展了金碧辉煌的风格,而且在内容上也开始创作独立的山水画。此后中国壁画逐渐成为以装饰寺院和墓室为主的绘画。

我国壁画艺术传统是十分优秀和伟大的,从现存的汉、南北朝、隋、唐、五代、宋、元、明、清各时期的壁画来看,题材内容、技术、应用材料的演变和发展是曲折的。但这些由古代劳动人民在漫长的历史岁月中获得的许多经验,对于我们今后新壁画的创作,一定能起很好的借鉴作用,因此,这里想根据我所知道的,作一简单的介绍。

一、中国壁画的性质

一般壁画，是指画在与建筑物直接发生关系的墙壁上的绘画而言。远古时代的壁画，都是随兴所至地用手头可以得到的木炭或颜色，画在自己居住的山洞石壁或其他各种不同材料制成的墙壁上。那时候的壁画大都在室内，墙壁和颜料都没有经过任何加工。因为这类壁画都是在墙壁作成后画的，所以称为干壁画。古代中国、埃及、罗马的壁画，都属于这一种。到了10世纪的五代，敦煌莫高窟出现了大批画在外面的壁画，这些壁画的底壁与一般壁画不同，它能经得起风雨袭击、日光曝晒而颜色不变。14世纪元代敦煌壁画中，出现了趁墙壁将干未干时作画的一种类似湿壁画的新技术。到了明代，为了便于烘染，壁画上开始涂胶和矾，这与卷轴画中的熟绢和熟纸画的性质有些相同，一直保留到现代。

二、中国壁画制作的特点

我国古代壁画的制作方法随着时代的发展而有所改变。

现存的汉代壁画仅有墓室壁画，近年先后出土的有辽阳北园、辽宁旅顺大营城子、河北望都、山东梁山等处。把画画在涂有石灰的石壁或砖壁上，有些是先涂了一层带麻筋的泥土之后，再上石灰，底壁都是石灰的白色，壁画就直接画上去。

晋和北魏的壁画，可在新疆克孜尔和敦煌早期石窟中见到。一般底壁都用草泥做底层，表面再抹一层麻筋或芦花混合的细泥。有几个洞窟的壁画用土红直接在泥壁上画了草稿，然后再上色。从已被风沙剥蚀了的墙壁来看，一般泥土壁画连胶也没有上。

隋唐壁画见于墓葬和新疆克孜尔、吐鲁番及敦煌莫高窟等地石窟。一般都涂上蛋壳般厚的白垩，也刷上胶。作画时先在白描纸上依轮廓图样刺小眼做成粉本，用带颜色的粉色如土红扑在粉本上，在壁上印下画稿，然后描线和着色。

五代时敦煌最显著的是画在窟外的大幅露天壁画。底壁用较厚的一层石灰、细沙和麻筋混合而成，颜色至今保存犹新，一般五代和北宋的壁画做法与以前没有什么两样。

元代壁画，以敦煌莫高窟第3窟为例，壁画呈泥土色，而且显露出颗粒较粗的沙粒，色彩有用水笔烘染的迹象，可能是属于湿壁画的一种类型，现在正在研究。

明代壁画，一般底壁加工精细，混入麻筋密度较大，在平滑的壁面上涂上白垩，从法海寺壁画来看，白垩上还涂有一层较浓的矾水和胶。这个时期的壁画烘染技术，差不多与湿壁画一样，可以运转自如了，这是中国壁画制作上的一个革新步骤。

三、中国壁画技术和应用的材料

如上所说，中国壁画从处理方法上来看，是属于干壁画的一种类型，这是东方各民族壁画所采取的主要制作方法。各时代壁画的画壁结构，大体上是在石、砖、土坯的表层上，再涂上掺有麦草的粗泥和掺有麦草或麻筋的细泥，以及墁粉皮等。它的作用一方面使壁画表面平滑、细致，另一方面可以使壁画比较安全地固着于墙壁上。

下面我们举四种壁画结构的例子。

敦煌和新疆克孜尔壁画：敦煌壁画是画在酒泉系的砾岩上，石壁凿成后直接墁上一层掺有麦草的粗泥，待半干后再加掺有麦草或麻筋的细泥，最上面墁上一层薄如蛋壳般的粉皮。

辽阳汉墓画壁：它的底壁是坚硬的岩石，岩石的加工办法有两种：一种和敦煌壁画一样，石壁上首先墁上掺有麦草的粗泥，然后再墁上粉皮；另一种是直接在岩石上刷一层细石灰，壁画就画在石灰层上。

望都汉墓壁画：在墓室砖壁上墁上粗泥和细泥两重泥层，然后墁粉皮。

吐鲁番壁画：在土坯上墁两层泥、一层粉皮。

上述各种不同壁画的壁面晾干后，用宽面的长毛刷刷一层掺皮胶的白粉（高岭土白或大白），待干后就可以起稿作画。

汉代墓室壁画的起稿，大抵以木炭在白壁上勾轮廓，随即以淡墨描出，然后用大笔挥毫，因此笔致比较潇洒放达，但所采用的颜色则比较简单，多以墨色为主，具有唐张彦远《历代名画记》所说的"是故运墨而成五色具"的特点。有时也可以看到，人物的嘴唇上有极鲜明的朱色。此外，还可以看到石青、石绿、赭石、石黄等。

自3世纪以后，中国壁画不但在绘制技术上有了改变，而且应用色彩的范围也比较宽阔起来了。5世纪的谢赫在他的"六法"中曾指出"随类赋彩"的问题。彩色画在魏隋壁画中可以看出已开始进入写生的阶段。敦煌的魏隋壁画，说明这个时代的绘画已具有丰富多彩的色泽了。首先是全窟以赭石和土黄等色为主调，给我们以汉代壁画所未曾有过的暖的感觉，配合在黑、白、朱、赭中的鲜明的石青、石绿，发挥了互相辉映的效果。这时候虽然采用了很多的颜色，但是笔触的功用仍旧保持着汉画的特色，往往疏疏几笔，既有富丽的色泽，又有生动的笔致。

隋代壁画上发现始有沥粉堆金的装饰纹样，在赭色的壁画上更显得辉煌和富丽。壁画中采取的颜色，有孔雀蓝、石绿、朱砂、赭石、玉白和煤黑等，尤其是赭色底壁上的白色，加上金碧、孔雀蓝，由魏画的强烈对照转变为明快温和。

唐人壁画用色有显明的朱砂、赭石、石黄、石青、石绿、高岭土白等。唐代以后壁画的底色多为白垩，上面涂有一层薄胶，因此壁画上的颜色呈现了金碧辉煌的景象。

五代壁画，一般仍然继承唐代的风格，变化不大。敦煌这个时候与中原交通隔绝，由中原运来的颜料已不可能利用，因此在壁画上显著看到的是朱砂色的绝迹，用银朱来代替，至今大部分已变成黑色。

宋元壁画，同样由于朱砂无法运到关外，红色部分都以银朱代替，日久与铅粉化合变成黑色，至今壁画只有黑绿两个颜色，显得色调寒冷。

明清壁画，在制作技术上有所改变，主要在于使用胶和矾，这样，色彩的涂刷和烘染比较有大的灵活性，可以不受画壁吸取颜色而使笔墨涩阻不前的限制。从法海寺的大幅壁画中可以看到差不多有一丈高的人物，衣褶线条遒劲流利，能够很好地体现画家的笔力，这与明代画壁刷胶、矾是有关系的。

中国壁画使用的颜色，大概可分为纯颜色、人工颜色、植物颜色等三种。壁画开始使用的颜色，不外乎矿物色与植物色两种。植物色容易变色，今天能看到的古代壁画的原色，只有矿物色一种。如汉代墓室壁画中的黑、白、朱、赭、青、绿等六色是矿色或土色，也是最坚牢的颜色。

黑色是烟炱，白色是白垩（又名白土粉），化学名为碳酸钙，可以经久不变。朱色是朱砂，出在湖南的辰州，又名辰砂。赭是赭色，又叫土红，是赤铁矿的产物，也是不变色的。石青是赤铜矿的产物，化学名为盐基性碳酸铜。石绿与石青都产在铜矿中，也属盐基性碳酸铜，石绿的含铜较石青少三分之一，含碳量较石青少二分之一，含水量是相同的。石青和石绿是经得起日光和湿气侵蚀的颜色。

除上述六种颜色外，河北望都汉墓壁画中的黄色獐子，可能是用石黄画出来的，这是前所未见的汉画应用的另一种颜色。根据新疆石窟壁画的产生和发展的情况，中国壁画色彩在3世纪以后已有比较完备的表现能力，因此这个时期画家们应用的颜色，一定已不止汉代那几种单纯的色，而可能已有青、红配合成的紫色，银朱、铅粉配合成的粉红，花青、藤黄配合成的草绿之类。

唐代和其后，颜色调制的范围更为扩大，因此相互关系也更为复杂了。

现将中国壁画使用的颜料分类列出如下：

第1类：直接使用的成色（原矿质色）。

朱砂	石色	不变色
石青	石色	不变色
石绿	石色	不变色
石黄	石色	不变色

高岭土	石色	不变色
赭石	石色	不变色
烟炱	松烟色	不变色

第2类：人工颜色。

银朱	（硫化汞）	遇铅粉变黑色
铅粉	（盐基性碳酸铅）	日久变化返为铅色

第3类：植物颜色。

胭脂（红色）	红蓝花、茜草、紫绯作成	褪色
藤黄（或称橘黄）		褪色
花青	用蓝靛制成	褪色

第4类：其他。

黄金	金属	不变色
白银	金属	不变色
珠粉（银光色）		不变色

上述各色也可作适当的配合，但要注意颜色的性质，如石色一般不变色，人造色时间久了就要变色或褪色，植物色是褪色的。

从敦煌壁画所用颜色的变色和褪色情况来看，多是由于氧化、日晒及潮湿等三方面引起的。矿石质的颜料虽不变色，但只宜于单独使用，不宜调制，要从这些颜料中获得随类赋彩的效果是很困难的，需适当采用易于烘染和调配的银朱、铅粉、胭脂、花青、藤黄等化学和植物的颜料。

千百年后的今天看来，敦煌壁画已产生了相当普遍的变色和褪色现象。其中比较显著的，是从北朝直到宋、元壁画中烘染颜面的银朱和铅粉，氧化使铅质还原变成黑色；另一方面，也发现了一些用花青与藤黄调和的嫩绿与深绿、花青与铅粉调和的淡蓝等变成原来的墙土色，或是使青山绿水变成白山黑水。这种由于配色不讲究而产生变色，是值得我们注意的。

配色举例（○号为不变色）

原色＼百分比＼全成用色	朱砂	石黄	银朱	胭脂	花青	藤黄	赭石	烟炱	白垩	铅粉	备注
酱红	60						40				○○
黄赭		60					40				○○
橘红			60			40					
紫红				80	20						
草绿					50	50					
苍绿					40	50	10				
墨绿					50	40		10			○
铁绿						70		30			
深紫				20		60		20			
黄墨						80		20			
金黄				50		50					
檀香						50	50				
粉紫				60	20				20		
肉红			30	30					40		
粉红			30							70	
红粉				40					60		
银红			30	30						40	
殷红	60			40							
老红	60						40				
黑墨								100			○○
白										100	○○

敦煌图案
——《敦煌唐代图案》代序

敦煌艺术遗产，是4世纪到14世纪我国劳动人民的集体创作。通过建筑、雕塑、绘画三种造型艺术形式，它们互相关联、互相辉映。而图案艺术，则是介于三者之间的一种装饰艺术，具有和谐而强烈的艺术风格。

敦煌石室的结构，随着时代有所变化。魏窟一般的形式是，前面有人字披的殿堂，后面是中心龛柱，窟顶画平棋图案；隋窟与魏窟大致相同，间或有一部分方形或长方形倒斗式的窟顶；唐代窟型极大部分作正方形，这种正方形石窟有一个窟门，它是唯一的进出通道和光线的来源，窟门不大，四壁和窟顶都是壁画。造像一般都设在正对入口墙壁中央的佛龛里面，也有在窟内中央佛坛或中心须弥座上的。造像周围的壁面上画满了说法图、经变图和佛传故事画，那都是以"神"与人物为主的大型构图。供养人家，一般画在洞窟入口处的墙壁上，也有画在故事画和经变图下面或须弥座下面的。

千佛洞的装饰图案是上述建筑、雕塑、绘画等三方面共有的装饰纹样。它附属于建筑梁柱，附属于造像装饰和壁画分界的边缘，也单独地用在装饰石室中央藻井的部位。这些色彩绚丽夺目的图案，虽然有时是主题壁画的一种装饰，但是它们的作用却与建筑、造像以及壁画本身有着密切的关系。以藻井为例，这个属于民族建筑样式之一的重要部分，就包括了由桁条的四方斗拱层层叠架起来的所谓架木为井的屋顶结构。藻井一般以莲花、团花为主要装饰纹样，其他大多数是带状边饰纹样。这些带状边饰纹样，大体与我国三代铜器上的山纹、水纹、垂鳞纹以及汉画上的绳纹、云气纹、棋格纹、卷草纹有许多共同或相似的地方。

自魏晋到隋唐，敦煌图案也有明显的时代特征。早期以几何形及动物形象为主，至唐代逐渐以植物形象为主，因而丰富了主题内容，也形成唐代装饰艺术的高峰。

唐代纹样以旋转自如的藤蔓、卷草、花叶为主，代替了早期龙虎等动物图案。整个纹样构成，无论花叶抑或枝蔓，节奏、韵律之中充满了动感。敦煌可以看到长达近十米的边饰，这么长的边饰纹样，一气呵成。蜿蜒卷曲的藤蔓上布满了不同姿态的花叶果实，连绵发展的气势如行云流水，充满生命力。初生的枝叶、含苞的蓓蕾与盛开的花朵，还有各种果实，如莲蓬、葡萄、石榴等，这些似乎都是唐代社会繁荣兴旺的象征。

藻井的边饰承袭着汉代建筑物上垂幔与华盖的形式，从北魏严整的山纹、垂角变为联珠、铃铛、璎珞、流苏，使唐代藻井图案增加了生动活泼的气氛。配合着这样的外层装饰，藻井内部则以一格、一段由忍冬、卷叶、卷草、藤蔓、云气、花及其各式散点纹样构成边饰，逐层向中心推进，多达一二十层，一直到藻井中心的团花或莲花为止。一个桁条边饰与第一、第三条边饰的配置，从宽狭的内部结构到色彩的设置，无一不合乎变化与调和的装饰原则。

为了达到光辉灿烂的效果，从北魏、隋代开始的平涂色彩发展到唐代的叠晕设色的方法。尤其是花叶的色彩处理上，运用各种颜色的色阶变化，由深而浅逐层退晕下去，使纹样不但具有更加丰富的色相，而且还有立体感。

唐代图案另一个卓越的地方，是艺术家们对自然形色的高明处置。我们不难从纹样本身体会到枝叶茂密、花果繁盛栩栩如生的景象，但这并不等于艺术家单纯地抄袭自然，而是晋唐时代的石窟艺术家所共同追求的"传移模写""妙悟自然"的意匠结果。唐代艺术家们从自然中摄取优美精粹部分，加以灵活地组织配置，使自然纹样在叶脉的转折、花叶的舒合、藤蔓的伸卷和果实的生成等方面，大都符合统一与变化相结合、对称与平衡相结合、动与静相结合、繁与简相结合的原则。唐代图案纹样从自然形象中脱胎出来，艺术家赋予它们更深刻的风格特征与气魄。

唐代窟顶建筑演变为正方形的宽敞殿堂形式后，殿堂顶部倒斗形的藻井图案，从开始设计起，古代艺术家们就在选择自然形象创意的同时，首先注意到建筑对于图案的要求，将纹样适当地组织在规矩方圆的形体内部。当我们从下面仰视那些藻井图案，把目光由垂幔、边饰一步步地推进到中心结构时，不难发现由结构与纹样交织而成的两种力量在推动这个固定的窟顶。一种是由几何形纹样组成的向上推进的纵伸的力量，另一种是由自由舒展的花枝波浪形成连续贯穿的力量。这两种不同方向的力互相作用，使藻井图案在不知不觉中形成了一顶凌空转动的华盖。依靠变化有致的结构设计和富丽的色彩、多姿的纹饰造型，整个藻井图案最后归集到一个象征纯洁的盛开着的莲花中心。重叠错置的莲花瓣，仿佛散射出光辉与芬芳，使静寂的窟室达到了"形质动荡，气韵飘然"的境界。

  令我们深深感动的是唐代艺术家们旺盛的创造能力和先进的构图方法，完全符合我们民族艺术传统和图案构成原理，他们综合而概括地表现了图案的主题思想。图案所采用的色彩，以青蓝、碧绿、红、黑、白、金为主，这些色彩与宋代《营造法式》一书所记录的用于斗拱、檐、桁、额、枋等部门彩画用的颜色相一致，这也说明了敦煌图案从纹样到色彩与建筑的渊源关系。

  在用色上，唐以前的图案很多是画在赭色底子上的，因此用色以青、绿、黑、白诸冷色为主。唐代图案用色的特点是把朱、赭色大量地运用在青绿的纹样间，有时用鲜明的赭色线描绘青绿色纹样边缘来调和补色之间的关系，加上金色与黑白色，互相衬托出金碧辉煌的效果。这种与唐以前时常用的冷色调相反的热色组织，有时虽然把纹样画在天蓝的底色中，但是依然能给我们一种令人振奋的热烈印象。

  与形象的变化演绎相一致，唐代图案的用色并不局限于自然色相的模仿。为了调和，为了使整个图案结构和节奏相结合，有时也画出绿色的花和红色的叶，这是唐代艺术家们在图案艺术上的创造匠意。

  初唐时期图案上的线描沿袭隋代所常用的细线镂金描画的方法，像刺绣的线镶嵌一般，附属在纹样上起着进一步刻画形象的作用。从唐代后期图案中线描粗细的变化，可以感受到画家吴道子兰叶描的影响与运用。

　　当然，敦煌图案不限定在藻井、龛楣、边饰、佛光等方面，而是普遍地存在于窟檐的柱梁、塑像以及壁画人物的服饰、武器、舆马、家具等各个方面。它与唐代的织锦、陶瓷、铜器、石刻等纹样完全一致，这也说明了唐代敦煌图案与现实生活的密切关系。

　　敦煌图案的主题内容，包含了丰富的民族色彩、乡土气息；结构形式，具备充沛的变化和活力。敦煌图案不但体现了伟大的中华民族悠久灿烂的文化特点，而且也有力地反映了民族艺术的创造性。因此，进一步对敦煌图案遗产的学习与研究，将会有效地推动中国装饰艺术在继承和发扬民族艺术传统、推陈出新方面迈开更大的步伐，为我国社会主义建设事业服务。

大放光彩的千佛洞

敦煌千佛洞是我国伟大的文化艺术宝库，在这个长达两公里辉煌壮丽的画廊里，保存了从北魏到元朝一千多年间我国人民的珍贵艺术遗产，它是世界上仅存的历史系连最久、内容最丰富、保存最完整的人类文化史上的奇迹。站在这些卓越的艺术品面前，人们不能不肃然起敬，不能不为历代祖先的艺术才华所激动，由此而感到无比的自豪。

千佛洞的艺术，已经闻名于世界，引起各国人民的注意和赞赏。可是，在新中国成立以前的近几十年，蒙受过羞辱，遭受过劫掠和破坏，它湮没在浩瀚无垠的流沙中，几乎被人们遗忘了。只是新中国成立以后，在中国共产党和人民政府的领导下，经过了精心的修缮和整理，它才重新闪射出灿烂的光辉。

1900年，千佛洞的历史和艺术价值被重新发现以后，就引起了帝国主义分子垂涎。当时，我国正处在遭受帝国主义侵略的半封建半殖民地的地位。因此，这些宝贵的文化遗产，被帝国主义分子大量劫掠。最先动手的是英帝国主义分子斯坦因。这个大骗子，在1907年和1914年，勾结买办和封建寺院地主，先后盗骗走了34箱佛经、写本、绢画和其他的艺术品。接着而来的是法帝国主义的文化特务伯希和，他在千佛洞的藏经洞里翻阅了三个星期，把一切有价值的经卷、变文、史料都席卷而去。以后又来了日本帝国主义分子橘瑞超等，盗走了将近500卷佛经和其他文物。最后是美帝国主义的文化特务华尔纳，这个强盗竟肆无忌惮地用化学药品铺在布上，粘去了二十多幅最精美的壁画，盗去了若干尊塑像。当时，极端腐败、投靠帝国主义的清政府和国民党反动政府，对这种盗劫罪行根本没有过问，使这些骗子手扬长而去。敦煌人民在忍无可忍的情况下，燃起了愤怒的火焰，行动起来坚决反对这种盗劫，这才保护了这些文物免再遭更大的浩劫。在国民党反动统治期间，他们还听任国内的官僚、军阀和卑鄙的文人进行盗劫和损坏。直到1943年，在全国人民舆论的压力下，才不得不设立了有名无实的敦煌艺术研究所。但是机构设立之后，随之就不闻不问了，以后还下令要解散研究所，伪教育部五个月不寄一点经费来。以后的几年中，经费也是时断时续，使坚持在荒凉沙漠中的研究所人员连最低的生活都无法维持。几世纪以来没有照管和被帝国主义分子劫掠破坏的洞窟，已被流沙湮没，沉陷颓塌，即将全部毁灭，国民党反动政府没有拿出一点修缮的经费，千佛洞的保护和整理工作无法进行，研究工作所必需的参考资料也无法解决。

为了保护和发扬祖国这些光辉的文化遗产，研究所的二三十个艺术工作者，怀着致力于祖国艺术事业的不可摧折的信念和热情，顽强地坚持着工作。临摹工作是在十分困难的条件下进行的。为了保护壁画，我们严禁用玻璃纸蒙在壁画上直接印摹和用液体喷洒在壁画上来显示线条。在酷寒的冬天，洞子里不能生火，我们就在零下25℃到32℃的气候下工作。洞窟里没有照明设备，我们就一只手端着油灯，一只手拿着画笔工作；有时需要搭上梯架爬到十几米的高处，有时又不得不蹲在墙角里，有的工作人员就因为在昏暗的光线下长期工作而损害了眼睛。临摹洞顶的藻井是一项最艰巨的工作，一般的洞顶都有十多米高，由于仰望非常吃力，只得放一面镜子在地上，照着镜子里的映像来画。

新中国成立以前，千佛洞好像沙漠中的一个孤岛，交通非常不便，加上经费之缺乏，工作人员有时几个月吃不到菜，买不到面粉，更谈不到看电影和戏剧，我们就是这样度过了黑暗的、孤寂无告的7年岁月。

1949年9月24日，敦煌解放了。千佛洞蒙受羞耻、惨遭劫掠的厄运，随着旧中国一起永远结束了。

敦煌解放不久，中共敦煌县委就给我们送来了大量的粮食和衣服，中央文化部也发来了慰问电报。我们第一次受到了重视，第一次受到了无限亲切的关怀和鼓励。1951年，敦煌文物研究所在北京举行了敦煌艺术展览会，周恩来总理亲自勉励我，当时的中央人民政府政务院文化教育委员会还隆重地给全所工作人员颁发了奖状和奖金。在发奖的会议上，当政务院郭沫若副总理把奖状亲手授给我的时候，我真是心如潮涌，万感交集，我感激的眼泪，不由夺眶而出。

  从 1951 年开始，在中央文化部的领导下，敦煌文物研究所与科学院、古建筑修理所以及有关研究机关，共同制订了一套洞窟长期保护和修缮的计划，并且开始了有步骤地进行系统临摹和专题研究。中央文化部迅速配备了干部，拨给了大量的经费，添置了一套完整的摄影设备，增加了很多图书资料。为了改善工作人员的生活条件，修建了从千佛洞到敦煌县城的公路，架设了电话线，买了一辆吉普车和一辆大卡车，买了电影放映机和收音机等，并且调整提高了生活待遇，在研究所里设置了银行、邮局、供销社、托儿所。千佛洞与世隔绝、生活艰难的状况一去不复返了。特别重要的是添置了一台 15 千瓦的发电机，安装了整套的照明设备。1954 年 9 月 25 日开始发电的那天，对研究所的全体人员来说是永远难忘的日子。那天晚上，岑寂的沙漠里第一次出现了机器的轰响，明亮的电灯像一条长虹一样照彻了整个千佛洞的幽暗石窟。为了庆祝这件喜事，美术工作者们连夜在电灯光下工作，那些在漫长的岁月里损害了目光的同志，竟兴奋得流出了感激的热泪。

  新中国成立后的 10 年内，敦煌文物研究所的同志们，以高度的热情和坚韧的工作精神做了很多工作，取得了很大的成绩。在洞窟的修缮和保护方面：修理复原了五座暴露在风沙中摇摇欲坠的唐宋木构窟檐，清除了 5280 立方米的窟前积沙，修筑了防沙墙、防沙沟、防水堤坝、桥廊通道、洞窟门窗、洞窟保护隔墙和窟檐等，并且整修了洞窟内外的地面和加固了窟顶。在整理工作方面：重新书写了 480 个洞窟的内容说明，整理和修补了 200 多件彩塑，新发现了唐及五代的洞窟 11 个和五代时候的刻有年代、题记和诗文的墙壁一座。近年来，还开始用塑料及化学原料修补壁画，用紫外光的透视来研究壁画的科学工作也在准备开展。10 年来，全所共临摹了壁画 503 平方米和 30 多件彩塑，加上新中国成立前临摹的壁画 321 平方米，共计 824 平方米。这 1500 多幅原大原色的摹本和原大整窟的模型，临摹质量方面都达到了国际水平，临摹规模之大也是任何其他国家所不及的。此外，我们还出版了20种大型的和普及的敦煌艺术画集。敦煌艺术进一步系统地比较、分析的研究工作，也正在按计划逐渐展开。

10年来，为了介绍和弘扬敦煌艺术，我们曾经有计划地在国内外举办了大规模的敦煌艺术展览会，展出了1000多件历代壁画和彩塑的摹本，在国内外产生了巨大的影响。国内展出的地方是北京、天津、西安、兰州、酒泉、玉门和敦煌等7个城市，参观的人数共达99万人次。这些展出使广大劳动人民有机会欣赏我国古代艺术的辉煌成就，从而加强了爱国主义精神和民族自豪感，并且给社会主义现实主义的文艺创作方法提供了宝贵的资料。敦煌艺术已经为广大群众所熟知，唐代壁画的飞天，现在已经触目皆是，成为新中国人民幸福生活的象征。敦煌艺术也曾在印度、缅甸、民主德国、波兰、捷克、日本等6个国家的12个城市展出过，参观的人数共计24.26万人次。例如在日本展出时，参观的盛况简直是少有的，最多的一天观众达9300多人，观众中有学者、专家，也有工人、学生、农民和家庭妇女，各报刊介绍敦煌艺术的文章据不完全的统计，不下130篇。敦煌艺术在国外的展出，使我们邻近友好的国家进一步认识了优秀而伟大的中国艺术传统，加强了国际间的文化交流与和平合作。特别是当西方资本主义国家在造型艺术上的形式主义风靡一时，使艺术趋于堕落和毁灭的情况下，我国古典艺术的现实主义传统和北魏时代敦煌壁画的朴实、浑厚、富有表现力的风格，使许多国外的美术专家如获至宝，惊叹不已。日本现代美术评论权威柳亮说："敦煌艺术真正是20世纪现代画派的先驱者。"北小桃雄说："敦煌艺术是世界中古美术史的代表，人类文明的曙光。"一位负责日中文化交流协会工作的日本朋友说："敦煌艺术有这样一种力量，它打破了存在于日本现代人心理中的'西方万能'的概念，十分可能使我们的文化艺术重新走上中国的也是日本的东方优秀传统的道路。"

10年，对于这个矗立在沙漠中已经1600年的敦煌千佛洞来说，是一个非常短暂的瞬间，但是，就像我们整个祖国的变化一样，在这10年中间，由于党和政府的领导，千佛洞在工作和生活上所起的变化，可以说是过去 1600 年中所没有的。敦煌艺术传统在我们新时代里，将要日甚一日地发扬光大，它将在东方和世界的文化发展中起到它的重大作用，焕发出更加绮丽的光辉。中国共产党领导下的中国人民是我国伟大艺术遗产的真正继承者，中国人民将无愧于我们卓越的祖先。

1959 年 7 月 20 日于千佛洞

敦煌莫高窟壁画

敦煌莫高窟开凿在距今敦煌县城东南25公里沿大泉河西岸的鸣沙山断崖上。北段洞窟多是以往僧侣和修窟的画工、雕匠的住所,只有少许有壁画和塑像。多数有壁画和塑像的石窟集中在南段,是现存石窟艺术的精华所在。

据武周圣历元年(698)李怀让《重修莫高窟佛龛碑》记载:

莫高窟者,厥前秦建元二年,有沙门乐僔,戒行清虚,执心恬静,尝杖锡林野,行至此山,忽见金光,状有千佛,□□□□□造窟一龛。次有法良禅师,从东届此,又于僔师窟侧,更即营建。伽蓝之起,滥觞于二僧。

可知莫高窟创建于前秦建元二年(366)。建元二年距汉武帝开辟敦煌郡的元鼎六年(前111)有477年,距后汉明帝永平七年(64)命蔡愔等八人往西域求佛有302年。经过三四个世纪的酝酿演变,敦煌佛教艺术就在汉代艺术传统的基础上发展起来。以后北魏、西魏、隋、唐、五代、宋、西夏、元等朝代均有修建。在最盛的年代里,修建的佛窟几乎达到1000多龛[1]。但由于千多年来的自然和人为的损毁,现在保存有艺术作品的,只剩了不到500窟龛。其中有些因为崖壁的崩溃,部分遭到破坏,也有一部分窟龛内部艺术作品经过后代重修。

到了明代正德十一年(1516),徙沙州于肃州塞内,这时莫高窟就陷于长期无人管理的状态,遭受了很大的损失。据《敦煌县志》所载:"佛像屡遭毁坏,龛亦为沙所埋。"

---

[1] 据李怀让碑记。

根据 1959 年敦煌文物研究所的统计，有壁画和雕塑作品的洞窟共 486 个，按现存壁画的时代来划分，其中计有：

魏窟　　　　32 个

隋窟　　　　110 个

唐窟　　　　247 个　　（另在前代洞窟内重修 35 个）

五代窟　　　36 个　　　（另在前代洞窟内重修 82 个）

宋窟　　　　45 个　　　（另在前代洞窟内重修 92 个）

西夏窟　　　　　　　　（在前代洞窟内重修 10 个）

元窟　　　　8 个　　　（另在前代洞窟内重修 5 个）

其他不明时代者 8 个

敦煌壁画是中国封建社会劳动人民创造出来的杰出的民族艺术遗产。它的创建初期，正在东晋、南北朝，这是从统一逐渐走向分裂、斗争激烈、动乱频繁的时代。在严重的阶级压迫和阶级斗争中，为统治者所利用的佛教获得了迅速发展，集中大量人力与财力为佛教进行宣传的美术创作，也随之获得空前发展。

壁画内容，主要是佛像、菩萨像、佛传故事、本生故事以及其他各种经变。历代杰出的画师们，继承了汉代绘画的优秀传统，并吸取了前人的创作经验，以平易近人的描写手法，将佛教故事与中国古代民间传说相结合的内容栩栩如生地表现出来，也通过繁复的佛教题材与神话传说，表现了画家周围现实世界的形形色色，在一定程度上反映了封建社会的阶级关系、生活习俗以及各民族不同的精神面貌。

5 世纪南朝齐谢赫《古画品录》上有"古画皆略，至协（卫协）始精"的评论。从敦煌地区魏晋墓葬中发掘出来的彩绘墓砖看来[1]，是属于汉画系统中比较粗略的一格，而莫高窟北魏壁画中就出现了精细的线描。如第 263 窟的菩萨像，可以称为"精微谨细，有过往哲"[2]，证明了敦煌壁画的发展是与中原地区并无二致的。

敦煌早期壁画经常表现的还有佛、菩萨与千佛等，一般主壁多

---

[1] 系 1944 年在敦煌佛爷庙发掘出来的。

[2] 谢赫《古画品录》评顾恺之："神韵有力，不逮前贤；精微谨细，有过往哲。始变古则今，赋彩制形，皆创新意。"

画本生故事画及佛传故事画。本生故事中常见的是：萨埵那太子本生、须达拿太子本生、尸毗王本生、须阇提太子本生、鹿王本生、睒子本生、毗楞竭梨王本生等。这些壁画多数是把故事内容发展的各个阶段依次或回环往复地排列在较长的横幅上，这种表现方法加强了故事的连续性和叙述性。如第428窟萨埵那太子本生、须达拿太子本生及第285窟得眼林故事等。故事的各个不同情节，多用山水树石来做间隔。这些人物和山水的关系、比例，正如唐代张彦远《历代名画记》所述：

> 魏晋以降，名迹在人间者，皆见之矣。其画山水，则群峰之势，若钿饰犀栉，或水不容泛，或人大于山，率皆附以树石，映带其地，列植之状，则若伸臂布指。详古人之意，专在显其所长，而不守于俗变也。

从敦煌魏代壁画里面，可以看出画家"专在显其所长，而不守于俗变"的处理方法。这时人物表现技法的特征是在烘染刷色之后，再用同样粗细的线条勾勒。第272、275、257、259、288、263、285等窟都在红色的地子上，着上石青、石绿、朱砂、银朱、黑、白等各种原色描绘人物形象。由于强调了黑和白、红和绿各色的对比，色彩达到相当鲜明的效果。魏画人体是先以银朱加胡粉调成水红色涂满全身，再以较浓重的红粉在颜面、四肢边缘画出宽线轮廓，最后全身再罩上一层胡粉。这样，下面浓重的线条透过白粉使人物四肢就有了圆润立体之感。但由于年代久远，那些盖在白粉底下的水红色和红粉色中的硫化汞和碳酸铅成分经氧化后变成了黑色的粗线条。如第254窟北壁的尸毗王本生故事，还可以看到未变色前勾勒的线条，也可以看到已变色后汞红氧化的粗犷的人体轮廓。

北朝洞窟建筑形式大体可分为下列二类：

第一类是吸收了印度毗诃罗形式开凿的，附有修行小龛的窟洞，可能是为静修和礼拜两种宗教活动的需要而设的，如第285窟的结构。

第二类是将西域传来的窟中央的塔加以民族化，变成中心方柱。

这是北魏专作供养礼拜用的窟型。窟身作长方形，分前后两部分：前室凿成民族建筑形式的"人"形天花，我们称之为人字披，椽子中间画装饰图案或飞天。后室中央有一方柱，方柱四面均各有小龛，龛内塑坐佛及菩萨。中心方柱上端有影塑菩萨或飞天。壁上画千佛、说法图或本生故事画。如第257、251、254、428等窟，就属于这一类。

隋代石窟建筑形制是从魏代中心柱式的洞窟基础上演变出来的。如修建于开皇四年（584）的第305窟，是隋代洞窟建筑形制的一个新发展，它取消了魏窟的前室部分，把中心柱改为中心佛坛，露出了比较完整的窟顶。窟顶上画着与第285窟或第249窟类似的东王公、西王母等民族神话题材以及本生故事等。中心柱的取消和壁间窟龛减少，窟内可以画画的壁面扩大，因此，壁画内容有为数较多的说法图和简单的维摩变。隋代后期洞窟，又把中心佛坛取消了，窟内有更大的空间，也就更适于表现大幅画面，如第420窟，窟顶画了一整套的《法华经》的故事画。隋代壁画一般用土红的底色，千佛及佛身上的饰物，多以叶金装饰，画面加上青、绿、黑、白色彩，非常富丽堂皇。这个时期有比较复杂的说法图，在佛与菩萨的描绘上，线条有比较显著的顿挫，但仍旧属于细致的描法。壁画人物在面相烘染上显出与北魏壁画人物不同的是，集中在面颊上的红色向四面晕散，可以说明元人汤垕在《画鉴》中所讲隋代展子虔"画人物描法甚细，随以色晕开"的方法也传到了敦煌。其他如壁画颜色的富丽、刻画的精细、装饰的繁密华美等，也使我们联想到唐代张彦远《历代名画记》中所述："中古之画，细密精致而臻丽，展郑之流是也。"敦煌的隋画也可能是受了"展郑之流"的影响。

唐代李世民父子采取了一些缓和当时阶级矛盾和恢复社会生产的政策和措施，安定了社会秩序，广大人民群众辛勤劳动，生产获得了迅速的发展，使统一了的唐朝开始走向昌盛富强的道路。随着经济的发展，文化艺术也空前繁荣。作为通达西域门户的河西走廊，重新呈现了一片兴旺景象。据李怀让《重修莫高窟佛龛碑》，莫高窟的修建到圣历元年（698）已经"甲子四百余岁，计窟室一千余龛"，当时"升其栏槛，恍绝累于人间，窥其宫阙，似神乎天上"，这正是莫高窟全盛的时代。

随着唐代佛教信徒对净土信仰的发展，唐代庙宇壁画的内容也更加丰富多彩，如画史上记载着著名的画师阎立本、张孝师、尉迟乙僧、吴道子等都先后在东西两京的慈恩寺、兴善寺、安国寺等寺院壁面上绘制维摩变、西方变、降魔变等规模巨大的壁画。像成都大圣慈寺的96个院落，到宋代还有唐代壁画8124间，其中包括佛、菩萨、梵释、罗汉祖僧、天王、明王、神将等数以万计，可以想见唐代寺院壁画规模之大和内容之丰富。这时敦煌壁画，也突破了魏、隋时代以千佛及本生故事画为主的范围。石窟的建造形制也随着有了新的创造，石窟不但取消了中心方柱，一般还取消了两侧的壁龛。到了晚唐还在佛坛后设了一种屏壁。

第220窟的西方净土变和维摩变等壁画，绘制于贞观十六年（643），正是唐太宗诏阎立本绘凌烟阁二十四功臣像的前一年。以维摩变中的维摩和帝王、群臣与阎立本的《历代帝王图》比较，就可以看出敦煌壁画与中原著名画师的杰作是一脉相传，有着共同点的。

敦煌唐代壁画以规模较大的经变为主，这种大型经变是把整本佛经的复杂内容描绘在一幅画面上。一般以天神、菩萨为主，周围穿插了诸品故事画，场面宏大，结构富丽，在庄严的场面中穿插了生动细致的反映当时人民生活的各种情节。最大的变相长达10米，宽4米，像这样大面积的壁画是魏、隋时期所未有的。

唐代大幅经变是多方形或长方形的整幅构图，一般穿插的诸品故事画分格画在经变下面，好像许多小幅屏条贴在壁上。有6条、8条、10条等连续的屏条式组画，分条描绘出故事发展的各个场面，基本改变了魏、隋壁画的横幅连环故事的组织形式。自此以后，敦煌五代、宋、元各时代的壁画中，也多采取这种表现形式。

莫高窟在建中二年（781）以后为吐蕃管辖时期，修建了第16、114、158、159等窟，壁画内容更多地出现反映少数民族的人物形象，如第159窟维摩变中的番王及其侍从，使画面更充实丰富。

大中二年（848）张议潮占据河西以后，修建了第156窟。《莫高窟记》就写在前室北壁上，是咸通六年（865）正月十五日记的。洞窟修建的年代当在公元865年以前。洞窟入口甬道绘等高的张议潮夫妇像，窟内北壁下段画《宋国夫人出行图》，南壁下段画《张议潮收复河西图》。莫高窟直接描绘现实生活题材的壁画，当以此为嚆矢。画面上描写了张议潮夫妇出行时的鞍马车轿、百戏乐队等出游的场面，巨大生动，是以前各时代壁画中所未曾见过的。第196窟是在晚唐景福元年（892）时所建，规模巨大，壁画艺术水平也非常卓越，保存情况也比较良好，至今壁画色彩仍很鲜艳。

五代、宋初归义军节度使曹议金继张议潮之后统治了河西，约于公元924—940年间修建了第10窟，其内容是模仿第156窟，画有《曹议金夫妇出行图》。以后大约在公元940—946年，曹议金女婿于阗国王李圣天继续修建了第98窟。窟内布置仍和晚唐一样，有着中心坛与背屏，窟深13.5米，宽11.5米，是莫高窟大型洞窟之一。曹氏父子三代统治河西百余年，在莫高窟修窟计有第84、387、100、98、78、55、61、108等窟，他们所修洞窟的窟型和内部布置，基本上都有一定的体制。如藻井画双龙，四顶绘天王，甬道入口及东壁画大供养人，内部经变的配置也均有定规。此外，曹氏还在安西万佛峡修建了34个窟，从那些洞窟中发现了"都勾当画院使"的供养人题名。由此可知，五代时曹氏曾在敦煌设置了画院。第61窟是宋初曹元忠时修建的，主要内容有五台山图景。壁画全面地描写了五台山胜景，穿插了行旅、推磨、舂米活动场面，是莫高窟壁画中富于生产和生活情节内容的作品。

北宋景祐二年（1035）李元昊侵入瓜、沙、肃三州以后，西夏人在第61窟甬道画了炽盛光佛，并绘制第409窟壁画和其他作品。

元代在莫高窟也兴建了一些石窟，其中第3窟北壁画有千手千眼观音一铺，观音的衣褶上，显出了莼菜条式的线条。此窟壁画使用了水墨淡彩的画法，敦煌莫高窟是极为少见的。

敦煌壁画虽然画的是宗教题材，但是表现在画面上的各种内容和形式，都充分地显示出民族艺术的特征，并反映了当时社会的风俗习尚。如第257窟鹿王本生故事画，描写的建筑、车马等基本上还是民族样式，保存了汉晋的体制。如王后所乘马车前后有帷幕，《后汉书·舆服志》记载王后所乘的耕车也有帷幕，就是一个例子。再如第290窟北魏佛传故事画中所描写的洒扫、狩猎、耕作及人物服饰、弓箭、农业生产用具，无一不是北魏时的样式。第285窟西魏得眼林故事中战斗时披甲的战马和武士，被俘后的刑讯，以及有鸱尾的房屋建筑等，也都表现了当时的社会面貌。又如第296窟隋代佛传故事中的伐木、饮马、牛车、驼车等，也无一不是活生生地反映了隋代人民生活的片断。唐代敦煌壁画出现了一个新的高峰，第220窟中的伎乐，在写实手法上较之隋代已有长足的进步。绘于8世纪初期的第217窟的法华变中的《化城喻品》，具有高度的艺术水平，艺术家以丰富的想象力，在壁画上表现了暮春三月烟花如雨的景象。诸如此类，在封建社会中，敦煌壁画的画工不能不按照统治阶级的意愿来描写宗教的题材，但是他们却自觉或不自觉地要表现自己，要表现自己所衷心爱慕、梦寐以求的和平快乐的理想境界。他们运用长期积累下来的丰富艺术知识和经验，发挥了自己的创作才能。他们善于继承优秀的民族传统，并且能够成功地吸取与融合外来因素，从而创造出各个不同时代的独特风格。只要我们在敦煌石窟群中作一次全面的巡礼，就可以显然地判别出来北魏、西魏、隋、唐、五代、宋、西夏、元各自用着不同的艺术表现方法，形成了不同的风格，显示了不同的时代特点。当我们在参观敦煌莫高窟中绚丽多彩的艺术作品时，仿佛置身于万紫千红、群芳争艳的花园里。这些丰富而优秀的艺术遗产，无疑地将为我们研究如何继承优秀的民族艺术传统提供丰富宝贵的材料。

今天，在党的"百花齐放，百家争鸣"的文化政策指导下，在人民意气风发、斗志昂扬的伟大的时代里，如何为社会主义文化创作出多种多样的生动活泼的形式和风格，如何继承民族优良传统而推陈出新地创造革命的现实主义和革命的浪漫主义相结合的艺术，是今天美术工作者的重大任务。敦煌莫高窟的绘画，将在这新的时代里，发挥它的积极作用。

1959年5月写于敦煌

敦煌彩塑

一、民族传统

彩塑造像是祖国卓越的民族艺术遗产之一。

司马迁《史记》曾提到"帝乙为偶人以像天神",而刘向《战国策》就更明确地谈到"土偶"[1]。所谓"土偶",徐彝舟《读书杂释》解释为:"今世捏土肖鬼神曰壒,亦作塑。"这说明至少在两千多年前中国已经有泥塑了。辉县百泉出土的泥塑猪、羊、犬等,就是有力的实物例证。

与上述属于同一时期(战国末年到西汉初年)的文物,是1954年在长沙杨家湾发掘出来的彩绘木俑。

彩塑不像那些用大块石头从外向里逐渐加工雕琢而成的石刻,它是利用湿润、软和而易于操作的泥土自内而外从骨架大局一直到细腻的肌肉运动和五官表情,逐步捏塑而成的。艺术匠师们通过创造性的劳动,使造型的体积适应着创造的要求,把一切可以觉察的色、相、重量等综合地全面地体现出来,成为质体和光色相结合"神采具足"的彩塑。它不但形象地再现了人物,而且是"随类赋色"地刻画了人物的风采[2],使"默不作声"的泥塑成为"窃眸欲语"的生动造像[3]。

敦煌莫高窟就保存有极大数目的这种优美的彩塑。这些彩塑配

---

1 汉刘向《战国策》:孟尝君将入秦,苏秦止之曰:"有土偶人与桃梗相与语。桃梗谓土偶人曰:'子,西岸之土也,挺子以为人,至岁八月,降雨下,淄水至,则汝残矣。'"

2 宋黄休复《益州名画录》:"造夹纻果子,随类赋色。"

3 唐段成式《酉阳杂俎》续集卷五《寺塔记》:"有执炉天女,窃眸欲语。"

置在绚烂夺目的建筑彩绘和壁画装饰着的石窟中，它们不但是彼此辉映，而且是互相依存的。如有些菩萨、天女的飘带，绕在肩上、臂上的是立体彩塑，但当延展到墙壁上之后就用同样彩色的绘画接连下去（北魏、隋、唐都有类似的例子）。唐以后彩塑菩萨的头光大体都是用壁画来表现的。有些佛龛内仅仅塑造了主要的一佛、二弟子、二菩萨、二天王，成为七身一铺，而把未经塑造的另外八个弟子及天龙八部、飞天、龙女等扈从部属绘制到墙壁上面。龛楣图案、藻井图案与石室建筑的梁枋、斗拱图案互相结合在一起。这些具体事实，生动地说明了中国古典艺术建筑、雕塑、绘画三者互相依存、密切联系的特点，这也符合中国艺术"绘塑不分"的古老传统。如北齐天统三年（567）张静儒《造浮图并素像记》云："在黄冈上造浮图一区，素画像容，刊石立形，释迦菩萨，妙巧班公。"这里"素画像容"，指的是彩塑，当时还没有把"素"和"画"两个造型部门分开来。唐代彩塑名家杨惠之，原先是与吴道子同时向画师张僧繇学画的，《五代名画补遗》载吴道子和杨惠之："号为画友，巧艺并著，而道子声光独显，惠之遂都焚笔砚，毅然发奋专肆塑作，能夺僧繇画相，乃与道子争衡。"这里不但说明杨惠之是一个有名的彩塑专家，而且他的画，也与当时画圣吴道子"巧艺并著"。他在毅然发奋专肆塑作之后，他的彩塑不但能与道子争短长，而且能夺得他的老师画相的神态。我们从这里绘、塑并论的记载可以看到当时绘画和彩塑的密切关系。宋人郭若虚的《图画见闻志》上有论到吴道子的"吴装"特点时说："至今画家有轻拂丹青者，谓之吴装，雕塑之像，亦有吴装。"这里说明绘画的风格也同时是彩塑的风格，清人金俊明在他的《画跋》上也说："吴生之画如塑然，隆颊丰鼻，跌目陷脸，非谓引墨浓厚，面目自兴，其势有不得不然者。正使塑者如画，则分位皆重叠，便不求其鼻目颧额可分也。"以上所引文献上的记载，正与敦煌各时代彩塑的神态、衣饰、花纹与各时代壁画人物、装饰花纹是完全一致的，情况也是相符合的。

正因为敦煌彩塑具有这样的特点，所以它们不能像那些暴露在室外、矗立在海边和沙漠中的埃及、希腊、印度等地的古代石刻纪念碑造像一样，它们是"素容绘质"，成为富丽堂皇的建筑内部主要的构成部分[1]。

二、外来影响和新的创造

两千年前当佛教从印度跨过了葱岭，沿着天山南北两路到达中国内地时，随之而产生的中国佛教艺术，也在新疆和甘肃等与中外交通有关的地区逐渐发展起来。

敦煌是古代中西文化交流的枢纽，也是5世纪前后中国佛教艺术在成熟的汉代艺术基础上成长和发展的中心。

按照印度石窟艺术的形制，一般是雕刻多于壁画。像阿旃陀、爱罗拉、象岛等处石窟，附在建筑物上的都是在大块岩石上开凿出来的浮雕和圆雕的造像。但作为印度佛教输入的前站——河西走廊和新疆南北两路汉代三十六国的主要地区，如鄯善、于阗、龟兹、焉耆等地，都是沙土和变质的砾岩，根本不可能凿刻石像。因此，艺术匠师们就利用传统的泥塑技术代替了石刻。

一般说来，敦煌彩塑的颜色是用随类赋色的写实方法，依据各时代、各民族的衣饰花纹，富有现实意义和民族特征地表达出来的。

一方面，敦煌彩塑的造型也在不同程度上受到外来影响。譬如部分早期作品中，还能看出犍陀罗艺术的影响。第259窟北魏塑结跏趺坐的佛像，眉、目、嘴角间生动的刻画，使整个红润端正的面部显露出感染力极其浓厚的微笑。这种微笑使人们联想到比佛像修造的年代后1100多年意大利文艺复兴时期大师达·芬奇以微笑著名的杰作《蒙娜丽莎》，但前者的微笑正如汉、魏的陶俑所常见的，似乎含有更恬静的东方民族所常有的朴质而明朗的感情。

这个造像从外表形式方面看来，它所受西北印度犍陀罗艺术影响的是佛顶的肉髻、曲线的衣褶、结跏趺的坐式等。犍陀罗地方出

---

1 唐咸通九年（868）《夏县禹庙创修什物记》："素容绘质，而祭之以报。"

土的2—4世纪坐佛造像[1]，是由印度佛教融合了希腊艺术所产生的犍陀罗风格的造像，结构散漫、体态臃肿、表情滞钝，处处都反映了希腊艺术衰退时期的特点。而敦煌第259窟坐佛严谨细致神情的刻画，健康饱满的组织结构，仿佛赋予泥土以真实的生命一般。比较起来，读者不难从两者之间辨认出敦煌艺术的民族传统与外来影响的从属关系，也就是中国佛教艺术在演变发展时期新的创造和成就。

从魏到隋，约有200年的时间，是敦煌彩塑在新的创造时期的演变和发展。人们可以明显地看到石窟彩塑如何从魏代"秀骨清像"的典型，经过隋代迈进到唐代珠圆玉润般成熟的具有现实主义因素的创作阶段。许多盛行在隋代，可能受了5世纪中印度笈多王朝造像风格影响的立佛，代替了晋、魏造像中有犍陀罗风味的结跏趺式的坐佛。但隋代彩塑较印度笈多式石刻，更富有朴素、厚实、恬静、健康的造型品质。而那些北魏早期造像中常见的、以浮塑凸线或凹刻线表现出曹衣出水的衣褶线纹，到了隋代已显得更简练了。隋代开始塑造类似毛织物一般厚重的衣服褶襞，但仍能看出它们与笈多王朝的轻纱透体雕刻作风有一定的联系。从隋代开始，彩塑匠师在佛像的袈裟上、菩萨的天衣上喜欢绘制颜色富丽的、形象生动的花纹。它们使大块平塑的面积增加了丰富的内容，与佛像颜面丰满圆实的造型相对比，更显示出艺术匠师们在精和简、粗和细的节奏调配上的智慧。

唐代文学艺术创作已发展到非常旺盛的时代，当画师阎立本、吴道子在绘画上大量创作的时候，彩塑名师杨惠之、张爱儿结合了绘画随类赋色的写实经验，进一步向现实的创作方法发展[2]。魏、隋早期敦煌彩塑中所含有的犍陀罗式和笈多式等外来影响，到唐代已被融合在丰富多彩的民族传统中而形成了百花怒放的新的创作高潮。这个时期的造像面相温和乐观，胁侍菩萨的体态委婉多姿。唐代造

1　见Chintamonikar: Clasica Indian Sculpture（1950, ALECTIRAN TILTDLONDON）图版第61。

2　唐张彦远《历代名画记》："时有张爱儿学吴画不成，便为捏塑。玄宗御笔改名仙乔，杂画虫豸亦妙。"

像优美的风格，正反映了这时候艺术家对于现实生活美的追求，把佛、弟子、菩萨、天女、天王、力士等极为有限的形象，贯注了活人的气息和美好的生命力。

三、题材和创作技术

从 4 世纪东晋开始，与壁画制作的同时，莫高窟就出现了彩塑的造像。经过北魏、西魏、隋、唐、五代、宋、元、清等时代的演变和发展，估计现存的 480 多个洞窟中，至少原有 5000 身以上的彩塑，但经过千余年的毁损，现在还有保存较为完好的各时代彩塑 2415 身（见统计表）。

这些彩塑从形式来分类，可以分作壁塑[1]、影塑[2]、高塑（相当于西洋的高雕）、圆塑（完全立体塑）等四种。以主题内容来分类，有千佛、飞天、伎乐、龛楣、花饰、建筑物、羽人、龙、柱头、佛、比丘、菩萨、天王、力士、地神、狮、象、麒麟、天狗、老君、侍立天神、灵官、送子娘娘等二十多种（见附表）。

莫高窟历代彩塑统计表

时代	原塑	原塑残破	原塑经后代重修	小计	备注
北魏	120	113	85	318	
隋	140	58	152	350	
唐	111	158	401	670	
五代	7	7	10	24	
宋	28	20	26	74	
元	7	0	0	7	
清	972	0	0	972	
总计	1385	356	674	2415	

---

1 相当于西洋的浮雕。宋邓椿《画继》六："刘国用，汉州人，工画罗汉，壁素之传甚多。"
2 相当于西洋的高浮雕。清沈涛《常山贞石志》卷十一："爰于堂内塑六曹判官，并神祇侍从及壁上影塑变相等。"

各时代彩塑种类及主题内容表

时代	壁塑	影塑	高塑	圆塑	备注
北魏	千佛、飞天、伎乐	龛楣及各种花饰、建筑物	天王、菩萨	佛、天王、菩萨、狮	其中壁塑部分大半是用模子的印塑
隋	山水	龛楣、羽人、夔龙、柱头	比丘、菩萨	佛、比丘、菩萨、天王、地神	山水仅第203窟一处
唐				佛、比丘、菩萨、天王、力士、地神、天狗、狮、象、麒麟	
五代				佛、菩萨、天王、老君、地神	
宋				佛、菩萨	
元				观音大士、侍立诸天神	
清				金刚、灵官、送子娘娘、鬼神等	

  从附表可以了解唐以前除圆塑之外还有壁塑、影塑与高塑三种塑造形式。这些塑像的位置都是布置在中心柱的上端，龛壁半立体的地方，与云冈、龙门石窟中心柱龛壁的浮雕、高浮雕的作风十分接近。唐代就不采取浮面的造型，一开始就以完全立体的圆塑造像布置在进深较大的、像小舞台一样的佛龛中或须弥坛上。造像不但凌空，而且是可供巡礼者四方观看和鉴赏，也就是历史上记载的唐代彩塑名家杨惠之塑造了京兆府名演员留杯亭之像在背后也可以认出的一个证据[1]。五代、宋、元、清都是继承了唐代现实主义创作的传统，在不同程度上还形成了时代所特有的风格。

---

[1] 明王世贞《王氏画苑》卷六："惠之尝于京兆府塑倡优人留杯亭，像成之日，惠之亦手装染之，遂于市会中面墙面而置之，京兆人视其背，皆曰：'皆留杯亭也。'"

根据莫高窟现有各时代彩塑的材料来分析，魏、隋和唐塑造特大型的彩塑，大都凿刻岩石作为内胎，然后在雕像的表面包糊紫泥装塑。一般造像，是以十字形的木架为头及身段的主要骨架，在这个骨架上包扎了芦苇，大部分塑像的四肢都是用麻绳缚扎得紧紧的。骨架做好后，再用麦草和黄泥捏在芦苇上，到离表面还有一个手指厚的时候，经过晾干，然后再用麻筋和细泥混合的泥膏塑造形体表面较细致的部分，涂上胶质混合垩白的底色，最后再涂绘所需要的各种彩色。

唐代塑像与魏、隋不同的是以芨芨草代替芦苇做骨架。芨芨草是一种沙漠上特有的像麦草一样实心、坚韧的植物。唐代塑像采用草泥与麻泥外，最后还上了一层以芦花及细泥掺和成的蛋壳般厚的表皮，在手足、脸面、身段露出的部分可能还要加油蜡[1]，使彩塑呈现了软和、光润而有韧性的外表，能经受温度变化，而不致起甲或龟裂。这是敦煌彩塑经过一千数百年长久岁月还能保存得完好的原因。五代、宋彩塑与唐彩塑一般没有什么变化。清代塑像在时代方面距我们比较近，做法与内地庙宇神像的塑造有点相似，可能是按照西北现存的民间塑造方法：先上护骨架的粗泥，再上中泥和细泥，完成了粗坯子（草样），经过修整，最后在造像的衣服和皮肤上上色。套装的泥层较厚，所塑造的整个形体轮廓、衣褶和动作、表情，一般已没有唐代彩塑那样细致生动了。

敦煌彩塑大部分是按照以上方法捏塑而成的。我们还发现有其他的塑造方法。

中国在历史上正式记载塑像艺术匠师的姓名，是从4世纪时戴安道开始的[2]。戴安道就是《晋书》上的戴逵，死于公元395年。他是个著名的画家，能捏塑、铸铜及木雕。他结合铸造与捏塑两者的优点，创造了一种用陶胎粗布夹杂泥土的夹纻塑。但这种夹纻塑究竟是一个什么样子，历史上没有明记，实物也不见。10年前偶然在

1　敦煌当地民间彩塑工匠所采用的材料中，有一种称为"像粉"的，是和了油脂的白粉，专门用它来涂抹面部及露在外面的手足等部位。也有把它们掺在绘制服饰花纹颜料中的。凡在应用像粉或掺了像粉的妆绘部都是发光的。

2　唐释法琳撰《辩正论》卷三："戴安道建报隐寺，手造五夹纻像。"

莫高窟沙土中拾到了一个残破了的用戴逵的方法制造出来的夹纻塑的小佛头。这个从沙土中拾到的佛头残破过甚,又没有证实年代的旁证,很难确定它制作的年代。但实物的形质,可以证明它是用粗布夹杂泥土制成的夹纻塑一类的造像。这说明了敦煌彩塑的制作方法是非常多样的。因此,敦煌彩塑不但在艺术创造上具有高度的价值,而且将是我们研究传统塑造方法的宝库。

四、时代特征和艺术上的成就

　　自东晋时期开始,敦煌彩塑在不同程度上显示着初期自印度输入的造像风格,其中尤以自西北印度传来的以衣褶线纹流畅著称的犍陀罗艺术风格比较显著。另一种反映着民族特色的,是北魏时期盛行的交脚弥勒像,它们与印度佛像的结跏趺坐式(又称莲坐式)或安乐坐式等毫无共同之处,是一种出现在北魏时期可能与拓跋氏上层统治者两腿交叉的尊贵者坐式相符合的造像形式[1]。其他比丘、菩萨与天王等像的衣饰服装,大部分反映当时清谈玄理、好事粉饰的士大夫腐化没落社会风气的所谓"时世妆"。面部表情一如顾恺之《论画》上"刻削为容仪"的那种"秀骨清像"的风格。一般的北魏彩塑保持着简单、朴实的汉陶俑传统的模塑方法,体现出浑厚、概括的特点。如第248窟的菩萨,在造型方法上还没有摆脱石刻高浮雕的范围,并不是全立体的圆塑。彩塑格式大体上与长沙杨家湾出土的战国末年彩绘木俑极为近似:简单的土红的裙、飘带,变成酱黑的项饰,青色的头发,鲜红、石绿、黑等色相间的头饰,黑(可能是由银朱氧化后变成的)和石绿的耳坠,以及至今未变的乳白色的皮肤,等等。这些朴质、雅致的色彩,加在厚实的泥塑上,显出十分调和而文静的感觉。北朝的彩塑,虽然绘色比较简单,但是表情和神态的刻画可能由于柔软的泥土性质,彩塑的作者更能曲尽其

1　[日]大村西崖《元魏时的佛像》。

微地显示他们的才能。

这里介绍一下敦煌第254窟一个类似高浮雕的彩塑佛像。彩画斑斓的背光和佛像的头、面上，还残存着明亮的金饰，红袈裟上用微凸平行的线模塑出曹衣出水的襞褶，右胸裸出的衬衣画满了四花几何形纹样，左背残断的手臂处，可以明显地看出草泥的肉胎以及用芦苇扎成的塑像骨架。同窟南壁佛龛内的交脚弥勒佛像，服装冠戴已改变为紧身的北朝装饰，但下装裙的部分还保留犍陀罗衣褶的形式。

第275窟经五代重修过的北魏交脚佛像，服饰大体与第254窟的像相同，所不同的是有两绺长发分散在左右肩臂上。颈项与前胸还佩戴了环饰，面相柔和、圆润，全身体现着纯厚、丰满的造型。

同样的印象，可以在第290窟魏塑菩萨像上获得，这个菩萨至今仍保持着彩塑原始的风采。造像以石青、石绿、高岭土、土红等四色为主，幽雅、朴厚的彩绘，面部的造型表情与生动、活泼的体态，共同体现着农村少女所常有的天真而美丽的青春的生命活力。

第432窟中心柱上另一对菩萨立像，她们修长的差不多完全赤裸着的上身，仅有肩背飘带充当庄严的天衣，下面的长裙已完全采用六朝的服饰，冠髻下显露出五六绺披在额前的头发，那样美丽的面相与庄严的姿态，使我们想到佛经上形容摩耶夫人的词句：

眉高而长，额广平正……目净修广，如青莲华，修短合度，
容仪可法，其肩端好，其臂傭长，肢体圆满，肤采润泽……[1]

可能作者是用上述标准来创作既含有中国民族丰富特色的又不违背古代佛教徒理想的美丽典型，同时由于服饰的装配与细腻的刻画，活生生地体现出那个时代浓厚的地方色彩。

历史上，隋文帝在结束了两晋以后数百年间的混战局面后，又重新建立了统一的帝国，并实行了一系列安定社会的政策，结果，也促进了中古时代封建经济和文化的发展。反映在敦煌艺术上，首

---

[1] 见《方广大庄严经》卷一。

先引起我们注意的是，在这短促的二三十年隋代统治时期，修建洞窟的数量差不多超过全数的五分之一。同时洞窟内容的布置与代表民族性格色彩的运用，也从晋、魏着重清淡的彩色发展到隋代富丽、热烈的色调。这个时期彩塑的主要特点和新的成就，是突破了中国佛教艺术初期所形成的一佛二菩萨的呆板定型，进一步充实了中国佛教艺术的内容和扩大了现实形象描写的领域。隋代艺术家对现实强烈的追求和旺盛的创作力量，可以以敦煌隋代彩塑做一个说明。晋、魏时代彩塑的主题，是佛与菩萨两个内容，即佛教教主释迦牟尼佛与上天的菩萨形象。到了隋代，介乎佛、菩萨与人之间的佛的十大弟子中主要的是迦叶与阿难两个形象，成为当时彩塑匠师们新的描写对象。在历史上，自汉、魏到隋五六百年的中国佛教发展过程中，涌现出当时许多被封建统治阶级压榨的人民，为了追求精神上的寄托和解决宗教上的种种疑问，不惜冒险犯难、远涉大漠瀚海到印度去求经的高僧，比较佛与菩萨的神话故事更亲切地成为当时善男信女所崇拜的偶像，也成为当时艺术家刻画的典型。第419窟隋代的迦叶塑像，正是说明了这个问题。这是个用杰出的写实手法刻画出来的以"头陀第一"而著称的大迦叶的彩塑形象，就是如此生动地体现了在西域一带苦行进修的行脚高僧的形象。它使我们从历史的记载上回忆到：晋武帝时代（265—290）继朱士行之后，第二个冒险去西域求经，世居敦煌，号为"敦煌菩萨"的高僧竺法护。它使我们从历史的记载上回忆到，从长安结队西行，"自敦煌至毗荼共费一百九十九日"[1]，在外15年"孑然一身"而胜利归来的著名高僧法显。它使我们想到在这条贯穿中西的古代的"丝路"上，无数具有民族气魄的和平的文化使节和善良的宗教信徒，前仆后继不绝于途的冒险旅行。正如法显在他的《佛国记》上所写："沙河中多热风，遇则无全。上无飞鸟，下无走兽，遍望极目，莫知所拟，惟以死人枯骨为标志。"由此想到他们九死一生，在"沙河热风"与"风雨积雪"的环境中磨炼出来的钢铁一样坚强的意志和大无畏的精神。再看看迦叶的微笑，他那从心底里透露出来反映在眉目嘴角间的善

1　梁启超《中国印度之交通》。

良的微笑，是带着谦虚和朴实感情的微笑，那几颗露出来的残缺不全的牙齿，一对大小不相称的眼睛，额上、脸颊和嘴角的皱纹，颈项间显露的筋骨，这正是长期在艰苦的环境中向沙漠上风日斗争，向戈壁上严寒斗争，向饥渴斗争，向孤寂斗争，向疲惫斗争，向黑夜斗争的当时无数往来于阳关大道的行脚僧形象。这是他们经过10年、20年长期风尘仆仆的艰苦旅行生活之后而获得了"德行高超"的晚年平静、安适的微笑。假如读者在这件杰出的彩塑前面能够产生同样印象的话，那就是隋代无名的彩塑匠师们在艺术上的杰出贡献。

能够充分代表北魏过渡到唐代的桥梁之一的，是第427窟隋代匠师塑造的三铺一佛二胁侍的大立佛像。这些佛像及菩萨的形体比一般的都要丰满壮实，肉身是土红色，在蓝绿底色的璎珞佩带上，用白色细线勾描出菱形、几何形的大小花朵，紧身的天衣是红底色，花纹白蓝相间，裙裾上有用红、蓝、绿、黑、金等色所描绘的带状几何形、精致美丽的花纹。这是当时盛行的时世妆中最华丽的标本，也是隋代统一南北后，艺术上浑厚、富丽作风的新成就。

到了唐代，造像技术在隋代匠师们新的创造性的劳动成就中发展起来。唐代彩塑匠师们已不满足于北魏及隋代塑像那样比较单纯、朴实的造型与彩绘，杨惠之与吴道子是绘画与造型两方面夺得"张僧繇神笔"的大师，把唐代彩塑从神采和形象两方面推进一大步。他们运用了绘画与塑造兼而有之的才能，赋予朴素的泥土造像以丰富的色相，从而加强了造型的感染力。宋法智正是杨惠之教导出来的能塑像而兼擅长绘画的有名匠师，还有与杨惠之一样学画不成专事捏塑的张爱儿。由于当时寺院建设风起云涌，艺术匠师们在供不应求的情况下互相竞赛、互相帮助的早期彩塑的集体创作，《敬爱寺绘塑记》所载也反映出来：

敬爱寺佛殿内菩提树下弥勒菩萨塑像，麟德二年（665）自内出王玄策取到西域所图菩萨像为样，巧儿、张寿、宋朝塑，王玄策指挥，李安贴金。东间弥勒像，张智藏（即张寿的弟弟）塑，陈永承成。西间弥勒像，窦弘梁塑。上三处像光及化生等，并是刘爽利。殿中门西神，窦弘梁塑，殿中门东神，赵云质塑，今谓之圣神也。此一殿功德，并妙选巧工，各骋奇思，庄严华丽，天下共推。[1]

上述的历史资料说明了唐代艺术家在创作劳动中集体工作的优良传统。敦煌彩塑就是用这些优秀的艺术品来证明这一历史的宝贵证据。魏、隋作品，尤其是唐代彩塑，给我们石窟艺术建筑、壁画、彩塑三者的完整性、统一性与调和的感觉。我们深深体会到，彩塑之间的各个不同主题是如何在佛的"静"与天王的"动"、菩萨的"娟秀"与力士的"壮健"中体现每个形象的性格和内心表情的。它们在同一个佛龛上，在同一个充满了壁画的石室中，如同交响乐一般奏出了和谐的乐曲，开放出了美丽的花朵。正如上面已经谈到过的彩塑匠师们在塑造十大弟子的时候，常常将迦叶、阿难用彩塑来表现，其他八个弟子就干脆画在墙壁上做了彩塑的补充，也有些菩萨的头光与飘带是以壁画来代替的，或是用绘画来表示造像的须眉等。这一切都证明了美术史上戴逵、杨惠之、刘意儿、马天来等都以能画善塑著称的历史真实性，也说明了古代绘塑不分的传统和建筑、雕塑、绘画三者之间的密切关系。

唐代彩塑在题材方面又添增了力士与涅槃两个新的内容。力士像的描写手法，就比魏、隋时期的天王像有了更精深的刻画。艺术家在塑造力士形象时，不仅在面貌姿态上表现了威武的神气，而且在肌肉的运动上，在"关节脉络"上都无微不至地塑出了合乎解剖学的健壮体格。涅槃是佛教教主释迦牟尼"在世间广开法门，救度众生垂五十年"后，在拘尸那的熙连若婆底河畔、下雨的季节、大饥荒的年代里临终时的造像。这是一个大胆运用彩塑技术来具体表达梵文"nirvana"所具有复杂的宗教含义的描写。它并不像欧洲中世纪与文艺复兴及以后的艺术家所乐于描写的"耶稣钉死在十字架上"的悲剧主题那样，而是按照佛经的记载，释迦牟尼在临死的夜半布置好了身后一切，"即于是夜，右胁而卧，泊然大寂"，普通的平凡的死。在看过了唐以前许多佛本生故事如"舍身喂虎""剜

---

[1] 唐张彦远《历代名画记》卷三。

肉喂鹰"等委婉曲折的多少带有悲剧性的流血牺牲场面的壁画后，这里，如第158窟唐代彩塑，匠师们刻画出来的长15米大涅槃像所给予我们的印象，一个是唐代妇人宁静安详的睡态，一个是劳动后疲倦的恬适的安息。他前额广阔，修长的眉毛所遮盖着的微微张开的眼睛，仿佛在垂视他为"救度众生"曾经尽了一切力量的世界，垂视环绕在他周围的诸天、弟子，憧憬未了的事业，对将来寄托无尽的希望，同时那紧闭着的嘴唇，好像是肯定地表征着光明乐观的未来信念。环绕在周围的诸天及弟子的表情充分反映了如《大藏经》之《大智度第二》所提到的佛入涅槃时"诸人啼哭，诸天忧怒"的各种不同修行程度的天人对于佛入涅槃时不同的认识和不同的心境。图版103（《敦煌彩塑》——编者按）是第148窟完成于778年李太宾所修建的涅槃洞中的情况。这里从围绕在唐代的大涅槃像周围的弟子举哀的群像来看，艺术家以不同的动作和面部表情表现出佛入涅槃时72个大弟子种种不同的内心活动的状况：有呼天抢地的号哭，有涕泪交流的痛哭，有嘟啊哽咽的隐哭，有用理智控制着悲痛情绪的愁眉苦脸……用不着说就可以理解唐代艺术家是如何从形象、动作一直到内心、表情的各个方面使彩塑增加感染力的。

第322窟初唐佛龛上有几个塑像，其中菩萨的服饰和姿态还保留着隋代的某些作风，但从全身相称的比例与写实的塑造技术上看，是有很大发展的。尤其显著的是北方天王，服装和高度写实的造型，使我们惊异地仿佛看到一个汉、唐时代西域都护打扮的卫国武士，而不是上天的"仁王"。那样紧紧包在身体头部、肩部和腰下部的厚重铠甲，也使我们想到唐代诗人岑参《白雪歌》"将军角弓不得控，都护铁衣冷犹着"诗句所描写的意境。

这身彩塑以它的身段比例，以它自头到脚的盔甲、护胸、长靴，以它铠甲上突出的模仿钢丝做的锁链纹，以它突出的护胸上的板扣，以它突出的威风凛凛的八字胡须，加上绿、黑、白、蓝、红相间的模仿金属衣着的写实色彩与至今仍在西北流行样式的毡靴，强调了塑像的乡土气氛，增强了艺术感染力。在同一个佛龛上，人们还可以看到结跏趺坐的佛、比丘和菩萨的衣褶，具有高度技术的匠师们，全凭他的双手自如运用泥土的才能，刻画出不同质地的紧贴身体的厚重铁衣与流畅柔和的菩萨天衣、比丘袈裟等绸缎所形成的褶纹，这种富有质感的杰出的造型手法是唐代彩塑惟妙惟肖写实技巧的新成就。

第130窟是唐代开元年间（713—741）马思忠等所造，即《莫高窟记》所称的南大像，是岩石经过雕凿加以草泥及装饰的巨大的弥勒佛造像。此像不但整个身段比例处理得生动合理，而且手足及面部表情也表现出极其细腻的高度现实主义的技巧，是中国佛教艺术巨型造像中优秀的代表作之一。从这个头像的特写中，首先可以体会到它所反映出的唐代社会充分的物质条件与高度文化水准的生活情况。佛头丰硕的腮颊，厚实的嘴唇，如此肥头大耳的脸形，与南北朝时期佛苦行造像的体态瘦弱的造型相比较，已有了显著的改变。他俊秀的眉眼，向上微翘的眼角，端正的鼻梁，卷曲有致的头发，既表达了人情味，又透露出庄严静穆的宗教情感。顺便要说到，这个高25米左右的巨大弥勒佛坐像的头部，在深度仅仅10米左右的洞窟中，要做到如此巨大，比例如此适度，并达到栩栩如生的效果，必须是一个已高度掌握了技术操作手法、有经验的艺术匠师才能有如此杰出的成就。

另一个代表敦煌唐代彩塑也代表敦煌2000多身彩塑的优秀作品之一是第328窟盛唐的造像。这一铺有一坐佛、二比丘、八个半坐半跪式的大小菩萨。由于洞窟前室的保护和长期的封闭，洞窟内部宋代重画的壁画，还保存着原来未变黑的朱红色。塑像与佛龛背面盛唐原来的壁画，依旧保存得相当完整。这一龛11身造像本来是非常完整的，但令人痛恨的是北壁半跪式菩萨———一个最为俊美娟好的菩萨像，在1924年被美帝国主义分子华尔纳连同莲座一起盗走了。

全龛造像的设色，从释迦牟尼本尊佛到比丘、菩萨全部都保存着极其富丽的色彩。彩塑上闪烁的黄金色的反光，与圆润、丰满的乳白色菩萨赤裸着的上身所佩戴着的璎珞以及模仿得如此逼真的织花缎面的比丘袈裟，给人以金碧辉煌的感觉。下垂的菩萨裙裾衣褶轻轻地覆盖在肥厚的足背上，这一切是如此富有感染力地使我们体验到一种人世间真实的感情。如作吉祥坐的菩萨，她那娟好的、袒裸的上身，几条仅有的璎珞披戴在前胸，秀丽的细眉与微斜的眼角，俊美的鼻梁，微耸的嘴，丰润、饱满大理石般乳白色的脸部，表现出天真无邪、善良而秀丽的神态，充分显露出艺人对现实的描绘。正像唐人段成式在叙述当时画家韩幹画寺院中的"释梵天女"时说："今寺中释梵天女，悉齐公妓女小小等写真也。"[1] 活人的气息，不但表现在彩塑的面部，而且同样贯彻在结构骨架、身段动作和衣褶的装配上。上面说过，晋、魏的彩塑，在佛像身上采用"曹衣出水"的衣褶和"吴带当风"的舞带来继承汉代艺术"车水马龙"一般生动的传统。这里唐代艺术家却直截了当地赋予塑像以肢体的动作。佛的盘腿式结跏趺坐变为两脚垂下的安乐坐。菩萨的体态除一足下垂踏在莲花上的游戏坐外，一般直立的菩萨都是屈膝低腰地呈现出娇柔的姿态，披戴着彩花的绸缎，经过艺术家精心设计出来的衣褶线条，随着身体轮廓变化轻轻起伏着而富有节奏，璎珞、佩带与冠髻等种种庄严，更增加了娉婷婀娜、温柔而优美的女性特点。在这样一个"端严柔弱、似妓女之貌"[2] 的菩萨旁边站着声闻第一的佛的大弟子之一的阿难，正像一个刚成年的青年男子，虽然它在庄严的袈裟中表现出一本正经的神气，但是它的袖手折腰歪扭的姿态，仿佛遮不住青年人好动性格似的。这里由于微侧的腰挺出连带引起袈裟衣褶系统的变化，厚重富丽的花缎下垂时皱褶抽叠微微露出衣裙与足下翻头的鞋等。如此真实生动的形象，使我们不能不惊奇地感觉到这些坐在我们前面或站在我们前面的盛唐时代的健壮青年男女与后壁画着的比丘一道都是"窃眸欲语"地等待着与我们交谈。只是偶尔从残破了的塑像身上看到显露出和合了纸筋、芦花的黄泥，使我们猛然从幻想中惊醒过来，现在我们正是面对着 1360 多年前杰出的民族优秀艺术的作品。

与上述同一时代同一个作风，但经过后来装饰过的是第 319 窟一铺七身的塑像，这里除彩色已大部分发黑外，形象大部分还完整，可喜的是，这个彩塑还保留着未经再修的生动的手、足，天王的表

---

[1] 唐段成式《酉阳杂俎》续集卷五《寺塔记》上："韩幹，蓝田人，少时常贳酒家送酒，王右丞兄弟未过，每一贳酒漫游，幹常征债于王家，戏画地为人马，右丞精思丹青，奇其意趣，乃岁与钱二万，令学画十余年，今寺中释梵天女，悉齐公妓女小小等写真也。"

[2] 《释氏要览》："自唐来笔工皆端严柔弱、似妓女之貌，故今夸宫娃如菩萨也。"

情也十分庄严勇武。

可能时代比较稍为迟一点，形体塑造技术进一步向现实主义精神发展的是第79窟半结跏趺的坐式与立式的菩萨像，它们顾盼自如的眉目表情与配合这个神情的手足姿态、丰润的肌肤，可与已被帝国主义劫夺去的天龙山石窟第14窟西壁石刻半结跏趺菩萨像相媲美。同窟南壁天王像，长袖、麻鞋的唐代武士服饰，比例合适，形象生动，不但艺术价值很高，而且为研究唐代服饰增加了可贵的资料。同样优美的塑像，又可以看到第196窟一身游戏坐式的菩萨，由于它们被固定在四面凌空的须弥坛上，连背面也是以同样的写实手法刻画出来的。造型的部位及衣褶花纹等细致的程度，实在令人吃惊。释迦牟尼的莲花座垂下来的绸缎褶纹与菩萨的衣裙、比丘袈裟上的山水印花等花纹，甚至织物的经纬线编织的线纹，都模仿得十分细腻、生动。其他还可以在第384窟看到一铺七身的盛唐优美的彩塑，同样肥硕、丰厚的脸型，无论阿难或菩萨都富有娟秀、纯厚的风度。

相反的另一类型，是在龛外南北两角的天王像。那是身披甲胄、气吞山河的唐代武士，挥拳鼓目、声色俱厉的神态，正如后周《正定景因寺判官堂塑像记幢》所云："威容既立，不闻鸟鹊之声。"[1]这两个庄严威武的天王，似乎要用它的威力来慑伏一切外道邪魔似的。同样使我们注意的，是两个被踏在天王足下的地神，尤其是北方天王脚下的那个猴头兽身的地神，通过艺术匠师丰富的想象力所创造出来的这个艺术形象，那样生动而自然地使我们产生"若有其物"的感觉。

第320窟有盛唐比较好的菩萨，第327窟有同一个时期比较优美的菩萨，第45窟有代表性的盛唐彩塑、菩萨与比丘，形象生动，比例恰当。图版89（见《敦煌彩塑》——编者按）是盛唐时所特有的龙首虎身的坐式瑞兽。

唐代塑像的发展高潮同时跨着盛唐和中唐两个时期（713—820），这一时期是杨惠之生活和创作的时代，是中国彩塑在现实主

---

[1] 清沈涛《常山贞石志》卷十一："堂宇既立，庙貌得无，命匠者审运丹青，澄神绘塑，威容既立，不闻鸟鹊之声。"

义发展道路上达到空前高潮的时代。这个时代的彩塑艺术在造型与彩绘两方面都得到更完美的发展，联系更加密切。与杨惠之同时的，还有吴道子的门人、后来改攻捏塑的张仙乔，王耐儿、元伽儿、李岫、张寿等，都是唐代彩塑史上有名的高手。他们能画善塑，使彩塑与壁画不但和谐配合，而且共为一体，显著的例子可以在千佛洞所遗留下来的中唐塑像中体验到，其中主要是以第194窟为这个时代的代表作。这个由佛、比丘、菩萨、天王、力士七身组合的龛内外彩塑，至今还相当完好。这里大部分造像的肉身都是乳白色，其他如菩萨的天衣、佩带及天王甲胄、冠饰上的彩绘，与壁画的作风完全一致。北壁天王面部作土红色，挺胸执拳，怒目直视，现出无比威武的气概。南壁天王的浓眉和两颊卷曲的胡须，都是用暗红色的毛笔在光润的面颊上勾刷出来的，真有吴道子画赵景公寺"刷天王胡须笔迹如铁"的风度。南壁菩萨，颜面丰满微笑，头上髻鬘作下垂形，上身着了淡绿彩绘的卷草纹的帔子，当胸已由初唐的方形演变为大圆形，下着长裙，画卷曲的蔓草，看上去正是杜甫诗中所描写的"蔓草见罗裙"似的唐代少妇。这里生动的造型与绘画的有机结合，使彩塑绚烂夺目，增加了它的感染力。北壁天王像，面作土红色，头戴盔，怒目切齿，右手握拳，左手张开作叉腰姿势，全身甲胄施满了彩绘，真是生机勃勃，有气吞河岳的气概。北壁龛外力士，上身袒裸，怒目张嘴作大喝一声的姿势。全身肌肉在有力运动下紧张突出，有些地方还可以看见皮肤里面的筋脉，身材适当的尺寸比例与合乎解剖的肌肉运动都显示着科学上的依据与现实主义表现技术上进一步的成就。同时也使我们幸运地认识到，杰出的唐代彩塑可能就是先驱者杨惠之和他同时代卓有盛名的张仙乔、王耐儿等在中国塑像发展的全盛时代的现实主义传统，曾波及到塞外，并且一直留传到现在，我们在敦煌艺术宝库中就找到如此优秀完整的宝贵遗产。

　　差不多与第194窟同时或可能稍后一点类似作风的一铺七躯的彩塑是第159窟。这个至今保留着完美的壁画与造像的洞窟，由于处在距地20余米的四层高岩上，并且通道断绝，所以没有遭受到破坏。这个洞窟的彩塑主要是天王、菩萨、比丘，它们的服饰和活泼生动的造型体态，与第194窟有共同之处。这个洞窟的壁画精美，色彩鲜艳如新，满室辉映，富丽堂皇。这里菩萨的衣裙是绯红色地子上画满了团花，与耿津《凉州词》的"金钿正舞石榴裙"句是十分切合的。

晚唐塑像一般仍沿袭中唐的传统，个别的彩塑如第326窟的一身彩塑高僧，是用完全现实的创作方法表现出来的造像，已较佛龛上的比丘像有向写实进一步的发展。第196窟存有晚唐时代比较优良的塑像——天王像，高约5米，是千佛洞的几个较大造像之一，像身高大，形式比较简略。其中一个半跏趺坐、上身袒露的大菩萨像，从她圆润的线条所烘托出来的丰满体态，加之下边衬着卷折的裙边，这一切符合唐代妇女的健康美丽，在大理石般洁白的上身袒露的色彩，加上胸前朱红的披巾，绿色地子上用黑、蓝、红间杂描绘的团花，更使主体显得朴实而健美。第197窟是晚唐塑造的娟秀、生动的另一个菩萨像的例子。

千佛洞五代和宋代的洞窟，大体是由原来隋、唐洞窟重新绘的，因此这两个时代的塑像遗留极少。第261窟是五代彩塑的代表，第55窟是五代或宋初彩塑的代表。塑像姿态比较生硬，神色也呆滞，衣褶繁杂紊乱，有些像敦煌宋代壁画一般，已到了从唐代艺术创作高潮走向另一种富有装饰倾向的风格了。

元代莫高窟修建的情况，可用至正十一年（1351）速来蛮西宁王《重修皇庆寺碑》所记"施金帛、彩色、米粮、木植，命工匠重修之……佛像、壁画，栋宇焕然一新"来佐证。皇庆寺是经清道光年间(1821—1850)重修过的，可能就是现在中寺的寺院，并不是石窟。当时所谓"佛像、壁画"已全部不见了。现在能够见到的佛像就是第95窟六臂观音大士、侍立诸天的一铺七身。这一铺彩塑，虽然有经过后来重修的痕迹，但是从这七身彩塑所反映出来的生动的现实作风来看，在一定程度上是和当时著名彩塑大师刘元"神思妙合"的彩塑风格相接近的[1]。

元代中统元年（1260）正是尼泊尔名塑像艺人阿尼哥在吐蕃为

---

[1] 《元史》："刘元者，尝从阿尼哥学西天梵相，亦称绝艺……始为黄冠，师事青州杞道录，传其艺焉。至元中，凡两都名刹，塑土范金抟为佛像，出元手者神思妙合，天下称之。"

八思巴建宝塔的时代，是密宗的造像千手千眼菩萨流行的时候。千佛洞第465窟中心圆形宝坛上原有木胎、锯木粉掺和了胶质塑的千手千眼观音一铺，可惜已经为人所捣毁。第95窟一铺六臂观音及侍从天神的彩塑，是敦煌石窟中仅存的一铺以六臂观音为主尊的彩塑。这个六臂观音与元至正八年（1348）莫高窟造像碑中的六臂观音的风格相同。彩塑形象生动，刻画入神，不但作品的风格较之宋代的彩塑已有很大的进步，而且内容方面也显露了新的变化。元代和尚圆至评价彩塑匠师张生的彩塑曾说：

骈木为骨，抟土为肉，糜金胶彩为冠裾容饰，操墁以损益之，丰而为人，瘠而为鬼，粲然布列而为众物，其形其事，必当其类。一堂之上，坐立有度，贵贱有容，怒者、喜者、敬者、倨者，情随状异，变动如成人，使观者目悴魄悸，不敢目为土偶，此塑之工也。菩萨则不然，慈眼视物，无可畏之色，以耸视瞻；其姣非婉，其颇非愿，其服御容止有常制，巧无以显，拙无以隐，其慈若喜，其寂若蜕，德蜕于容，溶于态，动于神。[1]

从这里我们可以理解这一评价的真切。

明代严防嘉峪关，敦煌曾一度废置，因此，千佛洞并无这时代留存的艺术遗产。直到清雍正年间（1723—1735）重置敦煌县后，千佛洞有些唐窟被改为娘娘殿，出现了几个含有民间风味的彩塑，如第454窟送子娘娘，就被打扮得粉面小脚，与中原一般清代庙宇中的塑像大致相同。

五、结语

敦煌彩塑是中国固有的泥塑传统结合了佛教东渐后的外来因素

---

[1] 元释圆至《牧潜集》。

发展起来的。杰出的古代艺术匠师们，不但生动地塑造了人物的动作和表情，而且随类赋色地给予这些造像以更真实的感觉。在壁画图案装饰富丽的石室中，它们以立体的强有力的光与色相结合的效果，突出而又和谐地使石室更充满了艺术的气氛，好像一支在音乐会上合奏的交响乐。这种塑造、石室建筑形式和壁画三位一体的紧密关系，不是身处其中的人是难于理解的。必须指出，彩塑的存在，与它所处周围金碧辉煌的环境是分不开的。彩塑的作用好不好，要看它是否能符合周围壁画的艺术水平和要求。因此，泥塑的装饰不是简单地将各类颜色涂刷在表面就算完事，绘画技术水平的高低，是影响彩塑成功与失败的关键。可以说，就是绘在立体上的画，也可以说彩塑是雕刻与绘画相结合的综合艺术。

看惯了简单朴素的金石雕刻孤独地存在于自然环境中的人们，可以认为将各种颜色涂刷在泥塑上是多余的，容易流于俚俗。敦煌彩塑杰出的成就，以具体的事实驳倒了这种主观的想法。中国古代的彩塑匠师们贡献了他们杰出的艺术才能，创造了中国民族所独有的彩塑优良传统。经过三千余年的演变与发展，一直到今天，彩塑仍然是群众所喜爱的反映现实生活的重要艺术形式。从天津泥人张以及其他民间泥塑中还可以意味到敦煌彩塑不绝如缕的传统。

在发掘文化遗产，批判地接受民族艺术优秀传统的社会主义文化建设高潮中，重点地介绍这一被忽略、被遗忘掉的艺术宝藏，将不会是无益的。展示在我们眼前的这些图片，可能会引起雕塑家和其他文艺工作者对于这一宗杰出的彩塑遗产予以应有的重视，从而组织力量，进一步用科学方法对敦煌彩塑展开全面的研究。

1958 年 8 月于敦煌莫高窟

从"人大于山"说起

　　唐人张彦远在他的名著《历代名画记》"论山水树石"，曾用"或水不容泛，或人大于山"这样的话来概括魏晋以降中国绘画主题内容和表现形式上的一些突出的风格。这种风格，可以从现存敦煌南北朝前后壁画真迹中看到。如第428窟北魏人画舍身饲虎长卷连环故事，萨埵那的两个哥哥发现他们的弟弟为饿虎丧生、骨肉狼藉的特写中，人们可以看到壁画中的"人"，也可以看到壁画中的"山"。但当我们正在欣赏壁画的作者如此生动有力地用线条、用人物夸张的动作和面部表情成功地刻画出其时其地其"人"的呼天抢地、张皇失措的瞬间情景时，假如有人提出绘画上的透视问题，提出"为什么这里人大于山"，必将使我们哑然失笑。我们的"哑然失笑"并不是说不存在"人大于山"的问题，而是说画家在这幅画上的艺术成就的"大节"已超过了一般要求的"形似""小节"。一个艺术家的功力正显示在"似"与"不似"的取舍之间。这个例子说明了魏晋以降中国绘画之所以"人大于山"并不是因为画家不知道"水"与"泛"的比例和"人"与"山"的比例，而是画家在这里强调人物在作品中的重要性，有意把山、水、树、石、舟、车、房作为次要的衬托，有意把"山"和"水"作为象征性的点缀，从而突出了人物在故事画中的作用。

　　从南北朝经隋、唐、五代一直到宋元，敦煌壁画的主题内容和表现形式不同的演变特点，如果从"人"与"山"的比例关系来分析，约略可以得到这样一个概念：即魏晋南北朝，人大于山；隋唐，人等于山；五代、宋、元，人小于山。这种演变，贯穿在千余年来漫长的中国封建社会中，反映在思想认识上是"人"与"物"的互相关系的一条红线。魏晋南北朝时代艺术的发展，是在汉代高度艺术水平上融合了从西域传入的佛教内容，产生了中国佛教艺术的根基。这依然是为封建统治者服务的中国佛教艺术，虽然在一定程度上代替了以人物为主的、歌功颂德的宫殿人物画艺术，但穿插了一些新的关于佛教历史"出家"、"成佛"的释迦牟尼在世行传的故事，因此描写类似风俗画结构的主题人物，突破了过去帝王将相、孝子烈女的框框，不但出现了平民的形象，而且平民在一幅绘画构图中的重要性不减于帝王将相、孝子烈女的地位，画家有意将山水树石作了象征性的点缀。如果说敦煌早期即十六国时期或北魏壁画富有象征和浪漫的特点，那么隋唐艺术的演变就渐趋于现实主义的风格。这个时期在敦煌壁画中所表现的"人"与"山"的关系，是"人等于山"。唐代以人物画著称的大师吴道子的艺术处理方法，正可以从敦煌第172窟东壁维摩变的壁画上来探索。这位一代艺术大师积极采取了配合人物、合乎透视远近法的山水人物的处理办法。

唐以后，一直到五代、两宋理学的发展，人们由不满现实世界而发展到逃避现实，"恍惚于空明之见"；由"格物致知"到"绝物"致知，发展到王阳明、王船山辈的修身养性，成为客观世界实践的主要途径。这个时期的绘画，从唐代的"人等于山"演变到"人小于山"。郭若虚在他的《图画见闻志》上已提到："若论佛道人物仕女牛马，则近不及古；若论山水林石花竹禽鱼，则古不及近。"于是虫鱼鸟兽、山水树石占据着当时画坛的重要地位，人们把绘画当作写"胸中逸气"的一种发泄，满足于"一花一鸟"的得失，满足于"残山剩水"的凭吊，见物不见人，进入了修行出世、自绝于客观世界的地步。

明清以来，在封建社会士大夫文人画戏墨风气的余波中，进入了资本主义发展阶段，从清朝政府昏庸腐朽的统治到国民党奴颜婢膝卖国求荣的半殖民地的统治，奴化和洋化的文艺倾向，使不绝于缕的中华民族文化的命脉受到史无前例的摧残和破坏。幸而"五四"新文化运动挽回了这种每况愈下的颓废倾向。革命文艺的先驱者在中国共产党的领导下，不懈斗争，使民族民间艺术在为无产阶级革命斗争服务的前提下，发挥了它们空前的作用。1942年，毛主席发表了《在延安文艺座谈会上的讲话》后，使革命的文艺工作者进一步解决了文艺为谁服务的问题与如何服务的问题。为工农兵、为无产阶级革命服务的艺术,经过如火如荼的反帝反封建斗争、抗日战争、解放战争,新中国的文艺在毛泽东思想光辉照耀下如雨后春笋般地蓬勃发展。

今天,在社会主义建设时代,由于人们掌握了历史规律,主宰了自己的命运,一个革命的文艺工作者知道如何把自己看做是开辟历史道路的人。人的主观能动性对于客观世界的作用,比过去任何时代都大大地加强了。要求于一个革命艺术工作者的,不仅是反映现实,而且更重要的是改造现实,就是不断地调整和改进"人与人之间"的物质关系和精神关系,不断地提高人民群众的共产主义觉悟和道德品质,以适应和推动生产力的高度发展。

敦煌壁画与野兽派绘画
——关山月敦煌壁画临摹工作赞

当 1943 年前国立敦煌艺术研究所筹备成立开始的时候,我就在满目荒凉、冷落的莫高窟皇庆寺接待第一批热爱中国古代艺术的拓荒者关山月夫妇和赵望云先生。记得那正是中秋以后沙漠苦寒的季节,沙漠上仅有的几片黄叶因为开始的冬寒已脱离了杨树枝头的时候,迎来了我们阔别已久的不速之客,这种得未曾有的空谷足音,像长期生活在沙漠深处的蒙古牧民那样,显得从未有过的亲切和欢乐。当时正值捉襟见肘的经济困难的时期,自己住在皇庆寺(中寺)香客用的土炕上。让出另一个小土炕,为山月夫妇铺上麦草;望云和我同住在另一个炕上。我们虽然准备了一些柴火,弄到一个炭炉,但戈壁滩上夜间仍彻骨寒冷。对来自岭南的山月夫妇,极不习惯饮食起居,喝了苦盐一样大泉的流水即患腹泻,他们却毫不介意。白天由我陪同为他们向导解释,夜间,一盏半明不灭棉籽油的暗淡灯光下,他们坐在炕头上热情地各自提出敦煌自北凉到宋元 10 个世纪前后 1000 年的演变发展的初步巡礼中的所见,并对敦煌艺术大为赞叹。直到深夜人静,戈壁滩上明月高照,万籁俱寂,感到腹中饥饿,山月夫妇取出来自关内的罐头食品,我拿出那年夏天用敦煌葡萄酿制、像醋一样酸涩、被望云称为"常氏精制法国葡萄酒"的所谓"葡萄酒"来,庆祝戈壁之夜"西出阳关有故人"。我们热烈地谈论敦煌艺术的伟大,谈论如何使中国绘画能从中汲取养料,使中国人物历史画能够打开一个崭新的局面。

其时,山月已经是著名的岭南画派的杰出画家,他当时在南洋的写生已初露峥嵘的光芒。至于望云,在此以前已与基督将军冯玉祥合作,在《大公报》上发表了不少农村写生的作品,那是第一个以农村为主题的作品，他是一位中国绘画题材的革新家。这与我后来和董希文等画家在敦煌千佛洞临摹壁画的同时，进行人物画写生的尝试是有密切关系的：因为我当时也正在设想使敦煌人物和现代人生活相结合的问题；因为我虽然在1936年回国，来到敦煌戈壁滩上，但在法国十年间受到现代派绘画的深刻印象残余尚未消除。

我曾在很长一段时期内，将敦煌北魏早期绘画与法国鲁奥（Rouault）的野兽派绘画相结合来看待的。而且事实上我也怀疑鲁奥在1932年作的《对耶稣的嘲弄》这幅画的用笔和构图与敦煌第275窟北凉人画的毗楞竭梨王本生故事画有十分相似的地方。事实上两幅画的创作时间相差1500年之久。我怀疑敦煌北凉时的壁画毗楞竭梨王在1932年之后被抄袭成《对耶稣的嘲弄》。这也证明了敦煌壁画的威力之大。这个疑问，存在我的心中一直有三十余年，最近我在出访日本及西欧时，才证实了鲁奥的《对耶稣的嘲弄》确实受到敦煌第275窟北凉壁画毗楞竭梨王本生故事影响的（显然这是伯希和刊于1925年《敦煌目录》画册中并带到法国去的）。这说明了敦煌壁画北凉时代磅礴的气势比西欧俄特时期的艺术风味还要雄健的成就传至30年代巴黎现代派绘画中了。

所以，我当时和山月、望云两位老画友在塞外会见倾谈时，都把话题着重在如何从4世纪到14世纪敦煌艺术演变发展各个阶段的成就中吸取借鉴，为现代中国艺术新创作起到推陈出新的作用，深得山月和望云二位的赞同。他们到了敦煌如入宝山，尤其是山月和其夫人，自己背着板凳、画板、颜料、水壶、灯火，攀登于危岩断壁的石窟间，整日在暗黑的洞窟里，在破楼、残壁、晦暗不定的灯光前秉笔作画，其精神使我们十分感动。我十分赞赏山月画友用水墨大笔着重地在人物刻画方面下功夫，寥寥几笔显示出北魏时期气势磅礴的神韵，表达了千余年敦煌艺术从原始到宋元的精粹，真所谓"艺超十代之衰"，是对敦煌艺术精华的可贵记录。今天我能在山月新画将出版之前，回顾往事，看到山月对敦煌艺术作出的贡献，是十分荣幸的事。

从敦煌近事说到千佛洞的危机

一

石室藏经的发现,是光绪二十六年(1900)五月二十六日的事,出土有经卷、文书、图轴等,关系历史、宗教、文化各方面,其规模之大、影响之深,不但较中国历次文献的发现如孔壁古文、汲冢竹书、殷墟甲骨、流沙坠简等为重要,而且较之18世纪意大利发现一千八百余年前的庞贝(Pompeii)古城也无逊色。这个把世界文化史重新改写的大发现,从洛克济(1879)、斯坦因(1907)、伯希和(1908)、橘瑞超(1910)、华尔纳(1924)等先后到达敦煌,相继诱窃盗取,传布宣扬,简直把20世纪这个"发现时代"探险发掘的狂潮,从欧洲扩展至亚洲腹地。一时英、俄、德、法、美、日、瑞典、匈牙利诸国学者均纷纷前来探险发掘,风声所及,昏昧的晚清政府,尚能以保存国故为名,训令敦煌地方当局收集劫余残经,赍送京师(至今国立北平图书馆收藏的九千余卷经书,就是那时候的收获)。以及晚近专家向达、贺昌群、陈万里、张大千、劳贞一、姜亮夫等都有过各种不同的研究和论著发表,使国内知识界对于发现的经过和价值有了若干的认识。敦煌之名就是这样传播在中国朝野的。

不过敦煌僻处西北边陲,国人的性情又多不好外游。当初伯希和掠取经卷满载归国的时候,道经北平,仗他一口流利的中国话,曾在六国饭店陈列展览之际发表了一篇动人的演说。这篇演说虽曾打动了学者如罗振玉、王国维等,并且还根据当时的见闻写了好多研究敦煌的文章,但实际来到敦煌考察调查,一直延至民国十四年（1925）。那时代表北京大学国学门的陈万里先生，因福开森（John C. Ferguson）之介绍，得以加入美国哈佛大学旅行团与华尔纳（L. Warner）等一行同去敦煌。这是中国为敦煌艺术前往考察的第一个人。正如沈兼士先生在民国十四年出版的陈著《西行日记》序文所载："余以敦煌近二十年来，外人已屡至其地，顾我国学者，以考古为目的而往者，此殆为嚆矢。"但是这次由于华尔纳在前一年至敦煌盗窃塑像和壁画，被敦煌地方士绅坚决阻止，并没有成功。民国二十年（1931），贺昌群先生根据伯希和所辑的敦煌图录，以他丰富的中西文化交流史的学识，在《东方杂志》上发表了一篇《敦煌佛教艺术的系统》的文章。这篇介绍敦煌佛教艺术的空前论文，除了对于敦煌的历史背景做了一番简要的介绍外，并比较地将中国佛教艺术的源流做了简要的说明，至于敦煌佛教艺术本身的研讨，更有许多独到精深的地方。贺先生虽没有到过敦煌，但他的文章却给予后来千佛洞的人很好的启示。

继续着贺氏对于敦煌佛教艺术之介绍，正值抗战前期，国内开发西北的声浪高入云霄。这个自宋元东西海上交通鼎盛之后，已沉眠了近10个世纪的河西走廊重新又被人们注意起来了。于是《后汉书》所称的"华戎所交一都会"的敦煌县，就增加了许多游客。随着甘新公路的建成、南疆公路的完工，敦煌已变成塞外的主要名胜。但过去到敦煌的人，都是游览性质的旅客，这些旅客除在壁画上记一些"某月某日到此"的无聊题记外，并没有足为史料记载的事实。至于真正为千佛洞壁画而来的，要算民国三十一年（1942）当代国画名家张大千先生。那时候一般国画家是争取出国展览赚外汇的，大千先生能走到这种绝塞荒郊，"磅礴坐卧其下者几及三载"，他那种"奇寒盛暑，劳苦相勉"、努力于中国古代艺术发扬的精神，在最近展览中已经获得了应有的评价。站在艺术工作同仁的立场，我们钦佩他先知的聪明与敏捷的行动。较大千先生迟几个月到千佛洞的有中央研究院的劳贞一先生、教育部艺文考察团王子云先生和著名敦煌学专家、汉唐古交通史地权威向觉明先生。也就是那一年，于右任先生偕同高一涵、卫聚贤诸先生视察西北，特来千佛洞巡视，当时看到千佛洞古迹的可贵和设立保管机构的必要，第75次提请国防最高委员会设立敦煌艺术学院。于先生在原提案上，除简要地把千佛洞历代沿革及内容、现状等申述之后，在结尾写道："似此东方民族之文艺渊海，若再不积极设法保存，世称敦煌文物恐逐湮销！非特为考古暨博物学家所叹息，实是民族最大之损失。"这个有力的提议使敦煌千佛洞由文字的介绍而进入实际保护行动的阶段。当于先生的提案经国防最高委员会通过之后，正在交由教育部实施筹备办理的时候，向觉明先生以"方回"的笔名，在1943年12月27日重庆《大公报》上发表了一篇长达万余言的《论敦煌千佛洞的管理研究以及其他连带的几个问题》。这篇文章，如傅孟真先生在文首按语上所说"于敦煌文物之原委，历历如数家珍"之外，并从自己身历其境的观察，提供出保管和研究的实施建议。其内容是那么翔实生动，其爱护敦煌文物的热情又是那么洋溢于字里行间。曾记得该文发表的时候，陪都正汇集了全国艺术界人士，恰值举行第三届全国美展的前夕。许多美艺界人士，都非常亲切地展望着西北边塞的一角——那介乎三危、鸣沙二山之间的敦煌千佛洞。在那篇文章中，向先生对于当时千佛洞现状的不满，曾引起全国文化界的无限同情。这种同情，正如作者在文首所希望一般，后来真个"逐渐化成舆论"了。

　　教育部为加速敦煌艺术研究所成立的筹备，立即公布高一涵、张庚由、王子云、张维、张大千、郑通和、窦景椿、常书鸿等八人为敦煌艺术研究所筹备委员，并指定高一涵为主任委员、常书鸿为副主任委员、王子云为秘书。筹备委员会由高一涵先生主持，在兰州甘宁青监察使署开了两次会，通过保管研究计划大纲，复由高主任委员率领筹备委员会工作人员，于1943年3月24日抵达千佛洞，就地设立办事处，开始筹备工作。

二

　　千佛洞在敦煌城东南二十余公里处，1944年研究所成立后，请示甘肃省政府谷主席同意,由当时敦煌县长陈冰谷发动地方民工,开了一条直达千佛洞的汽车路。从安西来的汽车,在离敦煌城10公里的地方,就可以见到一条南行的支路,行9公里,快进入山峡就可以远远见到那些掺杂错叠、累累如蜂房的石窟群。石窟全部自南至北共长1612米,存有北魏、西魏、隋、唐、五代、宋、元七代的壁画和塑像。这样大规模的结构,我只有将统计所得的结果,用乘车看画的比喻使没有到过千佛洞的人得到一个概念:全部千佛洞壁画面积凑合起以高5米计算共有2.5万余米,就是千佛洞壁画全长可以展开到25公里。换一句话说,我们如果坐着25公里时速的汽车,要一小时的工夫才能把全部壁画飞逝般地打一个照会。再加上2000多个塑像以及各时代的建筑,从变化复杂的壁画题材,从绵延相继的历史体系,从包罗齐全的宗教释典,从演变无穷的艺术系统……这种不能想象的伟大史迹,实在予人以惊心动魄的感觉。

这个曾经经历北周武帝及唐武宗二朝废佛毁寺的厄运、晚清西陲宗教变乱的焚劫,在十数世纪漫长的岁月之后,劫余仅存的国宝,现在是残落荒凉地矗立在灰枝绿叶的白杨后面。一湾从大泉南来的细流,蜿蜒曲折地经过全部石窟的壁脚,消逝在北端石窟尽头的戈壁沙石间,一切残破毁坏的迹象,随着西逝的落日愈显衰败和危殆。敦煌千佛洞自东晋穆帝永和八年(352)创建至今,已达1596岁的高龄。它毫无掩饰地,把我们这个自汉唐以降国势衰败的迹象,一如矗立在雅典废墟中的帕特农(Parthenon)神殿般地在沙漠的边塞中暴露出来。我们随着高一涵先生于1943年3月24日抵达千佛洞的时候,正是中华民族抗战的第七年。这个已经沉睡了近10个世纪一度被人遗忘的古迹,能在国家艰苦困难的局面中创建正式保管和研究的机构,我们应该感谢政府的措置。所以当我们到达的瞬间,在万籁俱寂的山谷中,听到从大泉淌来的那一湾细流的水声,仿佛是象征着中华民族一种活力透露似的。从远古时候起,这条古称宕泉的流水,像中国五千年文化活力一般地没有止息过!

那时候张大千先生住在上寺,和他同时工作的有画家谢稚柳先生、大千先生的门生弟子、喇嘛。他们是中国当代艺人第一批自动来到这绝塞边陲,肩担了承先继后工作的备受艰苦的卓绝英雄。我钦佩他的勇敢，祝贺他的成功。住在中寺的是敦煌学权威、曾经在国外研究流散在欧洲的敦煌经卷文籍的向觉明教授。当我去拜会的时候，向教授如敦煌平民一样朴素地正在一个苏苏柴的灰盆上用搪瓷杯煨煮沱茶。一支残余洋蜡的烛光，在塞外寒气未除的早春之夜，使人感到温暖安逸。就在这样的环境中，他们已做了敦煌艺术开导启发的基础工作。事实上，我们以后得到他们不少关于解决千佛洞历史、艺术诸种问题的帮助。这里，除了感谢之外，并为他们长时期在沙漠中工作的精神致以我们的敬意。此外，我对于认真帮我们去沙、开渠工作的敦煌驻军表示感谢，因为根据当时工程师的估计，仅去沙工作、雇用民工就需要300万元，现在他们义务地为我们去除了窟前积沙。

到目前，事隔六年，我仿佛还看见当时张大千先生在春寒黎明忙忙碌碌指挥入门弟子从事临摹工作的紧张情景，向觉明先生深夜独自秉烛俯伏在洞窟高壁上聚精会神录写题记时的侧影，士兵用铁铲木耙清除沙土的热烈奋勇的场面。千佛洞，文献记载虽然有过十余个寺院和二三百个寺僧门徒，以及第300窟（编者按：本文洞窟编号为张大千编号）张议潮及其夫人出行图上那样鞍马屏帷贵游的盛况，但是经过千余年的沉寂之后，我想，1943年该是千佛洞大事记上的重要时期。可是，这样的时期并不久常。在四月里，塞外初夏，千佛洞梨花盛开的某日，向觉明先生继张大千之后离此东返。于是千佛洞又像农历四月初八浴佛节时，敦煌全城人士来此拜访释迦牟尼佛诞辰的次日一般，重新又趋冷落孤寂。研究所那时只有5万元的开办费，去了同事、工警的长途旅费及购置一些简单设备费，已经没有一个多余的钱了。高一涵在临别的时候对我说："现在你们要抱着白手起家的精神，在千佛洞孤岛上去开辟一个新天地！"是的，我们从碗筷、水缸、锅盆、灯盏、火炉、薪炭以及驴马、大车等无一不要自己去购买。而这许多东西，有时候，连敦煌县城都不能买到，就必须向人家商借应用。我们在这四无居民的沙漠上必须先作生活布置然后才能进行工作，因为我们不是一个暂时机构，我们不是一个定期可以完成的工作队，我们必须作长久打算。

三

　　这里既然是一个20公里无人烟的孤僻所在，一般年轻同事，由于与城市生活隔绝，日久就会精神上有异常孤寂之感。平时如此，已甚不安，一到有点病痛的时候，想来想去就觉得非常可怕了。

　　记得有一年夏天，同事C君偶受暑热，发高烧，在我们准备了一辆牛车（要6小时才能到达城内）正要送他进城医治之前，他偷偷流着泪对服侍他的工友说："我死了之后不要把我扔在沙堆中，请你们好好把我葬在泥土里呀！"（后来这位C君在病好了不多久，就辞职回去了。）这种凄惨的话语，往往会影响许多同仁的心理，因为谁也不知道什么时候也会得这种病。假使不幸碰到烈性传染病的时候，我们也许同样会逃不出死葬无所归的命运。在这种时候，大家都有"但愿生入玉门关"的心情。就是从城内雇来的工匠，做了几天活之后，往往会不声不响地私自进城去。没有娱乐，没有社交，孤零零、静寂寂的，有时候等待一个人群社团的活动，比盼什么还要迫切。作者的妻——一个在巴黎繁华世界混了八九年的女人，就是因为过不惯这种修道院般孤寂冷静的生活，在1945年4月抛弃了子女潜逃无踪地奔向她理想的乐园去了！五年了，我在这瀚海孤岛中，一个与人世隔绝的死角落，每次碰到因孤僻而引起的烦恼问题——如理想的工作人员不能聘到，柴草马料无法购运，同仁因疾病而恐惧，以及不能久安于此，等等——我常常在问自己："千佛洞的环境是否有设立一个类似机构的可能？"于右任先生在提议设立敦煌艺术学院的时候，早已想到这一层，所以在呈请国防最高委员会的原文上有"寓保管于研究"的措辞。他老先生在1943年1月正当我动身赴西北之前亲自对我说："这是一个不易久居的地方，所以我要找你们艺术家去担负久长的保管工作。因为只有爱好艺术的人，才能从富有的千佛洞历代艺术宝藏中用安慰与快乐来抵消孤僻生活中的苦闷。"

　　我们在盛夏烈日或严冬风雪中，为了往返城郊，穿越20公里不生寸草的流沙戈壁,一个人在沙漠单调的声息与牲口的足迹中默默计算行程远近的时候,那种黄羊奔窜、沙鸟悲鸣、日落沙楝的黄昏景象,使我们仿佛体会到法显、玄奘三藏、马可·波罗、斯文·赫定、徐旭生等那些过去的沙漠探险家、旅行家所感到的"沙河阻远,鬼魅热风"那般的境界。是的,我现在才了解于老先生的话:"我们这里需要对于敦煌艺术具有与宗教信仰一样虔诚的心地的人,方能负担长久保管的任务。"否则,他必须有一个执着沉毅的志愿,或是怀藏着猎取敦煌艺术的私心,才能有所期待地定期居留。因为自从张大千先生大规模地将他两三年来精美的敦煌壁画临摹成绩在渝蓉等地展出之后,敦煌壁画是如此样子地流行与受人爱戴。一部分以画件为商品,作为招摇赢钱目的的人,就不惜拿敦煌之名做一个幌子,展览买卖大发其财。记得有一位L先生,在千佛洞住了一日一夜,借临了些研究所朋友们的画稿,居然大摇大摆地在西北著名城市中开了一次规模不小的敦煌画展。(抗战中,艺人们得不到国家对自由创作者的保障,纷纷放弃了中国画家过去清高、雅逸的传统,甚至在十字路口摆狗肉摊子,有待于中国新宪法的实施,因为新宪法有保障文艺创作者的原则,那是另一个问题。)但类似上述"敦煌画展"那种不尽不实的流风所披,竟至影响到此间同仁的研究工作,就使我们非常痛心了!

这几年来研究所工作的重心,还是仅仅在敦煌艺术的介绍,大部分时间、经费都集中在这个问题上面。我们都知道,敦煌艺术研究,应该从整个东方佛教艺术互参对比中找出路。我们不能西越葱岭横跨喜马拉雅高原追溯恒河流域的印度佛教艺术之源,甚而有关的希腊—波斯艺术之渊源,至少也该对国内云冈、龙门、库车、克孜尔石窟艺术做实地比较的研究。像这一类的旅行调查研究工作,一定要一笔相当大的费用,研究所过去没有事业费而无法实施这种计划。所以几年来所做的一点介绍工作,也限于简陋的设备与有限的材料,只能客观地忠实地临摹介绍。这种客观的临摹,像欧洲博物院的标本画临摹一样,是要藏纳起自己个性的、耐心劳苦的事情,绝不是那些马到成功、亟待渔利者所能做到的。有些在这里共事的朋友,因为待遇菲薄,同时又因身处异域,不愿久留,所以往往要利用时间临摹一点可以开展览会的私蓄带回去。因此制作粗滥了，工作怠慢了，一切结果，离我们的理想还是太远。

敦煌艺术研究所，在中国还是一个史无前例的机构。它可能是一个美术陈列馆，但是与这里几百个石窟的固定性质的古迹，又不甚相同。它可能是一个博物馆，但像这种仅偏于佛教美术内容的东西，称之为博物馆亦非恰当。去冬在重庆的时候，曾和傅孟真先生商量了几次，后来拟定了一个"敦煌古迹保管处"的名称，因为敦煌千佛洞的研究工作，绝不是几个人短时期当中所能完成的。对于这样一个国家民族文化的宝库，我们一定要尽心尽意负担着严格的保管责任。只要保存得法，使千佛洞的古迹不要再受损，那么研究工作是可以随时推进的。我们要像傅孟真先生在向达先生那篇论文的按语中所说，提供给"有资格来敦煌研究的人"，由教育部聘请有关教育文化机关、学校对敦煌有兴趣的教授，或是用考试选拔的方法收几个研究生到这里来作定期的专题研究。仿佛法国培养国内高级艺术人才的美帝西学院（Villa Medicis）那样，用选拔的方法，把有天赋的画家、雕刻家、建筑家、音乐家保送到罗马美帝西学院。学院里有一个院长，负责指导并管理选拔高才生，三年工作期满后，回到法国来为艺术界服务。在留学期间，每年暑假均有成绩送到巴黎展览。我想敦煌艺术的研究和发扬，很可以采取类似的办法。

研究所负责保管之外，并制定严格管理洞窟的制度。现在这里有十余间简单、实用的宿舍，生活方面，有一辆卡车，交通运输以及日常给养都已完善。我们对于研究人员除尽量提供一切生活便利外，还应购置必要的工具书（如《二十四史》《大藏经》《佛学辞典》等），让他们在此安静的环境中完成全国所期待着的各种写作。千佛洞虽在沙漠绝塞中，但因为有水有林，在春、夏、秋三季中，蓝天白云和鸟语花香，牛羊和鸡犬，瓜果和菜蔬，无不应有尽有，就是在三九寒冬，这里每天有灿烂的、温暖的阳光，在中午也并不十分冻人。假定我们弃去对城市的特殊迷恋的心理，那么，这里就是一个理想的研究写作的地方。

四

研究所在这三五年来,保管方面显著的工作是造了一条长达960多米的围墙,把主要的石窟、树林及中、下二寺均圈在围墙里面。修了十余条必要的通道、一二十个主要的窟门,现在二百多个洞窟都可以登临巡视了。最近又做了一个总窟门。参观的人一定要用木制入场证经过登记后才可以进去,而且每个进去的人都要由研究所派员引导。

研究所对于研究人员不能漫无限制,近来已绝对禁止两项过去已成了习惯的不合理的方法:其一是用玻璃纸在壁画上直接印模画稿,其二是用液体喷在画壁上显示漫漶的壁面题记。千佛洞的壁画都是用粉质颜料画成的,画的时候是和有胶质的,经过千百年有些氧化变色之后,大都浮在壁画表面,严重松散,很像霉糊物体表面的绿苔。假如要在上面刻画、喷水,可以想象到对壁画的损害,这种损害壁画的做法是如此不合理的。我想一切爱护敦煌壁画的人都应该一致反对这种谋害性的行为。关于临画问题米芾也曾说过:"画可临可摹,书可临不可摹。"因为摹画究竟是匠人的事情。西洋画注重copy(临),但绝不能decalquer(印摹),这是同样的理由。何况现在我们要印模的又是如此脆弱的国家之宝呢!

研究所定了两条硬性的条文:(一)研究所同仁不能假借任何理由有印模与喷水之行为,违则撤职离所。(二)外来研究人员如发现有上述行为即撤销研究许可证,停止其研究工作。这种规定对于到千佛洞来临摹画的人,当然是很失望的,因为空手临写究竟比印模要繁难,要费时费事。为此,研究所正在设法购置幻灯放大机。现在研究所已有一部小发电机及简单的摄影设备,这可以补救一般不能空手临摹壁画的。至于喷水湿壁,那是没有什么其他代替办法的。

五

千佛洞修建的年代既如是久远,其本体又系工程建筑上的一件杰作。这些石窟开凿在玉门系砾岩——由无数小石子与沙粒只凭一点钙质黏着的脆弱的岩石——陡崖上。洞子的形式既不一致,又高低大小亦极不同。这里面有高达 36 米的,有长达 17 米的,各层洞窟上下的间隔有几个地方厚度仅有五六厘米。像第 20 窟、第 301 窟,两个大卧佛殿,窟深 7 米,高 6 米,长却有 17 米,窟上都是略作瓢形的平顶,这 17 米长与 7 米宽的大空间没有支撑横廊的台脚。上面却负担着千万吨石崖的重量,如果没有想到这个窟顶的砾崖仅由一点点钙质黏着的,谁也不能否认这种建筑上的大胆设计,是非现代人所能设想的。至于上下两窟的隔层,只有五六厘米,这种危险,使我们行走其上,如履薄冰一般,心头感觉到恐慌。凡此种种,可以说明千佛洞石窟建筑的大胆与巧妙,同时也说明千余年来千佛洞石窟毁损了 500 多个洞窟的所以然。因为这种过于巧妙与大胆的工程,也就增加了它被破坏的可能性。

根据当地泥匠所说,千佛洞砾岩用热水润湿之后是非常容易凿刻的。这番道理,在前年修筑通道和加筑门户的时候已完全验证了。我们在修凿第 102 窟通道时,先在砾岩上加上温水,然后以铁锄打击,小石、沙粒就很容易地离开本体,因此知道,石窟建筑非常怕潮湿。假如这种石窟建在西南的话,恐怕早已变成土丘,绝不能留存至今的。虽然敦煌雨水不多(平均全年约 10 毫米),但是有很大的风。春冬两季的风,起来的时候往往飞沙走石,一连几日黄沙蔽天。石窟峭壁上面就是鸣沙山的余脉,那座与窟平行、绵延直立、表面上呈现波浪形的沙山,就在这种西北风的扫荡中,把表面的沙石经过戈壁吹向石窟峭壁的几个缺口中,像瀑布一般淌下黄色的沙流,比砂纸还要厉害,这沙粒把暴露在断垣残壁间的壁画一层又一层地磨灭。那些流在最下面的沙粒,就把没有窟门的洞窟堆塞起来。往往一夜的风沙,会把昨日我们走过的栈道和走廊堆满了厚厚的沙层。这种摩擦，这种沙堆的重量积压，是崩毁栈道和崖壁的主因。

有时候，比如在一个平静的初夏午后，我们正在洞窟中静静地工作的时候，忽地会听见崖顶上脱落一些沙石的响声，继而一看就是一大块岩石崩落到地面……我们看到上面沙鸟或是白鸽正惊惶地向天空飞去了——原来这是小鸟爪子碰到了堆高的沙石而引起的崖面崩毁。

从敦煌文献上，我们看到武周、晚唐、五代、宋、元等代都有重修千佛洞的记载，但这些记载，都限于局部的个人洞窟。至于大规模通盘的修理，到现在还未曾有过。所以到目前不但"窟檐倾摧，窟壁断毁"，而且外面包护壁岩的壁画，千余年来的曝晒和沙粒摩擦，已经剥蚀殆尽，因此崖壁已经全部赤裸。经常一阵风甚至一只小鸟的爪都可以引起坍毁崩裂的危险，如果遇着地震或大雨的时候，那就非常可怕了！敦煌的雨水大概都在夏冬两季，这几年来千佛洞的雨水比往常要多。拿去年来作例子，一冬就下了四次雪、一场雨。西北气候寒冷，下了雪往往会积留一两个月，甚至整个冬天也不会融化。千佛洞的雪也是如此，说它不化吧，但在中午的太阳下，还是慢慢地融化着。这种水分就慢慢地浸入砾石层而造成崖壁崩溃。去年12月15日下了一场雪，24日在窟崖北壁1200米处坍塌了有50米大的一块崖壁。这里面有整个洞窟的毁灭，幸而这个洞窟是僧侣起居的寮房，是一个墙壁已经有了裂缝的洞窟。像这样的裂缝在整个崖壁上有二十余处，都随时有崩裂的可能，换一句话说将有一二十个绘满了壁画的洞窟会无可补救地毁灭。五年来，研究所从筹备成立、撤销、改隶中央研究院到归隶教育部的种种变化，人员不足，经费不充裕，我们已经做的一些修理，是轻而易举的木柱支架和泥巴堵塞工作，但经过三五年风沙和雨雪的侵蚀，证明这点表面工作是非常靠不住的。例如第16窟屋檐前一座离开了崖壁本体的大岩石，我们冒了危险非常吃力地加上几根木柱，暂时支撑着，想使这块千百吨重的石块不要跌下来。但是今年1月15日大雪之后，柱脚受潮松陷，那块大岩石倒下来，结果把第17窟门口南壁的不空绢索观音像毁损了一大半。同时那块落下来的大石已把邻窟（第17窟）的入口完全堵住了。再如第246窟，位于崖壁第三层，一个无法上去的洞子。1945年为了便于巡视，我们在第42窟前屋檐上修了一个土砖和泥巴的梯阶，使参观的人可以从第263窟的檐道上走上去。不料仅仅一年工夫，这个梯阶整个从第42窟窟顶上坍落下来了。此外第224窟，是位于第四层高处（约高20米），有曹延禄之世修窟檐题记的盛唐洞窟，是千佛洞仅有的三十余个具有宝贵题记的洞窟中的一个。窟檐受了历年积储的崩溃下来的碎石重压，把一根支架在上面的横梁，从崖壁上去一米长的地方断裂，使整个残破的窟檐歪斜倾倒，成了一座摇摇欲坠的"危楼"了……诸如此类的险象，我可以继续一五一十地写下去。

现在千佛洞需要有一个紧急的修理工程，即一个通盘计划的全面整修工程。目前呈现在吾人眼目间的，似乎已到材料学上的危险断面。如果用武周圣历元年（698）重修莫高窟佛龛碑上所载那时候"计窟室一千余龛"来推断，现存427个窟室的寿命，恐怕不到200年工夫敦煌石室就会完全毁灭了。前年冬天美国善后救济总署欧彼得（Edwinv Poths）与芮鲁德（Luther Ray）同工业合作协会的唐逊（P.Townsend）先生来参观千佛洞。芮鲁德先生是工程专家，他对于千佛洞非常着急地表示，需要紧急修理，这样才可能将这许多无上的宝藏延存到比从开建到现在还要久远些。这里的气候是可以使现代工程发挥它最大效用的。"但是这种工程需一笔很大的款子呀！"他问我，"中国现在是否可能着手这类彻底的修理工程？"我回答他的是："我们应该要彻底修理，但是目前是否有这样的能力，那我不能回答。"最后芮先生在我的纪念册上写着"May God Continue to preserve the beauties of the Dunhuang Caves"几个使我们痛心的字眼。对于一个生存其间负责保管的人，睁眼看到千佛洞崩溃相继的险象，自己又没有能力来挽救，实在是一种最残酷的刑罚。

六

今年是石窟藏经发现的第48年，再过两年是整整半个世纪，这已不能算是一个短时期了。我们对于千佛洞这个民族文化至高至上的结晶，那系连着5000年来黄帝子孙的内在的生命，似乎应该有一个办法，做一番不能再延迟的紧急兴修工程。这种工程，除去几个危险裂缝要迫切地支架住外，对于整个千佛洞，先要做一个补包岩壁外壳的基础工程，然后再修支架柱梁，恢复栈道走廊。像《唐大历十一年陇西李府君重修功德碑记》所载："是得旁开虚洞，横敞危楼。"这种栈道走廊，可作为各层石窟的通道。连带着，我们还要把每一个窟门补修起来，然后再逐洞逐窟地做壁画和塑像的补修工程。国家要拿出一批不算少数的款子，也许要经过十年八年才能完成的。

七

现在是塞外的深夜，我坐在元代及道光年间重修过的皇庆寺庙廊上写这些琐事，外面一颗颗细沙从破了的窗帘中透进来，正是："警风拥沙，散如时雨。"那一粒粒沙子像南方春雨一般散落在砚台上。这种沙子是从荒原大漠漫无边际的瀚海中随着风浪流泻而来的。就是这种沙子，它盖没了房舍，填塞了水道，在不知不觉中使沙漠上的城市变成废墟，绿树变成枯枝。自古多少远徙边塞、站在国防最前线的卫兵戎卒，曾经在这种黑风黄沙中奋斗生存，人与自然的力量，决定着胜负消长！48年前（1900年）斯文·赫定在罗布泊沙漠中发现的楼兰长眠城，是消失于公元1世纪之初的为沙子所埋没了千余年的古城，这正是汉魏没落了的中国政治势力的象征。我们不要小看这轻微沙粒，它时时刻刻在毁坏千佛洞和宝藏，也就是对中华民族文化能否万世永生的一个挑战！

原载上海《大公报》
1948年9月10日

敦煌莫高窟的维修工作

新中国成立以来,在中国共产党领导下的人民政府,对于祖国历史文物作了史无前例的发掘和保护,其范围之广、成绩之大,超过了任何历史时代。随着社会主义建设事业的发展,工作愈益深入,愈益细致,对于工作质量的要求也愈益提高。列为国家重点文物保护单位的敦煌莫高窟的保护与维修工作的发展,正是上述情况的一个生动的事例。

正如大家所知道的,这个近五十年来历经帝国主义分子盗窃和破坏的祖国艺术宝库莫高窟,新中国成立前伪教育部曾设立的一个搪塞门面、有名无实的艺术研究所,连仅有几个职工的工资也常拖欠,生活都无法维持,更谈不到维修与保护工作了。从新中国成立的第二天开始,莫高窟的工作,就受到党、人民政府和广大劳动人民的重视和支持,同志们的生活和工作条件也有了极大的改善。1954年10月,在党中央和毛主席英明领导下,文化部还特地拨给我们专款,第一次在莫高窟装设了电灯,使长期在这里工作的同志们的工作和生活,呈现出生气勃勃、幸福快乐的景象。

十余年来,在党和人民政府的领导下,敦煌文物研究所的同志完成的工作,可以与新中国成立前作一个对比(见附表)。

上述工作,仅是同志们十余年来在党的培养、教育下的一点贡献,距离党和人民对我们的要求还是很远的。莫高窟已有1595年的历史,对它的维护修建工作愈来愈要求细致,如壁画的维护就严格地要求我们必须从科学研究入手。十余年来,我们从敦煌风速的变化、温湿度的变化、砾岩本身的变化等记录资料发现,石窟内部分壁画由于历代制作技法不同以及壁画附着的岩石本身的变化,有不同程度的毁损,具体表现为变色、壁画脱落、画面起甲、酥松和发霉等,而酥松、风化、起甲等，是毁损壁画的危险信号，因为壁画一旦出现上述现象，即使轻微的震动或流沙、吹风的袭击，就会纷纷散落为灰土。据1959年上半年不完全的统计，莫高窟发现起甲的壁画共有163.4平方米，受潮酥松的壁画约有683.2平方米，大面积壁画连同墙泥脱落的约有832.03平方米，发霉的约144.2平方米。这些数字正在与日俱增地扩大。自然灾害严重地威胁着莫高窟壁画的安全。

针对这一严重情况，敦煌文物研究所的工作重点是，立即从抢修窟檐、岩壁转移到壁画本身的修补维护。

从1956年开始，我们先用一种特别的合成胶与丙酮溶液涂在壁画残片上，做了第一次保护壁画的试验。结果不但使起甲的壁面黏着在壁面，而且丙酮的作用使画面蒙罩了一层透明的保护层，画面的颜色也显得分外鲜明。1957年7月，文化部为了提高我们壁画维护技术，曾聘请了来我国讲学的捷克斯洛伐克著名修补壁画的专家约瑟夫·格拉尔同志等二人，他们来莫高窟作了修补壁画的报告和壁画修补技术的现场表演。他们在第474窟用打针注射法，将阿克里拉（乳酪石灰溶液）注射到壁画上，然后用纱衬垫着小型胶辊压几遍，使起甲快剥落的壁画重新紧紧黏合在泥层上面，随后逐步深入酥松的泥层，分层注射胶水。这是一次比较成功的试验，在三年后的今天，还没有发现变色、脱落等现象。

但是上述主要材料中的合成胶、丙酮和阿克里拉等原料，我国出产较少，价格昂贵。我们为了贯彻党的勤俭建国、勤俭办一切事业的方针，本着自力更生的精神，在1958年和1960年分别在第472窟和第161窟两个洞子中进行了两次新尝试。

1958年的试验是用石灰水注射在画壁上，虽起了黏合的作用，但壁画颜色变黑了，有些地方还起了黑斑点。

1960年6月的试验是用胶矾水的溶液注射，获得了良好的效果。这一次试验用了几种成分不同的胶矾溶液。第一种用1∶1.5∶100的胶矾溶液，即1份胶、1份半矾和100份水溶化后注射在第472窟底层潮湿、泥皮酥松状的壁画上，用小胶辊用力滚压几遍，使起甲、翘起的画皮紧贴壁画的泥层。第二种用1∶1∶100的广胶明矾溶液注射。这两种溶液注射的效果，广胶比桃胶的黏着力强些，桃胶弱些，虽也能使起甲皮和墙壁黏着，但因壁画在第一次注射了矾水以后，表皮层渗透了矾质，而画皮与泥层黏着力不够，第二次注射胶水就不能很好地吸收，给修补工作造成了困难。这次试验的结果，证明胶的性质和矾的比例很重要。同年7月，我们又在第161窟做了新的以软性鹿胶和矾水的注射，用量是2：1：100。这次试验结果，不但使起甲壁画黏着了，而且色泽鲜明，有如用丙酮的效果。只要经过一定年代后不变颜色，我们考虑今后可以大量应用此法，使垂危的壁画再获新生。

　　从上面一些工作的情况看，我们文物的维护工作，正如国务院最近颁布的条例所要求的那样，必须在总结经验提高质量的基础上进一步加强，这对批判地继承遗产、推陈出新、创造新的社会主义文化工作，将起着积极的促进作用。

　　附表1

类别	项目	新中国成立前 1943—1949.9	新中国成立后 1949.10—1959.9
莫高窟洞窟保护修缮	永久性洞窟修缮		63个
	新建窟檐及栏墙		55处
	唐宋窟檐复原修缮		5座
	修整洞窟通道地面	146m^2	4383m^2
	修防沙墙及防沙沟	30m	1483m
	清除洞窟前积沙	150m^3	7460m^3
	安装洞窟门窗	30合	248合
	修缮壁画	150m^2	2150m^2
	修缮塑像		204件
	修缮古代土塔	4座	8座
	洞窟测量（平、立面）	1000m	1700m
	地形测量	0.15km^2	1km^2
	勘测掩埋洞窟		940m
收集敦煌文物	发现新洞窟	12个	17个
	收集重要文物	231件	870件

附表2

类别	项目	新中国成立前 1943—1949.9		新中国成立后 1949.10—1959.9			
		册	文字	种	册	文字	图
历年研究著录	大中型图录及专书	2	100000	10	12	258000	1500
	普及小画册及导游			7	20	264000	4200
	专论			20余		319000	
历年壁画临摹及新壁画创作	各时代壁画临摹	321m²		616m²			
	整窟临摹（原大）			2⅓整窟 327m²			
	新壁画创作			131m²			
	其他绘画			105m²			
历年彩塑临摹及创作	各时代彩塑临摹	15件		23件			
	各时代供养人制作			12件			
	创作			1件			
	平均高度	35cm		88.6cm			
历年摄影记录	黑白片	400张		9372张			
	彩色片			740张			
	放大			782张			
	印晒	400张		10989张			

附表3

类别	项目		新中国成立后 1949.10—1959.9
莫高窟参观人数	平日		42548人
	庙会		103761人
	外宾		195人
	共计		146504人
敦煌艺术在国内外展出（1949.9—1958）	国内	城市	8个城市
		展出次数	12次
		参观人数	834500人次
	国外	国家	6个
		城市	11个
		展出次数	12次
		参观人数	309600人次
	共计	参观人数	1144100人次

| 依 然 风 物 |

喜鹊的故事
——敦煌散记之一

新中国成立前，千佛洞有几只喜鹊。有一年，来了一批国民党军官，他们打不到黄羊，就无聊地随手把见到的几只喜鹊用步枪打死，从此，千佛洞的人就看不见喜鹊了。

就在这年冬天的一个早上，我忽然听到一声喜鹊的叫声，急急走到门外，看见窗外梨树枝头上站着一只喜鹊，这是劫后仅存的一只孤独的喜鹊。我像发现什么似的，带着怜悯的心情，随手把剩下的馒头放在窗边。这只在天寒地冻的沙漠中找不到食物的喜鹊毫无顾忌，狼吞虎咽地吃了下去。于是第二天来，第三天来……从此它就是我窗前的食客了。

冬天，在沙漠天寒地冻、草木枯萎的季节里，不冬眠的动物，的确也很难受的。譬如那些平时唧唧喳喳的麻雀，到了此时也变成勾头缩脑的偷食鬼，它们飞到食堂里、飞到粮仓里，变成生了长翅膀的老鼠一般，到处偷食，甚至连糊窗纸的干糨糊也要偷吃。它们往往成群结队地飞到东来，东边的纸窗被它们啄破了；飞到西来，西边的纸窗被它们啄破了。我很恨这群麻雀！

自从喜鹊成为我的食客后，它也主动地成了义务的纸窗保护者，只要一听见它响亮的叫声，麻雀就一溜烟飞散了。正因为这样，这只喜鹊也居然理所应得似的，每天上午，太阳照到我的纸窗时，它就长鸣几声，一下子停在我的纸窗前。这时我就必须赶快拿了饲料出去，否则这只似乎有灵感的喜鹊就叫着，飞着，跳着，神情不安地等待着我的"布施"，直到吃饱了它才扬长而去，从此习以为常。有时我稍迟起一会儿，它就会在窗外不息地叫着，跳着，甚至有时会像打门似的用嘴打着纸窗，我虽也有点讨厌，但总是尽量满足它的要求。好在这样的时间并不长，大约从每年11月到次年3月的五个月中间，那正是塞外苦寒的时期。3月下旬千佛洞就开冻了，接着草木又开始生长起来，大概喜鹊的食物有所着落了，就自己想办法去解决，暂时不依靠我的"布施"了。一直到1949年的那年，这只喜鹊，我已一连养了四个冬天。

随着全国的解放，敦煌研究工作受到党和人民政府的重视，工作展开了，工作人员也日渐增加了。为了改善我们沙漠上工作人员的生活，在修缮洞窟的同时还修盖了一些比较讲究的住宅。从兰州买来了几箱玻璃，把中寺破庙里的纸窗一律改为玻璃窗，这是千佛洞空前的一个大改革。从此可以避免风沙，太阳光依然可以照进来。到了冬天，每一个温暖的小家庭，人们在炉火旁还可以晒太阳。扯上几尺花花布，每一个干部的家属都出奇制胜地做上窗帘，养上盆花，把房间布置得舒适、清洁、美丽。到了新年或春节，大家还随着西北农村习惯，在亮堂堂的玻璃窗上，贴了从敦煌图案中变化出来的大红剪纸。真是喜气洋洋，皆大欢喜！

1954年，文化部为了进一步改善我们的工作条件和生活条件，又拨给我们一台发电机和一辆汽车。我们修盖了一大间库房，专为停放汽车和安置发电机之用。在这个厂房里，我们也安装了玻璃窗。库房的玻璃面积较大，我特地嘱咐管理人要注意门窗的开关，不要刮风时打碎。次年的春天，忽地有人告诉我库房的玻璃被打碎了！那天并未刮风，门窗也都紧紧关着，我问了一下原因，说是可能被孩子打碎的，于是又给重安装了一块，不料在第二天，有人来说，玻璃又给打碎了！"真讨厌！"我有点不耐烦了。赶紧要孩子的家长们管好孩子，无事不要再到汽车房去。两天过去了，第三天中午，又传来打破玻璃的消息，我就觉得有点奇怪，是否有人在故意破坏？第四次安装好后，我特地提醒大家注意一下，看是谁连续做了这些坏事。

次日，不到正午的时光，我独自走到汽车房旁边，静悄悄的，那里一个人也没有。蜜蜂的嗡嗡声，包围着一棵盛开的杏花树，不时落下一些像雪片样的花瓣，有的落在白杨树下的小溪中随水飘了去。被暖热的太阳曝晒着的马兰花，已开出花朵，木樨已长出了嫩芽。

清明过去仅仅半个月，但塞外的春天来得这样猛烈，翠绿的榆钱，油绿的白杨树叶，加上杏花、蜜蜂的嗡嗡，已是江南暮春的天气了。千佛洞穿上了绿色的春装，石窟前面拔地参天的白杨树叶已把古老的石窟遮没了……我正在欣赏千佛洞的春色，忽听到一声我所熟悉的叫声，随即发现已快一个月不到我窗前来的喜鹊。这时它容光焕发地、矫健地像箭一样划破蔚蓝的天空，在白杨树的枝头上略略停留了一下。它看了我几眼，忽地一个箭步，飞跃在汽车房窗前，用嘴啄玻璃，烦躁地叫了几声，跳来跳去地望着玻璃反光中它自己在杏花背景中的影子，烦躁地像冬天在我窗外乞食那样，啄一阵玻璃，叫一阵……又飞到树上，对着汽车房窗户的玻璃叫着像会发生什么事似的。我正在怀疑，说时迟，那时可快，一刹那，这只疯狂了一般的喜鹊，忽然它的身子像俯冲轰炸机似的冲击在汽车房的玻璃上。砰然一声，玻璃碎了，喜鹊惊惶失措地振翅飞去了。

　　一切依旧是这样寂静，像春光一样悄悄的静寂，溪水在流，杏花在落，有些被水带走了，有些落在细黄的流沙上刚停留下来，一阵微风又把它们带走了。在沙漠中，我如从梦中醒来一般，又开始了我的思索，像考虑沙漠中单身干部的感情生活一般——对于一只孤单喜鹊的问题。

敦煌抒感

看过电影《昆仑山上一棵草》的人，认为这棵草之所以可贵，就是因为它生长在冰天雪地、风雪冲刷的高原上，不但忍受着严酷的自然气候考验，而且还能顽强地开出美丽的花朵。敦煌之所以迷人、令人向往，就在于它僻处祖国西北边疆，在寸草不生的祁连山下，在千里戈壁、瀚海风沙中，矗立着闻名于世的敦煌莫高窟。一两千年以来，人们靠着鸣沙山和三危山之间自南到北的一溪宕泉细水，在严寒酷暑、黑风黄沙中，以不屈不挠的顽强意志，从培养一根草开始，于是一株杨树、一棵果树、粮食、蔬菜……在平沙万里中，创造出一个风景如画的绿洲。多少年来，无数的建筑师、石匠、画工和塑匠，他们来自中原或更西更远的一些地区，以顽强的毅力，在悬崖峭壁上，开山凿窟，抹泥刷粉，从五胡十六国开始，经过北魏、隋、唐、五代、宋、西夏、元一千余年间，世世代代、前仆后继地不断努力，开凿了一千多个洞窟，创造出这个绵亘两公里，如此惊心动魄、伟大瑰丽、举世无匹的莫高窟画廊。

现在的敦煌是清雍正三年（1725）设县的。那时钱塘人汪德容经过敦煌时就写过："今寺已久湮，而图画极工。"到了嘉庆末年（1820），西北史地专家徐松又在他的《西域水道记》中对莫高窟作了详细记述。光绪五年（1879）匈牙利人洛克济第一次以欧洲人的身份来游莫高窟，这个意外的发现使他大为惊叹。莫高窟震动世界的大事，是众所周知的光绪二十六年（1900）在一个密藏的石室发现了几万卷名贵古抄本和其他无数宝藏，并且保存得完完整整。这一震动世界的发现，使专以盗窃世界文化珍贵遗产为职业的帝国主义文化间谍接踵而来，用种种阴谋诡计盗走了大批古代文物和壁画。

敦煌莫高窟这一历经 1600 年的漫长历史文物宝库，我知道时已经很晚了。20 世纪 30 年代，当时我在国外看到斯坦因、伯希和从敦煌劫去的具有高度艺术水平的唐代前后的绢画和手抄本，大为惊异，就渴望到敦煌做一回详细考察，10 年后终于实现了这个愿望。

那是距今 20 年以前的事了。当时通向敦煌的汽车路尚未修通，我们五六个初次出塞的旅客，在安西雇了十几头骆驼，在荒无人烟的戈壁滩艰苦地前进着。经过了三夜两天饱受困乏和饥渴的行程之后，当我们对着鸣沙山、三危山的方向，从新店子转向南行上了二层台子时，一个土塔忽然在我们的视线中出现了。它在中午炽热的日照下，真像瀚海中的灯塔一样，闪闪发光。带路的驼夫指着土塔告诉我们敦煌莫高窟快要到了。我们听了十分兴奋，一步一步接近着土塔。这时候，我在骆驼背上，从一个陡坡望下去，发现峡谷中一片光彩耀目的绿树。白杨流水，绿树成阴，真是别有一番天地！突然间，驼铃失却了原有的走路节奏，骆驼紧张地加快了脚步，一时间，在狭隘而堆满了流沙的下坡路上争先恐后地跑起来。尽管驼夫挥动鞭子，大声吆喝，还是无济于事，十几头骆驼一拥而下，我们被摇摇摆摆地拖下了斜坡。一下坡，骆驼便奔赴泉水边排成不规则的行列，低下头去狂饮了。这时几个善骑的小伙子，也迫不及待地跃身而下，向前跑去。我虽然被不听话的骆驼作弄得很难受，却还是喜笑颜开地环视这一片豁然开朗的新天地。"是一个塞外江南呀！"我独自思忖着。当时那种喜悦的心情，与正在饱饮清泉的骆驼和那些早已跑到上寺去为我们安排生活的小伙子们，几乎都是一样的。

20 年很快地过去了。在这一段长长岁月里，我们的国家全变了样子，敦煌的一切自然也今昔不同，特别是新中国成立后这 10 多年。在敦煌，我前后大约接见了 5000 个前来参观的客人。虽然他们的感受不完全相同，但是对这一片豁然开朗的新天地的赞赏，却完全是一致的。现在，当我在敦煌工作跨入第 21 个年头时，窗外和暖的风和不知从哪里飞来的翠鸟清唱声，打破了莫高窟的平静。柳树在春风的熏沐中最先穿上嫩绿的新装，园子里的杏花正在一树接一树地怒放，梨花和桃花也都含苞欲放。一支春天的颂歌，正在自远而近、由低渐高地吟唱着，这歌声响彻了莫高窟的天空，弥漫了沙漠绿洲的每个角落。

就在这时候，一连好几天，我在等待着一个事先约好要来这里参观的客人。

这是一个月前我来敦煌时，在兰州—乌鲁木齐直达快车中认识的一个旅客，他当时由北京去新疆工作。我们虽然是萍水相逢，但是在两天一夜的旅途生活中已经成了很相知的朋友了。我们两人同住在一个房间中，除了吃饭时间外，总是聊天，夜间很晚才入睡。1963年2月27日零点，我们听到了《人民日报》社论《在莫斯科宣言和莫斯科声明的基础上团结起来》的广播，彼此都非常兴奋，从国际形势谈到了当前的工作，谈到了我国6亿人民在伟大而坚强的中国共产党、毛主席和中央人民政府的正确领导下，这几年来如何战胜一切困难，自力更生，以勇往直前的豪迈步伐，进行着宏伟而壮丽的社会主义建设，就像兰州—乌鲁木齐的直达快车一样，用飞快的速度冲破了戈壁沙漠的夜色，奔向更加绚烂的前方。

火车出了嘉峪关，正在沿着旧时阳关古道蜿蜒前进。两千多年前，汉武帝的特使张骞正是由这条路经过千辛万苦突破匈奴的封锁线，历经13年，终于到达大夏国（今阿富汗），从而开拓了中西交通要道，沟通了中西文化与贸易的交流。当时出口的中国精美丝绸锦绣，曾丰富了世界物质文化的内容。敦煌地方就是中西交通要道的一个中间站。汉唐以后一千多年来，这条路一直被西方国家称为丝绸之路。如今，在我们社会主义建设时代，却把它铺了钢轨，变成一日千里的"钢铁之路"了。但两千多年前的"丝路"和汉代长城及防御匈奴的烽燧遗址，还是断断续续遗留在茫茫戈壁上，可以从列车窗外的淡淡月色中依稀地见到。这些历史的陈迹，使我们想象到当时在这条"丝路"上成千上万的骆驼驮着长安、成都和齐鲁生产的锦绣绫罗络绎不绝、兼程赶路的情形；也使我们想象到那些年富力强、不畏寒冷与孤独而雄健地站在烽燧上向西北方瞭望着的汉唐时代保卫祖国边塞的戍卒。由对这些戍卒的想象而使我们以更加深厚亲切的情感惦念起如今坚守在祖国边疆的人民解放军战士——这些钢铁打就的英雄，毛泽东时代的坚强战士，他们是我们民族的骄傲！历史的想象和现实的联系，使我们不能不感到过去到现在的巨大变化！假如说，2000年中国的历史，是缓慢地从封建社会进到了半殖民地半封建的社会，那么我所亲历的这20年的变化，却是了不起的历史变革的巨大跃进。拿我亲身经历的事情来说吧，当时在饥寒与困顿中，骑在骆驼背上摇摇晃晃三天三夜才走完自安西到敦煌150公里的行程。而今天，我们却在软席卧铺上，只经历一天一夜的时间，就几乎完成了1000公里的长途旅行，在极度兴奋和激动中，我情不自禁地向同行的朋友讲述了我过去在这个地区的种种遭遇。朋友听我讲完之后，向我伸出一只热情而温暖的手，紧紧地握着我的手，使我又从往昔的回忆里，返回到现实的生活中来。一股两个人共有的时代幸福之感，使我们的眼睛热烘烘的……是谁，是谁给我们这样大的幸福呀？于是，我们想到先烈们，想到了我们的党，以及数不清的、以冲天的革命干劲献身于社会主义建设事业的亿万劳动人民。

"过一个月，我完成了新疆的工作，在返回途中路经柳园时，我一定到敦煌去看你和你们的塞外江南！"在车站分别时，朋友对我说。一个月很快地过去了。今天，我正在怀念火车上遇到的那位朋友。忽地一辆小吉普送来了一个客人，细看正是我所盼望的那位朋友。"真是塞外江南！"他一看到我出来，欢乐得几乎喊叫起来。他指着旁边的溪水微笑着对我说："这就是当年骆驼在此狂饮的宕泉吧？"我们边谈边笑地走进宾馆的休息室。这时，院子里的两棵怒放的杏树，正从玻璃窗中反射进来，使房屋的墙壁上呈现出一片桃色的光彩。"这个地方太好了，真是个桃源仙境……可还是把我带到洞子里去看看那些好看的壁画吧。"他不住地赞叹着环境。他是那么紧张地从北魏早期洞窟开始，然后隋、唐、宋、元、五代，一口气也不歇地看了五个钟头。他必须赶乘当夜柳园到兰州去的快车，这样，我们就不可能按照一月前在火车上计划的那样再在千佛洞作深夜长谈了。终于在新月和电灯光的交织中，迎着傍晚清凉的春风，送别了我的朋友。

云彩遮盖了新月，一阵比一阵凉的夜风，使我预感到，从中午23℃的气温，黎明前可能会一直下降到3℃左右。有人也许会担心，这将会冻伤那些白天没有绽开的花朵，然而这些顾虑是多余的。每年春天，一样的冷热气候的剧烈变化，一样的花开花谢，风霜锻炼了一切。这里长出了别处没有的鲜甜脆嫩的李广杏和香水梨。对于农作物生长来讲，这里水土含碱量大，全年无霜期短促，因此，除掉一般的耕作劳动外，必须多上肥，勤翻土，常日晒，为了中和水土的碱化、硬化，还要把一车一车的沙子掺和在土和肥料中。要使农作物随着时序好好地生长，就得严格掌握季节变化的规律。春分、清明、小满，是三个塞外粮棉及其他经济作物播种的重要节气，必须分别种子性能，一一按时下种。"不违农时"这句话的含义，没有像塞外农民这样真正理解得深刻了。

气候的突变，往往使工作量成倍地增加，越是在季节更替的时候，沙漠中的气温变化就越大。譬如这几天，杏花、梨花满树，满园开得十分艳丽，忽然一阵七级到九级的黑风黄沙，就可以使这些花一夜凋零。再譬如，昨天中午气温达到23℃，可是今天黎明忽然来了个-5℃的霜冻，幸好现在有及时的气象预报，农民们能够及时地预防。为了战胜霜冻，有多少次，我在敦煌亲眼看到人民公社的男女老少，用自己的棉被、衣物和其他东西覆盖在棉苗上。黎明的晨光中，就可以看到一层小雪一样的白霜撒满了整块大棉田的各色各样的东西上。看了这样的奇景，我特别地被感动。

记得1958年，曾遇见一次突然袭来的严重霜冻。当时，我正在一个公社大队，亲眼看到了社员们在这场和自然灾害的斗争中表现出的保卫社会主义集体劳动果实的高贵精神。那是一个5月之夜，寒气逼人，这一夜，全公社男女老少全部出动参加抢救工作。每家都把自己的被褥、衣物、柴草直到木板、报纸、书本，等等，一切能够抵御霜寒的东西都拿了出来。我走进一个农民家里，土炕上只留着一位年老的妇女，怀里抱着一个熟睡了的小孙女。我向她打招呼后，在灯光下认出她是张大嫂。我问："大嫂，你这夜里没有盖的，不睡觉能行吗？"张大嫂笑着对我说："哪里话呀，好所长！你到这里20年，不是不知道解放前我们这里的人是如何过冬的。如今解放了，大家翻了身，有了花缎被、花床单，眼下有霜冻，我们在炕上坐一两晚怕什么，怎能自顾自，忍心把队里的棉苗白白冻死在地里？"她这一番从肺腑里倾吐出来的话，使我回想起我刚来敦煌的时候，看到这一带的农民被国民党马匪帮的一次洗劫。青壮年被抓去当了兵，家中的东西包括仅有的被褥等，全被抢光。冬天来了，为了御寒，在精光的土炕上，垫满了沙和草，一家老小就靠着炕底下燃着的马粪取暖，把身体埋在沙草中度过漫长的冬夜。

这就是敦煌人的今昔。

如今，生活在这号称"塞外江南"的劳动人民，也像全国其他各地的人民一样，正在以空前高涨的热情从事着伟大的社会主义建设，他们用自己的双手创造和过去完全不同的世界。假如人们认为，"塞外江南"的风光是新鲜与可爱的，那么那些世世代代在塞外与严酷自然斗争中锻炼出坚强性格、从来不知道在困难面前低头的敦煌人民，会使他们感到更可爱！

1963 年 4 月 1 日于莫高窟杏花盛开的早晨

敦煌新姿

我在1943年来到敦煌千佛洞，至今已整整23个年头了。为了保护和弘扬这个偏处在沙漠塞外的民族文化遗产，我度过了多少难忘的日子啊！那时候，国民党反动派的军队抢购物资，敦煌城里商店全部罢市，萧条冷落，连我们生活上必需的碗筷锅盆都无法买到。我们第二餐饭用的就是戈壁上红柳条做的筷子。为了柴米油盐，为了减少风沙的侵蚀和威胁，为了解决当时塞外难以得到临摹壁画用的纸笔颜料，无论是严寒盛暑，还是风沙月夜，我们往返于城乡，跋涉流沙戈壁，真是精疲力尽，叫苦无门，况且，谁知道前面还有多少艰难困苦等着我们呢！

当时为了保护石窟，凭着一股工作热情，不管一切困难，借了钱，雇了一百多个人，沿着千佛洞外围，造了一堵长达200米的围墙。再加上其他去沙、修洞口、建走道的栏墙等，弄得工资都发不出去，生活难以维持，到处借贷，到处还不了。在国民党统治下的暗无天日的时代，敦煌工作中的甘苦，真是一言难尽。

苦难的日子终于熬过来了。我永远不能忘记1949年9月28日，这一天敦煌解放了。我们在一个秋高气爽的早晨，迎接打垮了国民党反动派而来千佛洞参观的中国人民解放军。他们的热情和对我们的鼓励，把我们在旧时代积存下来的痛苦心情一扫而光。敦煌解放不到一个月，我意外地接到来自北京的西谛同志的信。1948年敦煌艺术在上海展出时，西谛同志曾给了我们很大的帮助。这位热爱祖国文化艺术的同志，今天又是他，第一个从遥远的首都来信对长期在沙漠中工作的我们致以慰问。他的慰问信，使长期在沙漠里边工作的同志们得到很大的鼓舞，它使我们感到党对文化工作的重视，给我们坚持在敦煌工作的同志增加了无限的信心和力量。

不久以后，我们接到文化部的指示，要我们集纳历年壁画的摹本拿到北京展出，作为正在轰轰烈烈进行的抗美援朝爱国主义教育活动的内容之一。展览会是1951年春在北京午门展出的。这个展览会搜集历年摹本一千余件，规模不小。敦煌这宗民族文化艺术遗产，在中国共产党领导下经过整理，在北京展出，受到国内外千千万万参观群众的赞赏，起了国际文化交流的作用。

这几年来，除了整窟原大的壁画临摹外，在党的"百花齐放，百家争鸣"文化方针政策指引下，敦煌工作从美术、历史、考古、宗教、建筑等方面都开展了科学研究。来自全国各地大学毕业的青年和老同志一起，以马克思列宁主义和毛泽东思想为指导，对这个浩如烟海的古代艺术宝库进行分析批判和研究。为了贯彻"推陈出新"的方针，在临摹的基础上进行了制作新壁画和彩塑的尝试。对于壁画起甲、变色、脱落也开始进行科学研究，采取措施，加强壁画保护。其他如石窟历史的分期和排年，我们应用考古学层位学的方法，认真进行工作，石窟的档案也在逐步充实。大型石窟全集的编写经过长期准备后，正在摸索中开始出版。为了配合沙漠中研究工作的需要，一个掌握有两万多张照片和近两万册书籍的资料室也建立起来了，图书馆藏有敦煌遗书的显微胶卷和五六百卷各时代重要写经等古代文书，还有一些唐代的绢画和历年在千佛洞遗址前发掘出来的文物。洞窟的窟数已由1943年我初来时的309窟，增加到490窟。许多新发现的洞窟中我们发现了重要的壁画、塑像和有纪年的题记。这些新的资料对我们研究工作有不小的帮助。

1962年开始，我们国家以一笔巨额的资金，为千佛洞的彻底维修、加固进行大规模的工程建筑。新中国成立以来的16年，差不多每年都进行洞窟的维修。1954年，洞窟里安装了电灯，所里配备了汽车，逐年维修栈道和窟檐。但是，这个久经沧桑的古老洞窟，经过千数百年的自然及人为毁损，病害是严重的。

1962年，北京来的工作组，集合地质勘探、防沙、美术、古建筑等方面的专家，对洞窟进行缜密的考察，最后发现因风化和洞窟掏空而引起的岩壁自身水平和纵向裂缝的病害，如不彻底加固，可能发生坍毁。经过勘探设计和研究，我们请来了一百多个专家和熟练工人，用钢筋混凝土和花岗岩片石砌起大面积的砌体，用作支顶和推挡有病害的洞窟。到现在为止，一共加固了261个洞窟7000多立方米的挡墙和梁柱，对363米的岩壁进行了彻底加固。这项巨大的工程，不但对洞窟本身起到了加固作用，而且也解决了全部洞窟壁画经常受风沙、雨雪和日光的侵蚀，从而使壁画色彩免致变色脱色。为了安全解决洞窟之间的往返交通，现在我们用钢筋混凝土和花岗岩片石砌体代替唐代文献上记载着的木构"虚栏"或"栈道"。

如今，当我在雄壮坚实的混凝土的新建栈道上巡礼流连时，想起解放前我们用泥土树枝拼凑的木桥土墙，我不由得热泪盈眶，深深感激中国共产党和毛主席的关怀使敦煌艺术恢复了青春！

现在正是千佛洞秋色宜人的季节，16年前的秋天，我们虽然盼望共产党和解放军的到来，但是究竟不容易预见到16年后和全国各地一样，千佛洞起了如此翻天覆地的变化。如果要像壁画题记上的"功德"那样表达我的心情的话，中国共产党才真正给了民族文化事业的保护，为子孙万代做了伟大的功德啊！

早晨，我在金色的晨光中，踏上一层安装好了的钢筋混凝土围栏栈道，看着蓝天白云、葱绿的林荫路，看到淙淙溪流中灰色的庄严又美丽的层楼重阁的倒影，仿佛走进了"天方夜谭"中一样，忽然发现我是站在一座雄壮伟大的古代艺术宫殿前，这是一个包含了2公里长的4.5万平方米壁画的前后1000年不断创作的美丽壮观的画廊……

16年过去了，从敦煌工作来说，16年在党的领导下所取得的成就是不小的，我们可以看到，千佛洞的工作一年比一年进展得快。当然，前面还有许多工作等着我们去做，我们一定要按照党的指示把工作做得更好。

武威出土的东汉铜奔马
——学习祖国历史文物笔记

铜奔马出土的甘肃武威,是汉代建立起来的河西四郡(敦煌、酒泉、张掖、武威)之一。四郡的建立,进一步保护了河西走廊的安全,使丝绸之路畅通无阻,保证了中国与西亚乃至欧洲的友好往来和文化交流。汉武帝在建立河西四郡之后,一方面大量移民,另一方面修筑了一条从陇西开始接连秦长城向西延伸长达万余里的新长城。沿长城每隔五里(2.5公里)一个墩,十里(5公里)一个烽火台,并驻有戍卒瞭望。遇有敌情,白天举烟(称为烽),夜间举火。白天举烟时的"烽表"是用辘轳把积薪苇炬点燃,提升到三五丈高的杆上,天气晴朗时远在15公里外就能看到,从这个烽火台传到邻近的下一个烽火台,是采取紧急行动的信号。然而,风沙雨雪来临,烽火台上的"烽表"难于燃点的时候,突然发生了敌人来袭的紧急情况,就必须设法解决警报的传递。在这十万火急的重要时刻所能采取的唯一办法就是需要一匹由一个勇敢健儿乘骑的好奔马,突出重围向关内告急。正如唐代诗人王维所描写的:

> 十里一走马,五里一扬鞭。
> 都护军书至,匈奴围酒泉。
> 关山正飞雪,烽火断无烟。

在这首诗里,诗人用数字形象而生动地刻画出"走马"在"一扬鞭"的瞬间飞奔十里及时送到了军书。由此不难看出,马在古代社会中的重要作用。历史上著名的天马,就是汉武帝在太初元年(前104)兴师动众地派遣贰师将军李广利等横渡塔克拉玛干大沙漠,越葱岭，经过千辛万苦才得到大宛著名的3000匹汗血马。据《汉书·天帝纪》载，汗血马又称天马、踏石、汗血，是说这种马，蹄坚硬，在飞奔时踏到石头上就会显出马蹄的印迹，前肩流汗，色红如血。

历史上记载着天马的来源和特点，诗人歌颂了它的神速和作用。对于从事艺术工作的人来说，如何用艺术的语言来成功地塑造出天马的造型，能够排除地面障碍、凌空介乎"飞"与"奔"之间的"空行"的神速，却是一个困难的课题。记得1951年在北京举行敦煌文物展览会时，我和徐悲鸿先生谈论壁画，曾经从敦煌壁画中北魏的马、唐代画家韩幹的马，谈到印度、埃及、希腊的马和法国19世纪以画马出名的吉利古尔（1791—1824）的马。但我们当时共同感觉到这些古往今来的"马"好是好，但还没有创造出"天马行空"的理想神态。徐悲鸿先生说："画马的难处在于不仅要画出马的神速，还要画出马的烈性，像'红鬃烈马'那样'拼命'的性格。吉利古尔的马速度好像已画出了，但看不出马的烈性，气吞河山的烈性。"也就是缺少南齐画家谢赫在评西晋画家卫协作品时所颂扬的"形妙而有壮气"的中国艺术传统。徐悲鸿先生是画马的行家，但是他十分谦虚地说："画了数以千计马的草稿，但至今还没有一幅使自己满意的行空gallop（马的四个蹄子同时离地飞奔）的马。"

今天武威雷台出土的铜奔马，就是我们在二十余年前纵览古今中外未曾见到的一件珍贵文物。奔马高34厘米，长45厘米，是东汉（25—220）无名艺术匠师用高度智慧、丰富的艺术语言、深刻的生活体验并简练而有力地表达了我们民族艺术传统中"形神兼备，气韵生动，形妙而有壮气"的杰作。作者以娴熟精深的技巧，把奔马所具备的力和速度融合成为充沛的气韵，浑然一体地贯注在昂扬的马首和饱满健壮而流线型的体躯、四条正在飞奔的腿、踏石有迹的马蹄上。作者以经过长期对骏马性格和生活的体验，塑造出一个气吞山河、昂首长啸的马头，并将头上一撮鬃毛扎结成流线型的尖端指向马尾，又经过高度意匠而产生出来彗星一般的尾部。奔马的造型、结构，就是这样前后呼应、上下呼应地使我们仿佛觉察到"奔马"周围存在着一股风驰电掣飞速前进的电流，一股看不见的电流，在带动"奔马"飞行。实际上这是一件静止的文物，却由于无比智慧的造型和结构，使我们不禁联想到《汉书·天马歌》中"天马徕，开远门。竦予身，逝昆仑"的日行千里的神话传说故事及其现实意义。这个现实的意义得来并不是那么容易的，因为要把地面跑的马变成"行空"的天马，其间有速度和重量的矛盾，容易做神话般的浪漫主义的设想，但不容易捉摸超现实的现实。对于一个具有三度空间、有重量、有体积的铜奔马来说，既要塑造出天马"矢激电驰"那样动的速度的形态，又要达到平衡稳定的效果。如何解决这个矛盾，从来都是雕塑家面临的一个突出的问题。雕塑家在设计创作的同时就要考虑到，作品创作完成后如何能稳固安定地展示在观众的面前。这就是东晋画家顾恺之评论卫协的画时所说的一个艺术家应该具备"精思巧密"的"巧"字。在创作的时候，每一个作家都要绞尽脑汁，凭自己的智慧和"巧妙"来解决这个问题。例如，有一件比东汉铜奔马晚一千多年的意大利文艺复兴初期以擅长建筑透视造型著称的、被誉为当代雕刻大师的多那太罗（1386—1466）的《格太梅拉达骑马像》，它在欧洲古代文化美术历史中一直被誉为有高度现实主义风格的伟大作品。多那太罗所塑造的全身武装的格太梅拉达勇士乘骑的大马，是一匹正在迈出前右腿开始把马蹄提到刚离地面的时候。作者为了要使马身稳定，简单采用一个铜圆球垫在马蹄之下，其结果恰恰相反，给人以动摇和不稳定的感觉。美术史上也常常可以看到一些背上插着两个翅膀的马、龙、蛇、人，或用云彩衬托，作者挖空心思地表示它们在飞翔。其结果，使神话传说停留在神话传说上，格格不入，没有现实意义。相形之下，现在再来回顾一下铜奔马的创造者，千数百年前出生在武威地区长城内外的无名匠师，当他成功地塑造了三足腾空的马之后，如此奇妙而智慧地把另一只右后腿的马蹄轻轻"摆"在展翅飞行的燕子背上。在这里，我不用"踏"字来说明马蹄与飞燕的关系，而采用了"轻轻摆"的字眼，因为从"奔马"的整体造型中可以发现接触到飞燕的马右后腿正是处在从后面回收到休息的瞬间，实际上也就是奔马四足腾空的瞬间。否则，"马踏飞燕"会给我们以马要坠落的不安定的感觉。作者的智慧和巧妙，就在于选择了这一最好的侧面，成功地塑造了一个完美无缺的"天马行空"运动速度和整体重量平衡的造型，是现实与想象的结合。

不仅如此，作者高于生活的创造还在于飞燕与马蹄对话的描写。请看：那只在一个偶然的机会与天马巧遇于同一个空间与瞬间的飞燕，不是正在全速的飞行中回过头来唠叨什么似的与马蹄对话吗？如果作者没有高度的智慧和饱满的创作热情，绝不能创作出如此深入浅出的、刻画入微的、高于生活的艺术杰作的。

学习甘肃武威出土文物铜奔马杰出的塑造，进一步认识到毛主席所说的"离开实践的认识是不可能的"这个真理，从而使我们更深切地知道离开生活的创作也是不可能的。不能设想，如果唐代诗人王维没有到过河西走廊，没有在长城内外深入生活进行观察和体验就能写出"十里一走马"的好诗。同样的，若铜奔马的作者，没有在烽火台上当过戍卒和卫士，没有生活的长期观察和体验，没有经过深刻的分析研究，怎么能把奔马的各种特点集中起来，怎么能凝结成一件源于生活而高于生活的空前完美的艺术作品呢？

这个由封建社会手工业艺术匠师所创造的铜奔马的发现，不仅给我们民族艺术遗产的宝库增加了新的珍贵品，而且给今天的美术工作者以批判地继承遗产和提高创作能力的学习机会。

祖国

1927—1936年在法国留学期间，我和沈西苓、冼星海等同志，曾经有过一段共同学习的时间。我们对于艺术上的许多重要问题，交换过不少意见，也有过不少争论。到后来，我们走的道路却很不相同。当沈西苓从日本回来放弃了绘画、在上海编导《十字街头》电影的时候，当冼星海从法国回来在延安从事《黄河大合唱》创作的时候，我还踌躇在巴黎蒙巴那斯街头，与一批已经走向形式主义道路的青年艺术家们，进行着矛盾日益尖锐的关于美学问题的争论。

"艺术向何处去"，我们的论战就是由这个问题引起的。一本由当代法国艺术评论家尚比农针对欧洲画近况写的《今日艺术的不安》的论文集里，从艺术的倾向出发，提出了资本主义世界面临危机的一些现象。资本家和画商的操纵，使巴黎画坛在20世纪30年代中，从立方主义到超现实主义一步接一步地象征着资本主义丑化、恶化的艺术倾向，否定了造型的规律，使艺术成为可以用符号代替的唯心的抽象东西。另一个权威的法国现代艺术批评家安德烈·白鲁东，在他的一本《节日后的悲哀》小册子中，道出每一个艺术家忧心忡忡、惶惶不安地在惦念着自己的出路。

同样的，我这时俨然以蒙巴那斯画家自居，带着卫道者的精神和唐·吉诃德式的愚诚，在巴黎艺术的海洋中孤军奋战，夙兴夜寐，孜孜不倦地埋头于创作，想用自己的作品来"挽回末世的厄运"。我可以在画室中专心致意于一幅静物画，画着画着，一直画到鲜葡萄变成烂葡萄，鲜蘑菇的菌丝像蜘蛛网一般，布满瓷盆和台布上。同样，我可以在服侍病危的亲人面前，用画像来解除自己的忧虑。可以用鲜花一样的心情，去描绘裸体少女优美的造型，自己决心要把她画成希腊的女神，像文艺复兴时期的波提切利、帝西安和19世纪安格尔等的我所崇拜、倾倒的作品那样，成为永恒的美丽的画面。

在形式主义的艺术已经开始泛滥的巴黎画坛上，我的接近古典和院体派的绘画，也曾受到不同胃口的批评家和画家"青睐"。我的老师 P. A. 劳朗斯严格的素描要求和他 3 世纪相传的法兰西绘画传统、近乎装饰讲究轮廓美的画风，使我在不知不觉中走上以线描为主的具有中国画特点的油画风格。我在巴黎开了一个个人画展，我的一幅《小孩像》为巴黎国际美术馆所购藏，一幅静物《葡萄》为巴黎市美术馆所购藏，《裸女和病妇》为里昂美术馆所购藏，之后，一些画商像发现了一个马戏团的新角色一样，派了他们雇佣的批评家专门为我写吹捧文章，主动地接近我，要为我承揽画件，而他做一个中间的掮客。剪报社不断送来法国的一些杂志报章剪报，有来自英国杂志报章的，有比利时杂志报章的，有时还有来自美国等杂志报章的。无疑的，这些杂志报章上关于我绘画的批评文章，都是说我的静物画得那样平静，平静得像含有老子哲学似的，说我真不愧为一个中国画家。德国的杂志称颂我的画与 17 世纪德国画家霍尔本的一样。同样，我的画在法国春季沙龙、秋季沙龙中得到了称赞，也得到了一些金银质的奖章。靠着这些虚荣和小名气，我的画也逐渐有人购买了。有人订购我的画，有人请我去海边或山上为正在避暑消夏的资本家富商们的儿女父母画肖像。为了配合他们自己的肖像，有些人还喜欢左右各一地配上我的静物和风景。我像走方郎中一样，背了画箱东奔西跑……

一个下午的工作时间又过去了，我怅然若失地提着画箱走了出来。在回家的路上，忽然清醒过来似的，我连连不断地问自己："这就是你的职业吗？""为什么当年在里昂和冼星海争论时，自己理直气壮地表明要把我的一生献给伟大而无邪的艺术，崇高而纯粹的艺术呢？"我反躬自省，不能不警醒了。这时我不由得想起了两个滚烫的字："祖国"！

坚守敦煌

　　1943年3月24日，我六个人盘坐在千佛洞中寺破庙的土炕上进晚餐，我真有点不习惯盘腿而坐，而会计老辛却坐得非常自如。几乎没有什么生活用具——灯是从老僧那里借来的，是用木头剜成的，灯苗很小，光线昏弱；筷子是刚从河滩上折来的红柳枝做成的；主食是用河滩里咸水煮的半生不熟的厚面片；菜是一小碟咸辣子和韭菜。这是来敦煌的第一顿晚餐，也是我们新生活的开始。

　　我的秘书，原来是天水中学的校长老李，久患胃病，经过旅途的疲劳颠沛，终于病倒了，躺在土炕上呻吟。一个同事提醒我，教育部临行时给的那点经费，因为另外请了三位摄影专家，他们从重庆乘飞机来就花了我们整个5万元筹备费的三分之一，加上我们来时一路上的开销，现在已经所剩无几了，而且这里物资昂贵，甚至有钱也买不到东西。更困难的是，千佛洞孤处沙漠戈壁之中，东面是三危山，西面是鸣沙山，北面最近的村舍也在15公里戈壁滩以外，在千佛洞里除我们之外，仅有上寺的两个老僧，下寺的一个道人。因此，工作和生活用品都得到县城去买，来回路程有40多公里，走戈壁近路也要30多公里。而我们唯一的交通工具是一辆借来的木轮老牛车，往返至少一天一夜。

　　在万籁俱寂的戈壁之夜，这些牵肠挂肚的难题缠绕萦回，瞻前顾后，深夜难寐。半夜时分，忽然传来大佛殿檐角的风铎被风吹动的叮当响声，那声音有点像我们从安西来敦煌骑的骆驼铃声，抑扬沉滞，但大佛殿的风铎叮当声却细脆而轻飘，不少风铎同时发声就变得热闹了。渐渐，大佛殿的铃声变轻了，变小了，我迷蒙蒙地仿佛又骑上骆驼，在无垠的沙漠上茫然前行；忽而又像长了翅膀，像壁画中的飞天在石窟群中翱翔飞舞……

忽然一块从头上落下来有飞天的壁画压在我身上,把我从梦中惊醒,窗外射来一缕晨曦,已是早晨七点多钟了。我起身沿着石窟走去,只见一夜吹来的风沙,在好几处峭壁缺口处像小瀑布一样快速地流淌下来,把昨日第44窟上层坍塌的一大块岩石淹没了。有几个窟顶已经破损的洞子,流沙灌入,堆积得人也进不去了。我计算了一下,仅南区石窟群中段下层洞窟较密的一段,至少有上百个洞窟已被流沙淹埋。后来,我们曾请工程人员计算了一下,若要把全部壅塞的流沙清除,光雇民工就需要法币300万元。我一听,吓了一跳。教育部临行给我们的全部筹建资金才只有5万元,何况已经所剩无几,叫我们怎么雇得起呢?

我和大家商量,流沙是保护石窟的大敌,一定要首先制服它。眼前首先是这些积沙如何清理,但没有经费雇民工,怎么办?虽然生活工作条件异常艰苦,但是大家的工作情绪都很高涨,大家想了不少主意。后来,我们从王道士那里听说他就用过流水冲沙的办法。于是我们便试着干起来。我们雇了少量民工,加上我们自己,用了两个春秋,从南到北,终于把下层窟洞的积沙用水推送到0.5公里外的戈壁滩上,这些沙又在春天河水化冰季节被大水冲走了。

因为这里原来是无人管理的废墟,三危山下和沙滩边的农民已习惯把牛羊赶到千佛洞来放牧。当我们来到时,春草在戈壁上尚未长出,老乡们赶来的牛羊经过沙漠上的长途跋涉又渴又饥,又渴又饥的牲畜只有拼命地啃不多的几棵杨树的皮。我再三向牧民交代,但他们没有办法使饥饿的牛羊不啃树皮。为了加强管理,保护树木以防风沙,我们建造了一堵长达两公里的土墙,把石窟群围在土墙里面。

仲夏的敦煌,白杨成阴,流水淙淙,景色宜人。在这美好的季节,我们的工作也紧张有序地开展起来。当时人手虽少,条件也很艰苦,但大家初出茅庐,都想干一番事业,所以情绪还不错。我们首先进行的工作是:测绘石窟图,窟前除沙,洞窟内容调查,石窟编号,壁画临摹等。

为了整理洞窟,首先必须清除常年堆积在窟前甬道中的流沙。清除积沙的工作是一件工作量很大的劳动。雇来的一些民工由于没有经验，又不习惯于这种生活，有的做一段时间便托故回乡，一去不返。为了给他们鼓劲，我们所里的职工轮流和他们一起劳动，大家赤着脚，用自制的"拉沙排"一个人在前边拉，一个人在后面推，把洞中积沙一排排推到水渠边，然后提闸放水，把沙冲走。民工们粮食不够吃时，我们设法给他们补贴一些，使民工们逐渐安下心来。据县里来的工程师估算，这些堆积的流沙有10万立方米之多。此外，还要修补那些颓圮不堪的甬道、栈桥和修路、植树，等等。这些工作，我们整整大干了10个多月。当看到围墙里的幼树成林再没有牲畜破坏而生长得郁郁葱葱、我们工作人员及参观游览的人在安全稳固的栈道上往来时，我心里充满了喜悦。

随我来的两个艺专学生，他们对工作很热心，但困难的是在敦煌买不到绘画的颜料、纸和笔，他们便十分节省地使用从兰州带来的画纸和颜色。他们还自力更生，到三危山自采一些土红、土黄等土颜料。他们是画国画的，临摹了一些唐代的壁画，觉得很有兴趣。以后在调查洞窟内容时，他们都选择了各时代的代表作品作为下一步的工作计划。我用油画颜料临摹了几幅北魏的壁画，那摹本的效果很像法国野兽派画家罗奥的作品。

在洞窟编号工作中，我们还有一个小小的遇险故事。当时我们没有长梯子，只靠几个小短梯子工作。一次，我们调查九层楼北侧第230窟的内容，大家便从第233窟破屋檐的梁柱中间用小梯子一段一段爬上去，我们工作结束时，小梯子翻倒了。这一来我们都上不着天、下不着地，悬在半空洞窟中，成了空中楼阁里的人了。一个姓窦的工人出主意，从崖面的陡坡向上爬，陡坡大约七八十度，下临地面二十多米，从第232窟大约要爬十几米的陡坡才能上到山顶。大家都面带难色，这时，只见姓窦的工人动作敏捷地爬到了山顶。艺专的一个小伙子也跟了上去，但没爬几步，便嘴里大喊着"不行"停住了，只见他神色恐慌，进退两难。我想试一试，刚爬两步，原以为坡上的沙石是软的，用大力一踩会蹬出一个窟窿，没想到脚下的坡面像岩石一样坚硬，一脚踩下去，像被弹回来一样，反而站立不稳，差一点摔下去。惊惶之中，我的一本调查记录本也失手掉在坡上，立即飞快地下滑，像断线的风筝一样飘飘荡荡地落下去。我只觉得身体也在摇晃不定,像是也随着本子落到崖下。后来,还是我让山顶上的老窦回去取来绳子,把我们一个个拉了上去,才结束了这一场险情。以后我们做了两个长梯子,再也不敢冒险爬陡坡了。

我们的工作和生活条件变得越来越艰苦了。三四个月过去了,重庆一直没有汇来分文,只好向敦煌县政府借钱度日,债台越筑越高。为了借钱和筹措职工生活用品,为解决工作中的困难等事项,我日夜忙碌。有些事情要进城办理,无论严寒盛暑,或是风沙月夜,我一个人跋涉戈壁,往返城乡,每次近30公里之路,搞得我精疲力竭,困顿不堪。更使人忧心的是,这个满目疮痍但储满宝藏的石窟,随时会有险情发生。昨夜第458窟唐代彩塑的通心木柱,因虫蛀而突然倒塌,今天,查时又发现第159窟唐塑天王的右臂大块脱落。随之而来的,便是我们一阵艰苦的补修劳动。这些文物补修工作,不敢轻易委托民工,怕他们搞坏,我们只能亲自动手修复。

还有更可怕的困难,就是远离社会的孤独、寂寞。在这个周围20公里荒无人烟的戈壁孤洲上,交通不便,信息不灵,职工们没有社会活动,没有文体娱乐,没有亲人团聚的天伦之乐。形影相吊的孤独,使职工们常常为等待一个远方熟人的到来而望眼欲穿,为盼望一封来自亲友的书信而长夜不眠。一旦见到熟人或接到书信,真是欣喜若狂,而别的人也往往由此而更勾起思乡的忧愁。特别是有点病痛的时候,这种寂寞之感就更显得突出而可怕了。记得有一年夏天,一位姓陈的同事,偶受暑热,发高烧,当我们备了所里唯一的牛车要拉他进城时,他偷偷流着眼泪对照顾他的人说:"我看来不行了,我死了之后,可别把我扔在沙滩中,请你们好好把我埋在沙土里呀!"后来他在医院病愈之后,便坚决辞职回南方去了。类似的情况,对大家心理影响很大,因为谁也不知道哪一天病魔会找到自己头上。的确,如果碰上急性传染病的话,靠这辆老牛车(到县城要6个小时)是很难救急的,那就难逃葬尸沙丘的命运了。在这种低沉险恶的境况下,大家都有一种"但愿生入玉门关"的心情。但对于我这个已下破釜沉舟之心的"敦煌迷"来说,这些并没有使我动摇。记得画家张大千曾来敦煌进行"深山探宝",临走时半开玩笑地对我说:"我们先走了,而你却要在这里无穷无尽地研究保管下去，这是一个长期的——无期徒刑呀！"

"无期徒刑吗？"我虽然顿时袭来一阵苦恼和忧愁，但还是坚定地表示了我的决心。我对他说，如果认为在敦煌工作是"徒刑"的话，那么这个"无期徒刑"我也在所不辞，因为这是我梦寐以求的神圣工作和理想。虽然是这样回答了他，并决心经受千难万险也干下去，但是眼前的现实实在令人愤慨，一种灰溜溜的不祥预感常常袭上心头，一场更残酷的打击正向我扑来。

| 书 鸿 对 谈 |

《敦煌的光彩——池田大作与常书鸿对谈、书信录》序言

我与池田大作先生初次会见是在1980年4月23日。那次见面，池田大作先生对中国的了解以及在哲学、文化艺术等方面学识之广博，给我留下了深刻的印象，特别是先生对中国文化以及对敦煌学的热情，使我们首次见面时就好似多年好友一般，"一见如故"，开怀畅谈起来了。

池田大作先生作为日本人民的友好使者，曾多次访问过中国，池田大作先生和他所致力的社会、宗教文化和国际和平活动，在中国也是众所周知的。特别是早在1968年，池田大作先生就提出过日中邦交正常化以及恢复中国在联合国席位的建议，是令我们中国人民永远铭记在心的。

回想起我与池田大作先生多年的友情，是我一生中的又一快事。在我所相识的许多日本友人中，池田大作先生虽然已年过六旬，但他为人热情、耿直，对生活和对人类未来充满信心的感情，使我感觉到他还是一位年青人。

自从我们相识后的近十年间，不论是池田大作先生来中国，还是我去日本，我们的相见和谈话的话题总是要涉及人类文化、丝绸之路和世界上最大的、保存最完好的佛教艺术宝藏——敦煌。我们之所以在谈话中经常谈到敦煌，我想，这是因为敦煌不仅仅是佛教遗址，而且敦煌艺术体现了人类对理想境界的追求。在当时充满着饥荒和战乱的年代里，丝绸之路的东西方文化、经济的交流和佛教的东传，对于人类文明的发展和和平，起着极其重大的作用。而我们今天对丝绸之路的重视和研究，唤起我们精神上新的丝绸之路，这在目前经济和科学技术高度发展的同时，存在着对地球自然生态

环境的破坏、国际政治的不稳定时代，为使人类平等，消除战乱，走向永久和平，有着新的积极意义。

我与池田大作先生虽然在国籍、个人经历等许多方面有着很多不同的地方，但是，我们在童年和青少年时期却有着相类似的艰苦生活和努力奋斗的过程，所以，我十分理解池田大作先生所热心倡导的青年和平友好事业。1985年秋日，我在日本琦玉县的青年和平艺术节上所看到池田大作先生尽力培养下的青年一代的团结友爱、蓬勃向前的精神和池田大作先生对青年们慈父一般的亲切融洽的感情，那情景至今为止还历历在目，使我感动不已。人类的未来寄希望于青年一代，池田大作先生所创建的创价大学、创价高中、中学、小学和幼儿园，以及美术馆、文化会馆，等等，培养着许多优秀人才，另外，池田大作先生对中国青年和在日本的中国留学生的关怀和帮助，使我看到中日两国人民世世代代友好的光辉的未来，一条五彩缤纷的新的丝绸之路的彩虹，将把世界各国人民的心连接在一起。由于我与池田大作先生对于东方文化有着相同的热心，所以我们在许多方面是一致的。我们彼此尊重各自祖国的传统文化，尤其对文化艺术的热情关注和贡献精神，我们也有着共同的意愿。1985年在东京富士美术馆举行的中国敦煌展，与历次敦煌展不同之处是第一次向日本各界展示了在敦煌发现的极其贵重的经卷等历史文物。这次展览的成功，是池田大作先生及创价学会诸位先生辛勤努力的结果。在此，请允许我再一次向池田大作先生表示衷心的感谢。

中国有句谚语："酒逢知己千杯少，话不投机半句多。"在本书序言结束之前，也好像如同我与池田大作先生的谈话一样，总是感到还有许多话没有讲完，所以，我高兴地期待着下一次与池田大作先生见面和畅谈的机会。

最后，我想感谢建议将我们对谈发表出版的池田大作先生，感谢为本书的出版付出辛勤努力的圣教新闻社的大原照久先生、洲崎周一先生和与我四十余年患难与共生活和事业的伴侣、助手和妻子李承仙、学习和继承敦煌事业的儿子嘉煌，感谢为此书工作的诸位先生们。

常书鸿　1990年5月于中国北京

苦难的岁月

池　田： 五年前的秋天，先生送给我一幅精美油画，题名为《雪中的莫高窟》。现在，这幅画已作为珍宝存放在我们的纪念馆里。画上有您的亲笔题词："回顾五十年敦煌之历史"。我又不由得想起了先生与敦煌共同生活的坎坷人生。

常书鸿： 我送给先生的画描绘的是莫高窟的"九层楼"。我对九层楼怀有特别深厚的情感。当时，我第一次骑骆驼向莫高窟进发，到最后几公里处，眼前豁然开朗：在那沉沉如睡、静静欲眠的树林中，九层楼倚着山势傲然挺立。曾在巴黎的伯希和图录中见到过的九层楼这时才真正伫立在我的面前。从那以后的半个世纪，我是踩着九层楼的风铎声走过来的。尤其是夜深人静、万籁俱寂，独自一人躺在床上，仰望深青色的夜空，明月皎皎，风铎阵阵，它们仿佛在责问我："你对敦煌艺术的保护和研究工作，干得怎样了？"在"文化大革命"中，我与家人饱受离别之苦，每逢我夜不成寐时，风铎的声响便远远传来。那种凄凉的声音给我以安慰，给我以希望，也促使我振作起来。

池　田： 您就像怜爱自己的孩子那样，从心里热爱敦煌。先生这种淳厚的感情和九层楼画面中的寓意深深地撞击着我的心扉。或许，像常先生这样的人再也不会有了，我觉得，先生与敦煌有一种难以言说的缘分。

常书鸿： 在我坎坷的人生中，九层楼曾给予我无限的鼓舞，因此，我喜欢画九层楼。尤其是新雪初霁，九层楼格外耀人悦目。我送给先生的那幅九层楼正是如此。画上有这样的题词："前事不忘，后事之师。"（把以前发生的事铭记在心，作为将来的借鉴。）

这幅画也寄托着我的希望，就是像莫高窟的九层楼那样，不畏风沙雨雪,希望敦煌——这座艺术宝库的不朽价值永远铭刻在历史深处。这也是我发自内心的祝愿。

池　田:谢谢常先生的厚情。

莫高窟的名字寓有"沙漠高处之窟"的含义,从先生初去那里的情况来看,莫高窟作为"陆中之岛",那里的生活如衣、食、住、行,无论哪一样大概都是初次体验吧!

常书鸿:莫高窟就像孤岛一样,所有的生活用品都必须到15公里以外的县城(当时敦煌县政府所在地)才能搞到。那时,我住在中寺的后庭(又名皇庆寺),过去是为参拜者修建的。寺里没有床,我用土砌成砖状,然后用它垒成睡觉用的台子,在上面铺了草席,再往草席上面放些麦秸,最后敷上布作为睡铺。凳子也是用土做的,只不过外面涂了一层石灰。当时窗子特别小,又没有电灯,只好在碟子里倒上油,用茎心做灯芯。不过,这种灯的光线特别弱,风一吹马上就灭。过了一段时间后,从敦煌县城买到了苏联制造的石油灯。这种灯有玻璃罩子,可以挡风,而且,光线也亮多了。

池　田:那吃饭问题怎么解决呢?

常书鸿:到敦煌的当天,本来预定去敦煌县城买锅、碗、筷子之类的家具,可没想到,到那里的前一天,县城被土匪抢劫了,城里的店铺全部停止营业。结果,什么也没买到。没有别的办法,我们只好用沙漠中一种名叫红柳的树枝做成筷子,从僧人那里借来锅、碗,煮了些面条下肚。当时,只有一碟醋和一碟咸菜。

池　田:附近有人居住吗?

常书鸿:当时,画家张大千先生住在上寺(又名雷音寺),与中寺仅有一壁之隔。张大千先生很了解我的贫困生活,不时招待我,给我弄些好吃的。从那以后,我逐渐习惯了沙漠生活,并且开始养羊,每天挤奶。我还吃了一种从戈壁沙漠中采来的"沙葱",这种葱比普通的葱味道要好一些。

池　田:冬天大概特别难办吧,在沙漠中,您是怎样度过的呢?

常书鸿:敦煌的冬天特别寒冷,经常冷到零下二十多摄氏度,没有厚厚的棉大衣是过不了冬的。我从市场上买来游牧民做的老羊皮大衣,这种大衣的领子和衣边有红色或绿色的布边装饰,穿着它,看起来如同游牧民一样。

池　田： 刚才，先生提到张大千先生在调查完莫高窟，临走时说："我先走了。你还在这里进行无限期的研究和保护，真是和无期徒刑差不多啊！"（笑）当然，这也许是幽默，但从"无期徒刑"这个词来看，先生当时的生活情形是多么残酷啊！

常书鸿： 那是开了个玩笑。（笑）不过，我想这并不过分。但是，从当时的心境来说，如果能在这个古代佛教文明的海洋里被判无期徒刑的话，我也会乐意接受的。

池　田： 那就让我把先生的伟大信念和业绩介绍给众多的日本青年们。[1] 敦煌是伟大的历史宝库，人类文化遗产的珍珠，您对敦煌艺术保护和研究的生活犹如一首诗，给我们展示了一个无限辽阔的梦。

常书鸿： 谢谢。

池　田： 莫高窟开造于沙漠之中，流沙埋淹，风沙侵蚀，长年累月地闲置着，结果大有濒于倒塌的危险。在这种状况下，常先生为了保护和修复石窟与窟内的壁画以及塑像，是从哪里着手工作的呢？

常书鸿： 为了保护和修复莫高窟，我先从植树入手。植树后可以阻挡土沙崩塌。然后建造土墙，防止动物啃噬树木或窜入洞窟。为了阻止沙土流入洞窟，我还在周围设了围墙。

池　田： 先生一步一个脚印，踏踏实实地修复莫高窟大业的情景幕幕展现在我的面前。那么，生活用的"水"，先生是怎样解决的呢？

常书鸿： 莫高窟的水是从30公里外流来的。但水中含有矿物质，太阳一晒马上就起化学反应，水变得非常苦涩。即使是被称为"甜水井"里的水也不例外。只不过那口井日照时间短，水苦的时间也比较短，因此，每天我都在太阳升起之前便去井里打水，然后把它贮存在器皿里。这样一天的饮水便有了着落。

---

[1] 后来，1989年5月7日，援池田大作先生在《圣教新闻》上发表演讲，以《人生的桂冠只能在"战斗"中获得》为题，用常书鸿先生的人生历程教育日本青年。

我们确信深层有地下水，便开始掘井，试图找到地下水，可是很多年都没有成功。1962年，终于在洞窟前十几米外的深层发现了地下水。但检验的结果是水质不好，不能做饮用水。此后，掘井的工作仍在进行。经地质队调查，1980年以后，我们最终在莫高窟找到了可以饮用的地下水。不过，这种水仍不能直接饮用。

池　田： 我想，先生一定为身体健康操过不少心吧！

常书鸿： 水的确是个大问题，一旦出现了病人就更不好办。在那里曾发生过好几起生命濒临死亡的险情。

莫高窟是沙漠中的孤岛。看病需到很远的地方。新中国成立前，我的第二个女儿得了急病，当时因敦煌没有医疗设备，街上交通也很不方便，结果，五天以后她就死在莫高窟。

研究所的人员在我女儿的坟前献了花圈，上面写着："孤独贫穷的人们敬赠。"

有一次，担任莫高窟测量图任务的陈延儒得了急症，高烧不止。他昏睡之际曾抓住我的手对我说："所长，我已经活不长了。我死之后，一定要把我埋在沙土中，一定把我埋在沙土中。"

还有一次，我的妻子李承仙差点死去。那天早晨3点左右，她大量出血，脸色眼看着变白。我赶紧请人赶着毛驴去请医生。医生赶到时已是下午3时多了，但幸好有医生的精心看护，才把妻子从死亡线上抢救回来。

池　田： 我想先生的女儿一定会活在先生的心中。夫人也与先生一道经历了种种磨难。先生曾在大作《敦煌的艺术》一书中写道："敦煌有我的大半人生"，我想只有经过艰辛困苦的人才会有如此深切的语言。这些就足以让我们回想起那感慨万千的不寻常的岁月。

常书鸿： 谢谢。说起来可能有点重复，但回顾我四十多年的人生之路，当初的生活真是历经妻离子散，尝尽艰难困苦。

那时我曾想，是留在敦煌与困难做斗争，还是回到都市过安逸的画家生活呢？每当我为这些烦恼时，许多话语便浮现在脑海里，如张大千先生的"无期徒刑"，徐悲鸿先生的"不入虎穴，焉得虎子"，梁思成先生的"破釜沉舟"，都时刻激励着我，使我能够继续与困难做斗争。

想起这些话的同时，我心中便升起这么一个念头："人生是战斗的连接。每当一个困难被克服，另一个困难便会出现。人生也是困难的反复，但我决不后退。我的青春不会再来，不论有多大的困难，我一定要战斗到最后。"这个想法更坚定了我留在那里的信念。

从现在看，我的这个选择是正确的。我一点儿都不后悔。

池田："无悔"的人生是胜利的人生。人生会遇到很多困难，俗话说，决心大困难更大。不少人见了困难就逃避，半途而退，而先生却坚持不懈，踏着困难走过来。

只有艰难才能磨亮我们胸中的珍珠——在逆风中，人们比顺风里更易于成长。我经常把自身的体验告诉年轻人。在送给一位青年的话中，我这样写道：

"不要悲叹，你不要输了一次就灰心丧气，真正的胜利，应该绽放在人生的最后时刻。"

您应该把这个作为前进的信条！当然，最重要的，正如先生所言，看他是否战斗到最后。只有"我胜了"的人生才是崇高的人生。

常书鸿：池田先生，到现在，您肯定有过不少磨难挫折。先生年轻时就任创价学会会长，先生能否谈一谈当时的感想和抱负？

池田：我就任创价学会会长时年值32岁。我的恩师、前会长户田先生逝世两年后，理事会决定推举我，几次向我发出邀请。当时，我的健康状况极不稳定，而且，我觉得自己太年轻，就想拒绝了。但是，恩师户田先生生前曾说过："我的工作完成了，今后就看你的了！"他的话催促我，使我不由得产生了接受的念头。

就任后，在拜访一位前辈时，他曾说："你的情况我从户田前会长那儿听说过。"因此，我深深地感谢户田前会长、我的恩师为我打下了坚实的基础。我内心的愿望是，个人得失均无所谓，但我希望成为学会的中坚。

前进的路途定会有障碍，有暴风雨，但我知道，会长的职位责任重大，既然就任，就只有奋力向前，别无选择。特别是对我来说，最初的两年是决定胜负的关键时期。

贵国有句名言叫作"孜孜不倦"（每日每日不倦地工作）。这或许可以说明我当时的心境。（笑）

同时，我想讲点身边的小事情。就任会长后的一年里，我每天早晨从大田区的家里骑自行车去车站，然后乘电车去信浓町（新宿区）本部。或许有人会说："创价学会的会长还这样……"但我作为一个年青人，为了将来，必须表现出不奢侈的风范才行。

常书鸿：池田先生在中国也很有名望。您现在的活动原来得力于户田先生！

池　田：我是一个平凡的人，因为想实现恩师的构想才走到今天。因此，什么也不后悔。当然，我更应该感激恩师教给我的崇高的生活态度。

创价学会在以后的17年里，人数比原来的75万增加了10倍，就像您所知道的那样，我们对外维护宗门，创立了政党、大学、学园、美术馆以及日本最大的音乐文化团体，并且以弘扬世界佛法为基调，开展和平、文化、教育运动。这是以恩师最初的构想为基础的。

恩师逝世的前一天，我永远无法忘记，他给我留下遗言说："学会需要一些精锐之才。让那些有能力的人发挥才干！"恩师深知我的性格，大概是担心我难以独力担此重任。真该感谢先生的苦心！

常书鸿：到现在为止，先生感到最困难的事情是什么？

池　田：啊，这也正是我想问您的问题。（笑）不过，先生曾说过："人生是战斗的连接。克服了一个困难，另一个困难就会出现，人生便是困难的重复。"我深有同感。这些我年轻时就已经习惯了。（笑）

我是一位信仰者。我以为人不能为一善一恶、一喜一忧所困扰，而要淡泊宁静、从容不迫地按照自己的信仰之路走下去。我遇到过各种各样的事，也见到过各种各样的人，这些都使我变得更加坚强。应该感谢他们。

我有很多历经磨难的朋友，他们苦难的生活激励我锐意进取、信心坚定地向前。

我想，在常先生的一生中，肯定有不少难以言状的感受。

常书鸿：当然有很多。如果说最伤心的，莫过于当初我到达敦煌莫高窟千佛洞时看到的情景，洞窟被沙漠淹没，壁画剥落，令人为之叹惋！

池　田：先生当时的心境可以想见。先生正是把这种"哀惜之情"

变成自己的信条，为保护敦煌四处游说，风尘仆仆。

常书鸿：当时对我来说，怎样保护莫高窟是我的主要课题。我曾几度向上级请示，向社会呼吁，希望唤起政府和社会对敦煌保护和研究的重视。

那时，地质专家来玉门进行石油开采的实地调查，我请他们来，向他们请教保护敦煌的意见。而且，我一连几次把敦煌的危险状况、洞窟的裂缝和壁画的剥落情况写成报告，向社会各方面呼救。最后，经周恩来总理批准，进行莫高窟固定工程。"文化大革命"开始之前，这项工程已经完工。

池　田：最艰苦的岁月是在什么时候呢？

常书鸿：前面提到，我前妻的出走对我是个沉重的打击。当时，敦煌的工作刚刚开始，我每天的工作从早晨忙到晚上，根本没注意到妻子的变化，遭受了内外双重打击。前面讲到，当时国民政府教育部不给经费，而且下令解散敦煌艺术研究所。

历尽重重困难我才从国外回到敦煌石窟，当看到现存的石窟仍在受到自然和人为的破坏时，我下决心不能再让它遭受如此残酷的损害。

当时，我接到了国民政府解散敦煌艺术研究所的命令，心里非常难过，就四处求援。前妻出走后，留下13岁的女儿和3岁的幼子。从那时起，我和两个孩子在沙漠上相依为命。我不相信宿命，但是我的心却时时发痛，"为什么我的命运如此悲惨……"

在悲痛中，尤其夜深人静、一片肃寂，九层楼的风铎传来清脆的铃声。我凝望敦煌石窟，在深蓝的天空下，与满天繁星一起沉入梦乡，便产生了一种幻觉：壁画上的飞天闪着光芒向我飞来，她们悄声向我诉说："你夫人离你而去，但你决不能离我们而去，决不能离敦煌而去！"

那时，我的良心深深地谴责我："书鸿啊，书鸿，你为何回国？你为何来到这荒僻之地？坚强起来！心向不同，夫妻难为，本在情理之中。哪里跌倒，就从哪里爬起来。不论前面有多少困难，踏着坚实的大地继续前行！"

就像刚才向池田先生介绍的那样，我想起张大千先生离开敦煌时留下的话:"我回去了,你在这里过无期徒刑吧!"因此,我下定了决心,"是的,我将继续战斗,直到最后"。

池　田: 众多的日本读者肯定会为先生的话感动!伟大的事业必须以生命作奉献,否则就不是真正的事业。这是我与世界上第一流的人物见面时得出的结论。

从那以后,您便遇到了现在的夫人李承仙女士,是吗?

常书鸿: 对!1945年,国民政府下令解散国立敦煌艺术研究所。当时,我去重庆到教育部、文化部要求继续进行敦煌艺术研究所的研究工作。一年多的抗议和再三请求,最后,中央研究院答应了我的请求,自此之后,研究所并入了中央研究院。

这件事落实后,我在四川重新召集研究人员。我们从中央研究院领来一辆卡车和各种器材。正在这时,国立艺术专科学校的一位毕业生来到我的驻地凤凰山,让我看了她自己画的油画人物、静物和花草。她说她想去敦煌。

我让她在笔记本上写下她的名字,她留下了"李承仙"三个字。我问她:"你是油画专业的,为何去敦煌?"她回答道:"我父亲叫李宏惠,辛亥革命时是孙中山创建的'同盟会'的第六位干部,是一位革命家。二叔叫李瑞清,曾教过张大千先生。当时父亲对我说:'作为一名中国画家,首先应该去敦煌,研究中国的民族遗产,研究敦煌,然后创立自己的风格。'于是,我下决心去敦煌。"

我问她:"敦煌是远离人烟之地,古代只有军队和流放的犯人才去那里,而且生活非常艰苦,你能受得住吗?"

她说:"我已决心献身于艺术,因困苦而退却道理不通。"

池　田: 原来如此!

常书鸿: 可是,那年她父亲病了,她没能前去敦煌。第二年,她成为四川省立艺术专科学校的助教。她说一年后去敦煌。当时,我的好友沈福文、学生毕晋吉把我的经历告诉了她。之后,沈君和毕君二人一直观察她的行止,为她去敦煌的意志所打动。他们想不到她竟会和我一样,成为"敦煌痴人",于是替我谈到我们结婚的事。

1947年9月,李承仙从成都赴兰州,我从敦煌去兰州。在那里结婚后,我们一起回到了敦煌,并一道致力于敦煌艺术的研究直到现在。

池　田：这个故事太美妙了！我想请教一下，先生对于子女的教育有什么信条呢？

常书鸿：在孩子们年幼时我就教给他们，应该成为一个正直诚实的人。我希望他们努力学习，有上进心。不过，这个上进心并非为了名利，而是作为一个有知识的人，应该忠实于自己的良心，为祖国作出贡献。

在教孩子们画画时，我严格要求他们，希望他们练好艺术的基本功。我对他们说："人生绝不会一帆风顺。人的前途只有在战斗中才能宽阔。必须知难而上，勇敢前进，不能半途而废。为了实现自己的目标，完成自己的事业，必须付出努力和艰苦的代价。"

池　田：太好了！我也深有同感。那么，常先生，您最快乐、最喜悦的时刻是什么时候？

常书鸿：最快乐的一天是1951年4月，一个星期天的下午，周恩来总理到北京午门楼举办的敦煌文物展览会参观。我向总理汇报了敦煌艺术和有关展览会展出文物事项。周总理在参观的两个小时中的谆谆教导激励我们继续进行敦煌的研究工作。

另一件最喜悦的事情是，通过加固敦煌石窟工程，在非常结实的混凝土走廊上安装了电灯。从此，我们可以安心地在走廊上走进走出了。正是因为这项工程，敦煌在"文化大革命"中没有受到破坏，能够完好地保存下来。如果没有这项工程，真不敢想象现在的敦煌会是什么样子！

池　田：莫高窟安上电灯，是在1954年10月25日吧？

常书鸿：莫高窟第一次闪出电灯的光芒，是我们自己发的电。我前去看望在洞窟中摹写的同志们。在那里遇到了李承仙，我问她的感想，她说："虽然安上了电灯，可我的眼前却一片模糊。"我仔细一看，她的眼里饱含着泪水。那是多年工作在黑暗洞窟中的人们感激喜悦的泪水。

我特地去了第17窟的藏经洞。空空的洞窟中，墙壁上的供养侍女仿佛微笑着向我走来。我心里对她们说："你这历史的见证人，看吧，我们安上了电灯！"

沙漠大画廊

池　田： 敦煌石窟中的绘画作品，是从 4 世纪到元代近千年的历史长河中遗留下来的珍宝。当您观看这些绘画的画集或者是图录的时候，仿佛能感觉到生活在北凉、北魏、北周、隋朝、唐朝、五代、宋朝、西夏、元朝等历史时代的人们的呼吸，更能了解到他们的生活方式、对美的执着的追求以及对于和平幸福的向往。

常书鸿： 中国古代的绘画资料，大部分都流失到了海外，残存下来的很少。一些历史建筑物，由于自然的侵蚀，以及人为的破坏，大部分都已趋于塌崩，甚至灭迹。只有敦煌，比较完整地保存了历代绘画的风格和佛教资料。所以，这些文化遗产对于我们来说极为重要，把它们称为"沙漠大画廊"毫不为过。

池　田： 确实是珍贵的历史文化遗产。据说绘画的总面积加起来有 4.5 万平方米。如果把它比作纵高 1 米的一幅画的话，那么横长就有 45 公里之多。从这样大的规模来看，完全可以称得上是空前的大画廊。在莫高窟的北部发现了无名画家们居住的洞窟群，在那里，他们给后世留下了这些无与伦比的精美绘画。当时，他们是怎样生活的呢？我想听一下常先生的意见。

常书鸿： 我们把这样的洞窟称为"画工洞"。"画工洞"内高度很低，正常人都难以直着站起来。从这一点可以看出，他们的生活极为艰苦。现存有关画工们的资料非常少，但是敦煌文献记载了这样一个事实，开掘洞窟的石匠和画家们，由于贫困，不得不将孩子作抵押来借钱维持生活。

池　田： 这些事情的确非常令人痛心。但是，为什么他们在如此艰苦的生活环境中，还能给我们留下来数目巨大、艺术价值极高的石窟呢？在成就这些事业的背后，一定有着他们对于永恒的向往。

在这里,我们不难想象,正是对于佛教的笃信,成为画工们的精神支柱。

常书鸿: 虽然没有详细的历史资料供我们分析了解,但是,我们可以想象到,画工们整天都是一丝不苟地蹲着或者是伏在地上精心地绘画、雕刻。他们极为认真地工作,给后人留下了非常精美的艺术珍品。在困难的生活环境中,他们的这种勇气和毅力是用金钱所无法代替的。我想,只有虔诚的信仰,才是他们完成这一伟大事业的坚强支柱。

池　田: 在壁画中,对于民众的生活也有所描述,我想这也是研究平民生活的宝贵历史资料吧?

常书鸿: 1950年,我以《敦煌壁画——人间的生活》为题,写了一篇论文。在这篇论文中,我总结了壁画中描绘历代人民生活的资料。壁画中对当时的生活的描绘可以说是栩栩如生,特别富有生活气息。壁画上面所描绘的一些生活习惯,至今还可以从人们的生活中看到。比如在农村常见的牛拉犁耕田的情景,与壁画中所描绘的一模一样。换言之,壁画非常真实地反映了人们当时的生活状态。在壁画中还可以发现古代文献中所记载的各式各样的事情。因此,敦煌壁画也可以称作宫廷和平民生活的大百科全书。

临摹与保护

池　田：永恒性是艺术的灵魂。无论权力有多大，都只能随着时间的推移而灰飞烟灭，只有艺术与时间共放光辉。

埃及的石像和壁画，从创作到现在，已经经过了数千年的历史，仍然闪耀着光辉。

蒙娜丽莎的神秘微笑，从达·芬奇创作以来已有500年左右，依旧有着神奇的魅力。天才艺术家们创造的作品具有永恒性。

不过，必须有人懂得艺术至高无上的美学价值，努力保护它们，艺术的生命才会经久不衰。正是由于先生们的努力才使这些无名艺术家精心创造的敦煌艺术免于劫难，没在人们的遗忘中废弃、崩溃。今天，它作为人类的遗产出现在大家面前，使人们得到美的享受。我坚信，先生们致力于壁画保存工作的丰功伟绩一定会像"敦煌"的名字那样，"大放光彩"。

常书鸿：我们长期观察敦煌莫高窟492个洞窟，调查的结果表明，洞窟的损坏全部因为自然或人为缘故所致。

我们称壁画剥落、色彩变黑为"壁画病"。莫高窟的壁画是在用泥、草涂过的墙壁上画成的，因此，洞窟的墙壁从岩石上剥落下来，并不足为怪。

我来到敦煌后，首先采取措施防止这种壁画病害，当然，困难是不可避免的。例如，在修复第194窟脱落的洞顶画时，洞顶与漏斗直上直下，我们遇到了不少麻烦。我们踩脚的地方一直到天井的顶部。为了加固顶画，用木板和毯子把画压住，不过，剥落的面积非常大，工程还不到一半，木板和毯子掉下来，幸好脚踩的地方还算结实，才没酿成生命事故……

从那以后，物质条件和作业环境逐渐好转，工作能够比较顺利地进行了。在画后的岩石上开洞，用铁丝和钉子固定壁画的修复部分。第130窟壁画大面积脱落，但修复工作没有遇到什么麻烦。加固后，我们参考别的部分的纹样、光彩、线条，把脱落的部分重新画上。第130窟南画大佛像的头光（头部后面的光）和背上的光也得以很好的修复。这是1966年的事。站在洞内被修复的壁画前，我胸中涌出无限难言的喜悦。

这次作业是从1963年周恩来总理下令修复石窟到"文化大革命"为止进行的最后一次修复。遗憾的是，"文化大革命"中，我向人们诉说修复和保护敦煌壁画的重要性，却被当作大罪状，我受到了痛苦的折磨。

"红卫兵"批判我是封建主义迷信的后继者，我对敦煌的保护和研究是最大的阴谋，我用敦煌艺术——这种精神鸦片毒害人民。他们声称这比炮弹还危险，甚至说我是元凶。"文化大革命"中，我因这些捏造的罪名不得不每天向人民谢罪。

池　田：是么？

常书鸿：1962年以来，针对壁画的大面积脱落，我们采取用铆钉和十字板加固的方法，完成了从131窟到136窟壁画的后部加固工作，这项工程1966年竣工。现在我们能够进行的是壁画表面加固作业，这样可以避免遭受损坏。不过，更为完善的修复作业，我们目前还没有那样的技术，这恐怕要靠后人来完成了。

池　田：这可以说是需要几代人完成的大事业。你们不仅认真地修复了正在崩落的壁画，还临摹了以前失去的壁画留给后人。人们都知道，临摹需要很强的正确性和严密性，这真是意义深远的作业啊！

常书鸿：中国绘画史上出现过许多著名的画家。比如，您所知道的晋朝的顾恺之，隋朝的展子虔，唐朝的阎立本、吴道子、李思训等。可是，由于千百年自然和人为的破坏，现在已经无法见到他们的真迹了。

我克服重重困难，终于到达敦煌，亲眼看到那绝妙的壁画时，我发誓要保护这些壁画，研究它，使它为后人所知。自此以后，临摹壁画便成为我们首当其冲的工作。

通过临摹，可以研究中国古代艺术的深层结构。壁画的年代从北凉时代到元代，长达近千年，几乎包含着一部中国美术史。

另一方面，刻有壁画的洞窟面临倒塌的危险。敦煌过去曾受到强地震的影响，洞窟的有些地方已经塌落，同时，壁画也发生了脱落、变形等问题。因此，我们想，如实地临摹也是保存壁画的一个手段。自然，我主张在临摹时必须忠实于壁画原来的精神。

池　田： 不仅正确地画下原作的外形，而且忠实地再现原作内部的题材和气质——这就是所谓"临摹"的精神吧！不过，你们最初临摹莫高窟的壁画时所用的画具、颜料和纸笔是怎么来的呢？

常书鸿： 1942 年 9 月，在准备设立国立敦煌艺术研究所之前，我在重庆举办了个人绘画展。卖画所得的一部分钱用于购买去敦煌的生活用品，一部分买了需要量很大的纸、笔和颜料。

敦煌早期的临摹是用这些原料进行的。后来，我们用完了从重庆带来的全部原料，就使用过去画工们留下的颜料和纸笔。新中国成立后，才最后解决了材料不足的问题。

池　田： 壁画的临摹画使那些没有机会去敦煌的人们也有了解敦煌艺术精华的机会。在我创立的东京富士美术馆举办"中国敦煌展"时，您给我们送来了 34 件临摹作品。通过这些作品，不少日本人了解到敦煌艺术的绚丽光彩。

与遥远的"敦煌世界"相遇——毫无疑问，它和我们的文化渊源有很大的联系。在佛教这片共同的土壤上，敦煌艺术植根于丝绸之路，它会使看到它的人们超越国界和民族的差异，获得精神上的共鸣。我想，对那些有专业知识的人来说，珍贵的文物和各个时代不同的表现手法与线条也会使他们受益匪浅。

常书鸿： 在临摹时，必须首先考虑时代特色。北魏时期的画拥有着色厚重的特点，而最为发达的唐代，在同一个洞窟中可以看到两种完全不同的画派的作品。例如，第 172 窟中，同是"西方净土"的题材，南边的壁画与北边的壁画在构思、色彩、线条以及风格上迥然不同。

到五代时期，壁画出现了独特的西北地方特色，至宋代以后逐渐缺少变化，走上了形式主义道路。

池　田： 临摹时，在正确地、客观地临摹原作的同时，你们也要把因岁月流逝带来的变色、褪色以及受到破坏的作品复原到原来状态吧？

这些都是有着深远意义的作业。值得庆幸的是，我们终于能够看到客观地按原作尺寸的大小、用原来色彩画成的临摹作品。我听说，按原来尺寸临摹第285窟（西魏）壁画时，六个人花了两年时间才完成。这是真的么？

常书鸿： 莫高窟碑文中出现的最早年代是前秦建元二年（366）。壁画中出现的最早的年号是第285窟中出现的"大代大魏大统四年""大代大魏大统五年"，也就是西历的公元538年、539年。

第285窟中的壁画几乎全部保存了下来。1925年，美国的华尔纳曾计划将全部壁画剥下带走，但最后失败了。这里的壁画可以称得上是佛教艺术传入中国、吸收本土艺术而形成的代表作。

新中国成立以来，我们临摹作业的条件大为改观。国家给我们买来优质的纸张和颜料。在这些帮助下，我们用了两年多的时间，按原来的尺寸、原来的颜色完成了这个洞窟全部壁画的临摹工作。

池　田： 壁画上记载的"大代大魏大统四年"（538），据上宫圣德法王说是百济的圣明王送佛像和经书到日本来的那年。

此后不久，日本的传统思想和新传来的佛教思想展开了斗争。这个洞窟的壁画是把中国诸神与佛教题材一起画的吧？富于中国神仙思想的神兽凌虚飞翔，手捧莲花的飞天也翩翩起舞，在这里出现了一个中国本土文化与佛教文化融合的世界，十分耐人寻味。

莫高窟的壁画

池　田： 我想，莫高窟的壁画每件都是精彩的敦煌艺术的结晶，对先生来说，这也是思慕甚深的作品吧。这里评判优劣或许太困难，不过，先生您以为哪一幅作品是莫高窟壁画中最优秀的作品呢？

常书鸿： 我认为北魏时期（386—534）的第254窟中的《萨埵那太子本生图》《舍身饲虎图》最为精彩。隋代（581—618）的第420窟中的《法华经变》一幅也很杰出。唐代（618—907）第220窟的南北壁画上的《西方净土变》和《药师如来》也极为出色。

池　田： 北魏时代也正是从印度传来的佛教逐渐生根时期。不过，当时中国道教的势力很强，以道废佛之事时有发生。先生刚才所说的那幅北魏时代的画就是在那个时代背景下，以作为释迦前世的菩萨修行为题材创作的吧？

　　隋唐时出现了强大的统一国家，"大一统"开始出现。作为外来宗教的印度佛教也开始走出原来的框架，与中国国民性相适应。因此，这时有许多中国人开始追求大乘佛教宏大的世界和理念，追求《法华经》的宇宙观和永恒性。我想这在当时的壁画中也会反映出来。

　　特别是唐代，以《法华经》为基轴的中国佛教走上了空前未有的鼎盛时代。不过，达到顶点之后中国佛教便走向衰败。这种不安和恐惧从唐代后期开始支配人们的思想，这与当时追求西方净土的净土教和托身祈祷的真言密教有很大的联系，这些"异端"佛教当时很流行。现在，先生所说的壁画，从中国佛教变迁的历史来看，可以说如实地反映了各个时代的不同特色。

　　请问，最大的壁画在哪个洞窟？是哪一幅壁画？花了多长时间才完成？

常书鸿：最大的壁画是第 61 窟的宋代壁画《五台山图》，高 3.42 米，长 13.45 米。李承仙从 1947 年到 1949 年临摹了这幅壁画。第 61 窟中有 8 米的通道，洞窟中特别暗。早上用镜子反射的太阳光进行临摹作业，下午，太阳光够不到临摹的地方，她一手举着灯，另一只手画画。她用这种方法画了两年才完成这幅壁画的临摹工作。

因为那幅壁画离地 2 米多高，作业时必须搭成棚子或台子。无论夏天还是冬天，她都是在上下棚中作业的，而且还得一只手举着灯。由于壁画的面积特别大，作业更增加了难度。

这幅《五台山图》在宋朝时，如果由一个画工来完成，我想大约需要 10 年工夫。

池　田：噢！

常书鸿：池田先生感到最亲切、最好的是哪幅壁画呢？（笑）

池　田：从感受亲切来说，恐怕还是那幅《法华经变》（用画表现经文中的故事）了。"中国敦煌展"中展出的临摹作品，如取材于经文的比喻品、化城喻品、观世音菩萨普门品等壁画，我都兴致勃勃地拜阅了。

看到画中表现出来的比喻品，如火宅三车、化城等，读后使人感到《法华经》活在民众的心中、跳动在画工们的脉搏里。

我了解的画为数不多，从"中国敦煌展"中看到的作品讲，最喜欢第 23 窟的《雨中耕作图》（唐代）。这幅画是根据《法华经》的药草喻品第五创作的，生动地表现了当时平民的生活情景。

天空中乌云低垂，细雨开始飘落。人们用扁担挑着工具，匆匆走在田间小道上；田里的农夫赶着牛耕地；一对农民夫妇和孩子们一起吃着饭；画的下边有一位农妇在跳舞，六个人演奏着笛子和其他乐器。而孩子们在一旁玩沙子。

画的上部是描写辛劳耕作的场面，下面是收获后的喜悦，细细看去很有情趣。我们可以感到平民百姓与大地同生存的强大生命力和他们生活的悲欢，意味深长。从表现技术、色彩感觉上讲应当说是素朴的作品，但我喜欢这幅画。

在佛法上，雨象征着佛的慈悲。雨从天上降下来，对大地上的万物来说是平等的，用它来表达佛的万物平等，普度众生的慈悲心，是最为贴切的。

在强调佛的慈悲心的大乘佛教，尤其是《法华经》中，关于雨的记载和比喻也为数不少。

比如，《妙法莲华经》序章第一节中有这么一段："今佛世尊，欲说大法。雨大法雨，吹大法螺，击大法鼓，演大法义。"（意思是现在佛世尊讲说伟大的法，降下伟大的法雨，吹起伟大的法的法螺贝，打起伟大的法的大鼓，演说伟大的法的含义）而且还有这么一句："佛当雨法雨，充足求道者。"（佛必当降法雨，满足寻求佛道的人们。）

还有，《雨中耕作图》取材于药草喻品的"三草二木比喻"，称之为雨的作品也不足为奇。

这个比喻中，大、中、小三种草，大、小两种树各有差异，但同受上天降雨的滋润，全都开花结果。与此相同，无论人的素质和能力有多大差别，国家和民族有什么不同；佛的慈悲平等地倾注到每个生灵的头上。这里宣示了绝对平等的佛陀的慈悲，展示了深远的法理。

常书鸿：我喜欢的壁画是莫高窟第254窟的《萨埵那太子本生图》。萨太子可怜饥饿的老虎，将自己刺出血来，把身体喂了老虎。老虎吃掉了太子，两个兄弟看到太子的残骸放声大哭，国王、王妃也悲伤地流了泪。他们为太子建了一座塔来埋葬他的尸骨。整个故事的场面在一块四方形的画面上完整地表现了出来。衣服的线条、皱纹落笔有力、流畅。色彩以暗茶色为基调，用青、绿、灰、白等颜色烘托出一种庄严沉寂的气氛。看到这幅画，令人不禁想起画史上记载的大画家顾恺之先生的逸事。顾先生曾对一个寺庙说他要捐10万块钱，可是他很穷，寺庙的住持嘲笑他拿不出那么多的钱。他关上庙门，用了一个月的时间，在那座墙壁上画出了维摩诘画。完成的那天，他打开庙门，那是一幅精妙绝伦的伟大作品！人们为那幅画所倾倒，竞相捐献钱财。不几天便募集了10万块钱。从这则逸闻我们可以了解到北朝绘画技术之高超！

池　田：在莫高窟的壁画中，有不少是描绘这种佛教说法的。这幅《萨埵那太子本生图》的构思和布局带有戏剧性，那庄严的氛围给人留下了深刻的印象。

释迦生前通过各种方式把自己的生命献给人类和动物,这类故事作为"迦塔卡"(本生谭——释迦前世的故事)至今仍在流传。这个萨埵那太子的故事便是一例。

佛教传说通过简单的故事向人们宣扬佛教重要的思考方法和理念。其中,萨埵那太子的故事对我们这些信仰佛教的人来说,实在是太熟悉了。

"迦塔卡"形成的原因有着深刻的背景:释迦之所以成为伟大的佛陀,因为他多次献出生命,从而达到了觉悟。

因此,"迦塔卡"意图的中心实质在于赞扬释尊的伟大。至于他是否将自己的肉体喂给老虎,或者把他的身体献给动物,这些都不是关键之所在。

从这里我们可以看到,佛教的慈悲不仅局限于人间之爱,也包括对一切生物的爱。应该说,它拥有"生命共同体"的博大和宽容性。

常书鸿: 我明白了。除此之外,还有哪些画给先生留下了印象?

池 田: 北魏时期第263窟的《供养菩萨》描绘的是释迦初次在鹿野苑说法场面的一部分,它的表现颇为悠然自得。还有曾在"中国敦煌展"展出的西魏时代(535—556)第285窟的《伎乐飞天》和隋代第27窟的《飞天》。在《法华经》的如来寿星图中,"诸天击天鼓,常作众使乐,雨曼陀罗华"(它的意思是,诸天敲击天鼓,经常演奏大众使乐,降下天界的曼陀罗花),上边刻画出一边演奏各种乐器、一边飞翔的伎乐飞天和散花飞天的形象。

这些画面简直太精彩了!西魏的《伎乐飞天》中12种不同姿态的飞天连续画在一起,衣服掀动给人以动感。隋朝第427窟的《飞天》也轻快地跳跃着。西洋画中的天使大都在身体两旁长有翅膀,而这些壁画上,飞天们凭着天衣的羽动而自由自在地飞翔。由此我们可以了解到,在印度佛教传进中国与神仙传说相融合的过程中,画家们显示了丰富的想象力。

初唐第220窟的《维摩经变相》的表现力既丰富又缜密。堂堂帝王的风貌、顺从的大臣们的表情,各有特色,烘托出一派绚烂多彩的气氛。我想那维摩诘的脸、文殊菩萨的表情,生动地透示出维摩诘的思想。

"藏经洞"（第17窟）正面的壁画是几万卷敦煌文书被运进藏起和被带走的历史见证人。这个故事仍旧让人无法忘怀。即使这些另当别论，用确切的表现力画出菩提树、侍女、比丘尼，这也算得上是敦煌壁画中的"白眉"（最优秀者）。我想这个评价大家一定会首肯。

常书鸿：是第17窟的《侍女、比丘尼像》，我们可以看到当时典型的侍女和比丘尼的姿态。画中她们充分反映出当时中国女性文雅安详和温柔顺从的性格。因此，我觉得她们好像历尽世态炎凉、忍受千辛万苦，以近乎冷漠的目光静静地注视着世上的一切。

池　田：敦煌的装饰构图中可以看到莲花纹、团华纹、云气纹、格子纹、卷草纹等独特的纹样。

常书鸿：中国自古就很重视装饰构思和布局，它的发展从未衰退过。敦煌艺术的中心是宗教信仰，它的装饰构思在宗教传进的同时，也广泛吸收了当时中原及国外传来的图案。例如忍冬纹、葡萄纹、连珠纹、宝相纹、莲花云气纹等。敦煌壁画中出现的图案内容十分丰富，包罗了当时中原地区、西域和国外传来的各种画派的风格。

池　田：忍冬纹、石榴纹、连珠纹等大都受到了西域的影响吧？

常书鸿：敦煌莫高窟的壁画中确实有大量的忍冬纹、连珠纹、葡萄纹等图案，其中有些是从西域传来的，有些是画工们师徒相传留下来的。

在最早的洞窟中，我们已经发现了忍冬纹的图案。连珠纹是从隋朝开始出现的。各个洞窟中发现最多的是莲花纹图案。

池　田：除了植物花纹外，也可以看到动物的花纹。

常书鸿：莫高窟附近的佛爷庙曾出土了画像砖，这些都是莫高窟建窟以前的作品。其中有虎的纹样。这时虎的纹样与汉代墓碑上虎的特征完全一样。

早期的动物纹样比较抽象，有些浪漫蒂克。后来动物图案逐渐接近原物，神态典雅，生动逼真。我觉得它们已经趋于图样化、典型化了。

池　田：第156窟（晚唐）中，与《张议潮出行图》相对，有一幅《宋国夫人出行图》。我对宋国夫人的姿态印象颇深，在骑马女官和仪仗队的先导下，她骑着马静静前进。

常书鸿： 在敦煌壁画中确实可以看到女性骑马的姿态。小说中也出现过不少女英雄沙场征战、杀敌制胜的故事，而且这些故事广泛地流传了下来。如穆桂英、花木兰等传说便最具有代表性。中国称她们为"巾帼英雄"（巾帼是女性的头巾，也是女性的象征，此处指女性英雄）。

池　田： 提到骑马的女性，我又想起了《水浒传》中活跃的女杰——一丈青扈三娘的英姿。与梁山泊的军队对抗时，她作为祝家庄的女英雄一跃登场。

她曾手持日月双刀与梁山泊的好汉奋力厮杀。不过，后来她被人称小张飞的蛇矛枪名将林冲俘获。之后她便加入了梁山泊军队，并且做了梁山泊的骑兵队长。

一丈青扈三娘本身也许是虚构的人物，但从梁山泊一百零八将中以她为首的几名女将身上，我们可以想见妇女参加战斗的场面。当时，北国频频骚扰，战乱四起，有不少女性加入男人的队伍参加战斗。

常先生介绍了女英雄花木兰，描写这个故事的作品《木兰辞》在日本也广为人知。木兰是个孝顺姑娘，她守着年迈的父母，靠织布来维持家计。有一天，她家里收到了守卫国境的征兵令。但是，家里没有男孩儿，而让老父去残酷的边地无疑是让他送死。

因此，木兰决心女扮男装，自己代父从军。十年后，木兰立功凯旋。她一溜烟儿地回到父母日夜盼望她的家里，脱下布满征尘的战袍，恢复了往日的姑娘打扮。这时，一齐归来的战友们发现木兰原来是位姑娘，不禁都哑然惊异了。

《木兰辞》是6世纪北魏时期创作的，曾被搬上京剧舞台，拍成电影。这恐怕是因为木兰生气勃勃的姿态深受人们爱戴之故。除此之外，唐代创业之主李渊的女儿平阳公主，接到父亲起兵的消息后也揭竿而起。她卖掉家财，抛弃安逸的生活，募集了7万军队，也参加了起义的行列。她的队伍在关中威风凛凛，被称为"娘子军"。我访问万里长城时曾在娘子军驻扎过的娘子关参观。在危急关头，男性往往沦为理想主义者，而女性则清醒地面对现实，常常能焕发出超常的力量。

第61窟的壁画上，曹氏家族的女侍者、三位比丘尼像和嫁给于阗国王的曹议金女儿像，人物竟有49个之多！

常书鸿： 五代时期，中原进入战乱状态。作为敦煌的统治者，为了寻求安定，曹氏三代都积极从事东西间的通婚工作，这成为他们统治政策的一环。因此，当时女性发挥了非常巨大的作用。

当时执行的这种政策只是为了维持曹氏一家的家族统治。曹议金的女儿嫁给于阗国的国王做了皇后，于阗国王又把自己的女儿嫁给了曹议金的儿子。只有这种婚姻关系才使曹氏家族的统治权得以巩固下来。

池　田： 第98窟中的壁画生动地描绘了王妃——曹议金女儿的丰富生活，头戴凤冠，胸佩宝石，手持香炉，这种典雅的王妃风姿使人联想到昔日西域的繁荣。

她的国家以盛产玉石而著称于世，她胸前的玉佩大概就是当时她的国家生产的那种玉石吧！

她所下嫁的国家是丝绸之路上最早出现在西域南道的繁荣国家，算得上最大的绿洲国。那时，佛教已经广泛地深入人心。我们深深感到，佛教受到人们的爱戴，活在人们的心间。

刚才我们谈到了飞天，我想听听常先生的看法。

常书鸿： 壁画中千佛最多，排在第二位的便是飞天了。飞天在梵语中被称为"乾闼婆"，是佛教诸神之一。5世纪时鸠摩罗什把《法华经》译成中文，在比喻品中称之为"飞天"。

"尔时四部众。比丘。比丘尼。优婆塞。优婆夷。天。龙。夜叉。乾闼婆。阿修罗。迦楼罗。紧那罗。摩睺罗迦等大众。见舍利弗。于佛前受。阿耨多罗三藐三菩提记。心大欢喜。踊跃无量。各各脱身。所著上衣。以供养佛。释提桓因。梵天王等。与无数天子。亦以天妙衣。天曼陀罗华。摩诃曼陀罗华等。供养于佛。所散天衣。住虚空中。而自回转。诸天伎乐。百千万种。于虚空中。一时俱作。雨众天华。而作是言。"那时，四部之众生的僧、尼僧，在家的男性信者，在家的女性信者与天、龙、夜叉、乾闼婆、阿修罗、迦楼罗、紧那罗、摩睺罗迦等大众看到舍利弗在佛前接受最高的悟性预言，心里非常欢喜，尽情喜悦地舞动着。他们各自脱掉身上穿的上衣献给佛。释提桓因也就是帝释天、梵天王等，与其他无数的天子一起，把天上的美丽衣服，天上的曼陀罗花和摩诃罗花等献给了佛。这时供奉在佛前的散乱的天衣都在虚空中停下来，在那里自然地翻卷着。众多天神在虚空中同时弹奏起百千万种音乐，降下众多的天之花。因此写下了这样的话。

池　田： 常先生刚才提到的"乾闼婆"是守护佛法八种之众之一。同样在《法华经》的法师品中写道，"我时广遣天龙、鬼神、乾闼婆、阿修罗等。听其说法"（我有时派遣天、龙、乾闼婆、阿修罗等，让他们听说法——佛那时广遣天、龙、鬼神、乾闼婆、阿修罗等去听《法华经》说法）。乾闼婆是天界的乐神，不食酒肉，只吃香火，据说与紧那罗一起在帝释天前演奏音乐。

在敦煌，这无数的飞天都是从画家的想象中飘出来的。刚才先生提到比喻品的"所散之天衣，暂停在虚空中自在地翻动。诸天神在虚空中同时演奏诸天的伎乐百千万种，降下众之天花而作是言"一文，便与敦煌这些无数的飞天形象重合在一起。

常书鸿： 在敦煌壁画中，音乐与太鼓同时演奏，散花开始，佛之说法最严肃的时刻，飞天们用所有的姿态随意飞翔在空中，这些场面随处可见。洞窟的顶部，说法图的上方，楼阁的门上、窗上、柱子上以及佛说法时背后的光圈上到处都有她们的身影。她们的美丽为这些地方做了装饰。真可谓"天衣飞扬，满壁风动"之世界（飞天的衣服翻动，在洞窟中掀起风浪）。

李承仙调查了敦煌的492个洞窟，其中有270多个洞窟中描有飞天的形象。其中，第290窟中竟有154个飞天在飞舞。最大的飞天在第130窟，如果加上衣服的话它的身长是2.5米。但最小的飞天却连5厘米都不到。

池　田： 因时代不同，他们有时被画成是男性，有时被画成女性，表情和姿态也各具特色。

常书鸿： 西魏时期第285窟壁画中的飞天眉清目秀，穿的衣服有长长的袖子，拖着长长的带子，而且男性裸体飞天也画在上面。

隋代的飞天柔和飘逸，呈现出非常美丽的姿态。到了唐代，飞天变得丰满圆润，宛如历史书和文学作品中描写的杨贵妃一样，典型唐代美人的姿态。

池　田： 第130窟（盛唐）中有一幅《都督夫人太原王氏礼佛图》，上面画着都督夫人、女儿及九名侍女。这几位女性全部都是"眉曲丰颊"的丰满体型，具备了杨贵妃的所有特征。用这种美的意识轻轻地把在天上舞蹈的飞天画得丰富多彩。从这里我们可以了解到不同时代产生的不同美感。

常书鸿： 莫高窟的壁画因时代差异而风格各异，这是因为不同的时代造就了不同的历史感觉、艺术风格，以及美的感觉。

池　田： 对我来说，莫高窟的飞天除了画家们想象的各种姿态、各种形状、自由伸展的世界之外，还有一种印象浮现在我的面前，这便是井上靖先生《敦煌诗篇》中描绘的飞天形象。

一位敦煌文物研究所的人在莫高窟疏林里生活了三十多年，他的话，井上靖先生在书中这样写道："二十年前，我一度梦见过飞天。那是深夜，几百个天女翻动着衣袖向天的一角飞去。到最后一名天女消失为止，轻轻的风铎声和骆驼铃声从遥远的地方传来。"

广阔的沙漠之中，夜色深沉，几百个天女飞翔而去，何等的庄严、宏大！静寂中的风铎和骆驼铃声微微传来，诗一样的感觉在我的心中扩散开来。

《法华经》的由来

池　田： 敦煌发现的经典之中，有关《法华经》的经典曾在"中国敦煌展"中展出过。

这次敦煌展中展出了世界上初次公开的一级文物。

这次展出综合介绍了壁画的临摹画、出土文物和经典，在各个举办的地方受到了好评。我也饶有兴趣地参观了这些展品。我曾向常先生请教，得知敦煌文书中占多数的是佛教经典，其中最多的是《法华经》，这真是件好事情。

常书鸿： 池田先生在"中国敦煌展"中对哪件展品有兴趣呢？有什么感想呢？

池　田： 在展出的127件作品中选出一件来喜欢实在是很困难的事情。有位学者曾称之为丝绸之路的瑰宝。我好像是进宝山一样，眼睛不知该往何处放了。（笑）

对我来说，能看到三十多部《法华经》的写本就已很感激了。

特别是得知常先生自己在敦煌庙中发现的《法华经》是北朝时期的作品，是罗什三藏汉译后不久的写本。

从那以后，我们展出了一部西夏文字的图解本《法华经》。西夏的主要民族是藏系的党项羌[1]族，西夏文字是于11世纪创造的。一个民族创立自己的文字是件非常了不起的事情。他们把《法华经》译成西夏文字阅读而且信奉它。同时3个从原文译出来的文本中，这个西夏文字的《法华经》是根据鸠摩罗什翻译的《妙法莲华经》译成的。我从此了解到《妙法莲华经》超越民族的界限为人信奉这一史实。

常书鸿： 在莫高窟有许多元代时期建造的土塔。土塔的骨骼是

---

[1] 党项羌：古代少数民族。北宋时期建立了以党项羌为主体的西夏政权。

中间的柱子。柱子下面台基部分经常埋着许多东西。因此有的受到土匪和军队的破坏，有的已经完全倒塌、崩毁了。

1959年窦占彪在修复塔基时，发现了一个像土块样的包袱。最初以为它是一个土块，但手一摸才知道是一件包袱。打开一看，印着花纹的布中，包有这本西夏文字的木刻图解《法华经》。这在藏经洞内几万经文中都是没有的。这是一件非常重要的发现。

池　田：先生，你认为《法华经》最初传来敦煌是什么时候，由哪里传来的？

常书鸿：《法华经》在隋朝时就已出现。至于起先是从什么时候传来的，到目前为止尚无定论。它的传入途径我想恐怕是从天山南、北两路传来的。

池　田：1961年（昭和三十六年）我初次访问了印度。第二年才就任会长。在那次旅行中，我去了释迦成道的佛陀伽雅[1]。中国是优秀历史和文化的宝库；印度也称得上精神和哲学的宝库。

佛教从印度的发祥地通过天山，越过沙漠传到中国，然后越过海洋又传到日本。丝绸之路是连接长安和罗马的遥远的通商之路，同时也是一条横穿欧亚大陆，通向日本的伟大的佛教之路和文化之路。这条文化与宗教之路我们称之为"精神的丝绸之路"。它是连接心灵与心灵之间的纽带，是佛法的大道，也是当时印度、中国、日本等亚洲各国几个世纪中精神文化的丰厚土壤。常先生也曾在印度举办过"敦煌艺术展"吧！

常书鸿：1951年我到过印度。

池　田：印度作为佛教发祥地有何反响呢？

常书鸿：当时成为轰动一时的重要事件。尼赫鲁总理（1889—1964）与其女儿英迪·甘地一起前来参观。并且有大批僧侣前来参观。

僧侣们对那些临摹画和塑像非常尊敬，他们心中怀有深沉的虔诚信仰。

池　田：访问印度13年后，我才第一次访问贵国。那时，我到

---

[1] 佛陀伽雅（Buddha Gay佟）：位于印度比哈尔邦加雅城南。相传是释迦牟尼在菩提树下成道之处。为印度四大佛教圣迹之一。

了西安，这座昔日的长安大都，《法华经》的汉译正是在那里进行的。那次旅行令我感慨万千。

西域龟兹国[1]人鸠摩罗什从小学习佛法，后来被秦王姚兴请到长安。在公元401年之后他在姚兴的保护下翻译了众多的经书，尤其像《妙法莲华经》那样成为人类伟大精神遗产的经典之作。

常书鸿：以先生之见，《法华经》与其他的经典有什么主要不同？

池　田：这真是一个很敏感、很重要的问题。关于《法华经》，有必要分清"文上"和"文底"，现在主要讨论敦煌艺术，就让我省掉这些不必要的解释，只就"文上"简单地讲一下。

《法华经》与其他经典比较，根本之处在于它是原本说明释迦自己在菩提树下悟到"宇宙和生命根源之法"的最高经典。

释迦自己达到悟境后，考虑到自己所悟的法（真理）太广大、太深远，不易为众生所理解，便曾一度断绝尘念，拒绝告诉众生悟还的方法。但是，佛经上有名的梵天多次请求他普度众生，他才终于改过来，以后展开了长达四十余年的说法之旅。他一度断念是因为他所悟解的法难度太大，不能像以前那样对众生讲说，如同"对机说法"那样，针对人们理解能力（机）的差异教给他们与他们的能力和苦恼相适应的方法，来解救他们。

这样释迦一直坚持说法到晚年，他自己明确了以前想阐明的"真理"。为了把救济众生的生活作个总结，为了自己圆寂之后留给人们一些遗产，他把他在那棵菩提树下悟法的方法告诉了人们。这就是《法华经》的内容。

与《法华经》相比，其他经典都是释迦针对个别人的理解能力和苦恼而进行说法的。从《法华经》的"真实"来看，这些只不过是些"方便"的教法，是由一些高低深浅、种类杂多的教法组成的。

例如，有的经典以为，声闻和缘觉不能成佛，女人和恶人不能成佛，主张戒去杂念，奖励那些成为菩萨的人。这样，《法华经》与其他的经典在写作的背景和内容上都有决定性的不同。稍加整理我们可以看到两点：

---

[1] 龟兹国：古代西域城国之一，在今新疆库车县一带。

第一,《法华经》照原本按原样说明了释迦所悟之"法",而其他经典却只不过是从侧面宣扬了所悟的部分之法。

第二,《法华经》说明宇宙和生命根源之法,也就是说宇宙间一切万物都是生存于这个根源之法。这里,《法华经》主张一切生物的绝对平等,主张所有的人都能成佛。而其他经典却主张女人、恶人声闻,缘觉的人们不能成佛,而应个别对待。《法华经》这点便可一目了然。

艺术的作用与评价

池　田：接下来我想在这里谈一下艺术作品难以评定的问题。作为杰出的艺术作品，今天为世人所称道，但在它创作之初却不为人们所接受，有时甚至成为人们讥笑的对象。卢佛尔美术宫中保存的作品有不少便是如此。

印象派的画家们大都如是。我们甚至看到那些在美术史的舞台上从事先锋艺术的人，因不公平的命运而结束了自己的生命。在近代艺术史上，许多生前默默无闻的人给历史留下了创造性的业绩。装扮古代艺术史的工作也是由那些连名字都没留下的匠人创造完成的。敦煌艺术的画家便是如此。

常书鸿：现在，大多数人在看画时首先看是"谁"画的，而作品"给人的感动、给人的作用"却很少有人问津。明白作者是"谁"之后，接下来看那人是不是名人。也就是说，把画当成了商品。但是古代的艺术却不是商品的艺术。古代的作品是为了给人以感动才创作的。

我认为判断一件作品的关键在于它给人的感动是强还是弱，不能首先判断是"谁"以及哪个画家的名气。当然，这里面有自己喜欢的画家，也有自己不喜欢的。但我想绝不能以好恶为判断基础，而是需要一种带有普遍性的价值观。

池　田：刚才先生指出的绘画商品化是件非常重要的事情，这不仅限于绘画。这样的作品忽略了根本的一点，即对于艺术来讲，什么是最重要的问题。

无论我们周围的事物多美，只要自己的眼睛出了云雾，就会什么也看不清。也就是说，自然产生的花、草、树木、动物，自然形成的景色，或者是人们的姿态行为、人类创造的东西，怎样去感觉它、把握它，取决于它在人们心灵上留下的印象。而心灵的变化极其微妙，它是决定一切的不可思议的存在。

为自己认为美丽的景色而苦恼、悲伤时，美丽的事物便不会再出现。大病初愈的人看到周围司空见惯的景色却感到耳目一新，在珍惜生命生存下去这种自觉意识之下，对映入眼帘的风景，会发现平常注意不到的美。相反，自己曾经认为美的东西，却显到那么空虚，那么无聊，毫无价值。

因此，美好感情的发现不仅靠人的感性，也因处境、境遇以及精神状况的不同而因人而异。我认为对于美术作品也可以这样说。艺术家把自己关注的事物、感受的情思、想表达的东西创造成有形的实体。这样创造出来的艺术才反映出创造者的人性、感性、所处的环境和境遇。

最重要的是，在我们的时代，如果没有宏大的精神，要想创造伟大的艺术，想创造养育艺术的丰饶土壤也是不可能的。

先生刚才说到，或许有些作品单纯是为了物质报酬而产生的。在艰难的环境中，他们在墙壁和洞顶上描出画像，创作了雕塑群，留下了巨大的敦煌艺术宝库。这是因为，他们专心致志地工作，已经把永恒的祈求、幸福的憧憬融进了艰苦的创作中。

我认为应当珍惜敦煌艺术。这是因为，在远离文化中心的地方，无数默默无闻的艺术家留下了繁富的作品，其中有不少拥有最初价值的真品。同时，在以战争和政治为中心的历史上，在阳光照不到的沙漠之角，那些无名画家们兢兢业业、辛苦工作，完成了美与文化的创造，对此我深有感触。

自然创造了美的世界，而艺术作品则是人类靠自己的力量创造的美的世界。在丝绸之路上，他们创造了美的空间。她通过作品，对生活在今日世界上的人给予启示。她仿佛用一颗温柔的心告诉我们，让我们珍爱这些从远处传来的美的光彩。

对于艺术作品的评价是这样，其实古今东西，其他领域也是如此。真正的价值不被承认，先驱性的工作经常受到批判中伤，这样的事情层出不穷。我曾把这个历史以《迫害与人生》为题在创价大学讲演过。

仔细看一下那些在历史上留下伟大足迹的人们的生活道路，我希望青年拥有一双洞察事物本质的眼睛。并且，在今后遥远的人生旅途上，坚韧不拔，自强不息，我祝愿它成为他们生活下去的精神食粮。

在这些人物中，我想谈一下中国古代楚国的诗人屈原。我非常喜欢他说的这一句话："固余心之所善兮，虽九死其犹未悔。"

常书鸿： 屈原也是我尊敬的一位诗人。

池　田： 屈原因为楚王听从佞臣的谗言被流放。他留下了一首离忧恨绝诗。"屈心而抑志兮，忍尤而攘诟。伏清白以死直兮，固前圣之所厚。"（见屈原《离骚》）在这个意义上说，司马迁也是令人无法忘怀的人。他为了完成自己的志愿，忍受了世人所有的屈辱生活下去，给后人留下了《史记》这部伟大的作品。

在绘画上我该多向常先生请教。（笑）塞尚的生平已经谈到过。马蒂斯宣称："塞尚是我们所有人的导师。"他作为"现代绘画之父"在历史上留下了伟大的足迹。然而，他的一生是在世人的不解、嘲笑甚至侮辱中度过的。在第一次印象派画展中展出的那幅作品曾被讥讽为"错乱涂抹的狂人之画"。

《布依库特尔的肖像》曾被批评为"疯子画的疯画"。但是他依旧顽强地坚持自己的信念，为美术史写下了不朽的一页。

此外，从列宁、甘地的一生来看，我们不难发现：只有经过苦难，人生才能从黑夜走向黎明，才能从混沌走向秩序。人生只有在苦难中才会放出耀眼的光芒。

我早就听说有许多人在"文化大革命"中经历了各种各样的磨难。我想这些灵魂受到磨炼的人们如果开拓了新的创作之路，必定会给艺术世界带来优秀成果。

常先生正是在苦难中开拓了自己的道路。请问常先生渡过这些苦难的原动力是什么？

常书鸿： 当时我出国留学，无非是想出人头地、光宗耀祖。到法国后，我的认识逐渐变化，最后发生了从为个人到为民族为国家的意识革命。

在敦煌期间，受到民族意识和佛教的影响，我产生了一种使命感。

"敦煌艺术是中国的传统文化,舍命也得保护它。不管有多少困难都必须克服。"这种使命感使我渡过了所有的难关。以后周恩来总理给了我许多保护。

在困难时期,像被称为中国历史上最大灾难的"文化大革命",是无法用三言两语说清楚的。在这期间,我受到多少迫害,受到怎样的侮辱,我和我的家人又是怎样渡过难关的,需要很长时间才能说完。这个问题我就讲到这里吧。

自从在巴黎见到伯希和的《敦煌图录》,我的命运便与敦煌紧紧地联系在一起了。从那以后的半个世纪的时间里,我尝尽了一家离散、横遭迫害的苦酒。

不过,到了人生的最后阶段,我想可以这样说:"到目前为止,我的人生选择没有错。"我没有一件让我后悔的事。

只是这半个世纪过得太快了,敦煌研究和保护还有那么多事情需要做!

池田先生曾问过我:"如果来生再到人世,你将选择什么职业呢?"我不是佛教徒,不相信"转生"。不过,如果真的再一次托生为人,我将还是"常书鸿"。我要去完成那些尚未做完的工作。

池　田: 太伟大了!常先生,那么请问,中国近代美术史分为哪几个阶段呢?

常书鸿: 从清末到现在,中国近代美术史大概可以分为六个时期。第一阶段是清朝末期。政府向西洋派遣留学生学习西洋画技术,他们回国后在宫廷内留下了西太后肖像画之类的作品。

第二阶段是1930年前后,以徐悲鸿先生为中心的我们这批青年画家留学海外,把西洋的绘画技术带回了中国。这些人大都在30年代回到了中国,执教于国立艺术专科学校。我便是其中之一。当时,我教的是西洋画。中国画是以齐白石先生为中心进行的。我们当时同在一所学校为中国画和西洋画的发展与普及做出了自己的努力。抗日战争时期我在重庆。但我仍然进行美术创作和研究工作。

第三阶段是新中国成立后。当时,美术虽然得到了发展,但在外国美术方面苏联美术较法国美术更受重视。特别是徐悲鸿先生逝世后,这种倾向更加严重。在中国的水墨画方面,除了以继承过去的传统为重点外，几乎看不到什么革新艺术。与中国革命博物馆、历史博物馆、人民大会堂的建设相适应，中国美术界出现了大量的作品。这段时间是美术创作的高涨时期。

第四阶段是"文化大革命"期间。这是一个灾难的年代，因为政治原因不得不创造一些特殊的作品。

第五阶段是"文化大革命"后。1978年初举办法国风景画展时，在中国美术界引起了很大的反响。那次展出，我们第一次系统地从古代到现代把法国名画介绍给大家。从那以后，中国美术界又开始注目于西洋的美术。

第六阶段是现在这个开放的时代。世界各地众多的美术资料都被介绍到中国，青年画家们到目前为止还没有学习这些艺术的机会，还缺少这方面的实力。年迈的画家们认为青年画家不能令人满意，但是，青年画家们正努力创造出自己的新风格。与中国的政治、经济一样，中国美术界迎来了自己的变革时期。我期待也相信，他们今后会创作出更优秀、更有深度的作品。

徐悲鸿先生的人格

池　田： 我听说常先生曾受到现代中国绘画大师徐悲鸿先生的很大鼓励。

常书鸿： 我去敦煌，徐先生赠我"不入虎穴，焉得虎子"一句话。"如果真的想认识敦煌，真的想认识中国古代文明的话，那么除了自己去敦煌，再无别路可走。"他激励我说，"像唐玄奘三藏法师那样带着苦行僧的精神，去保护敦煌的民族艺术宝库，去整理它、研究它，坚持到最后！"

另外，我在重庆举办个人画展时，他曾特地给我写了序：

油绘之入中国，不佞曾与其劳。而其争盟艺坛，蔚为大观，尤在近七八年来，盖其间英才辈出。在留学国，目灿艺事之衰微；在祖国，则复兴之期待迫切。于是素有抱负，而生怀异秉之士，莫不挺身而起，共襄大业。常书鸿先生亦其中之一，而艺坛之雄也。常先生留学巴黎近十年，师新古典主义大师罗郎史先生，归国之前，曾集合所作，展览于巴黎。吾友千米叶·莫葛蕾先生曾为文张之。莫葛蕾先生，乃今日世界最大文艺批评家，不轻易以一字许人者也。法京国立外国美术馆用是购藏陈列常先生作品，此为国人在国外文化界所得之异数也。常先生工作既勤，作品亦随时随地为人争致，难以集合。兹将有西北之行，故以最新所作，各类油绘人物风景静物之属，凡四十余幅问世，类皆精品。抗战以还，陪都人士，雅增文物之好。常先生此展，必将一新耳目也。

壬午中秋 元月 悲鸿序。[1]

---

[1] 这是1942年徐悲鸿在重庆为常书鸿画展所作的序。参见高一：《长将心力获春华——记著名美术家、学者常书鸿先生》。

我去敦煌时，徐先生赠我一幅《五鸡图》。

池　田： 就像"现代中国绘画自徐悲鸿始"所言，他的足迹是那样伟大，他给中国绘画史留下了辉煌的业绩。由此我们可以了解到他优秀的人格。

真正的一流艺术家，他的人格也闪射着光辉。而且，他们那历经磨炼的人格使艺术变得更加深刻。这是我见到许多优秀艺术家后的真切感受。

徐悲鸿先生留给后辈的举止，洋溢着对他们的深切关怀。也正是因为有这样的人，才使常先生绘画的价值、美感和志向在我心镜上清晰地映出。先辈如果都能这样亲切关怀后人的话，未来一定会更丰富、更辉煌。

在东西方绘画的融合上，徐悲鸿先生也作出了巨大贡献。

德拉克洛瓦的艺术

池　田： 时至20世纪的最后10年，我想常先生在大半个世纪中与敦煌这座丝绸之路的美的宝库同生存，对艺术肯定会有不少的想法，诸如艺术的过去、现在以至未来，东西方文化的发展交流等，我想听一下常先生的感想。

常书鸿： 谢谢。我非常高兴与池田先生谈一谈这方面的问题。

池　田： 我读过先生所著的《敦煌的风铎》，了解到从1927年您留学法国开始，10年里曾埋头于希腊、罗马的美术史和美术理论的研究，先生曾为近代美术的杰作和欧洲文艺复兴的研究所折服。特别是您说您深为19世纪浪漫派的代表画家德拉克洛瓦所折服。

当时，自然科学正处于觉醒时期，同时新的人生观、价值观也开始探索自己的道路。在艺术界，一些画家主张变革过去一成不变的陈旧观念，那个时代，人们探求如何观察，如何表达，人的个性得到了解放。

常书鸿： 我在法国学习的时候，不喜欢法国后期印象派。我喜欢新现实主义。我的老师也是新现实主义派。当时我极其重视描绘静物、人物的现实主义。

我在油画中运用了中国画的线条。中国画的线条是非常精彩的，特别是顾恺之的画，作为线条特征尤为精妙绝伦。他的画色彩也很丰富。

池　田： 我见到现代中国著名画家董寿平先生时，他说："西洋绘画重视光和质感，而东方绘画有运笔，重视线条的倾向。"并且当时，董先生说："200年或300年后，人类肯定会回忆起东方的精神。"我深为他的愿望所动心。

常先生年轻时在卢佛尔的美术馆为《希阿岛的屠杀》所感动，

塞尚曾称德拉克洛瓦为法国最大的画家。他说："无论静寂的悲剧作品，还是跳跃的喜剧作品，没有人能够像德拉克洛瓦那样使用色彩。我们都是通过他学习绘画的。"

但是，德拉克洛瓦20岁到30岁期间送进沙龙的作品却为画坛所不屑。那幅名画被讥讽为"绘画的自杀"，受到当时画坛的批判。

他用充满丰富感受的热情去看当时的社会事件，描绘出戏剧性的作品，具有鲜明的个性。他的作风与新世界的出现相吻合，由此加深了他作品的魅力。

他有名的《屹立在米索伦基废墟上的希腊》保存在勃拉多美术馆，我们在东京富士美术馆的开馆纪念展"近代法国绘画展"中展出了这幅作品。他的这幅以希腊独立战争为题材的、带有东方情调的作品给人留下了深刻的印象。

他出生在巴黎近郊塞纳河边的一座小镇上。怀着对北方世界的憧憬，他34岁时用了半年多时间游历了西班牙、摩洛哥、阿尔及利亚等国家。这次旅行使他的艺术更加丰富。

在他那厚厚的七册写生画稿近500幅作品中，我们不难看出，与法国风情迥然不同的地中海明亮的阳光和异国风情，在多大程度上刺激了他的创造性，给他留下了多么深刻的影响！

在与异质文化的撞击中，每逢了解一个崭新的世界，他的感性世界都会进一步扩展，创造出独特的艺术风格。

常书鸿：对，德拉克洛瓦受到东方世界的影响，鲁奥也吸收了东方艺术才形成自己的风格。我相信中国必定会有东西方艺术融合的那一天。我确信中国画坛肯定会出现像东山魁夷先生、加山又造先生那样本着文化交流进行实证的画家。

池　田：加山又造画师以7世纪中国唐代艺术为界，把日本绘画史划分为7世纪以前的古代，和从7世纪到16世纪室町时代末为止的近代两个部分。

他说："日本文化起源于外来文化。从宏观上来看，无论古代也好，近代也好，日本文化只不过是中国文明圈的一个地方文化而已。"（《现代日本画全集》第17卷，集英社）

在占绝对优势的中国文化影响下，日本的本土文化开始萌生、成长。我深为与贵国的缘分而感慨。

不过,法国的路奈·雨果说过:"西洋美术、印象派及世纪末美术都是在与东方文化的碰撞中改变了原来的风格。"我衷心期待在中国传统文化的丰厚土壤上,东西方的文化交流进一步发展,期待21世纪的艺术更加繁丽多彩。

常书鸿: 绘画必须吸收新鲜的东西,不断丰富自己。从敦煌壁画就可以了解这一点。那里既有中国独自的风格,也有外国的影响。有许多是受到外来影响才创造出自己绚丽多姿的文化的,唐代文化便是一例。我想过去日本的绘画也是引进中国艺术之后才形成并发展起来的。

敦煌壁画与鲁奥的艺术

池　田：在敦煌的绘画中，是不是有一些看起来像鲁奥的作品？

常书鸿：在敦煌壁画中，从北魏时期（386—534）的壁画上可以看到这些特征。北魏民族的性格兼有粗犷和细腻二重特征，这种性格在北魏时代的敦煌绘画中得到了很好的反映。

这种性格反映在作品上，有的技法很大胆，有的绘制却非常精致。一开始描的时候很大胆，但作品完成时却又是那样出奇的纤细。唐代的壁画中找不到这类作品。因此，可以说早期的壁画具有鲁奥绘画的风格。到了日本，看到鲁奥的美术作品后，我的思想发生了巨大的变化。我从事美术事业以来，受到鲁奥的巨大影响。我认为他的画里有一种新的表现方法，是现代画中一种新的视点和表现点。西洋艺术在我们东方人看来有许多可以学习的东西。我对他的创造性思考有很深的兴趣。

池　田：不言而喻，鲁奥的作品在20世纪前半期的绘画世界上放出独特的光芒。他曾说过："实际上，美的东西总是隐藏着的，到现在为止一直是这样。只有坚韧不拔地去探求它、发现它，至死方休。从事这种事业的人或许总是苦恼，然而同时不也拥有深刻的、静谧的喜悦吗？"［《现代世界美术全集》（八）河出书房］在他的人生历程中描绘出了人间丑恶的姿态及贫民街上穷人的生活，这些作品在一般意义上说是不能称为美的，然而他却赤裸裸地用激烈的笔调画出了贫穷、不安和生存的苦难。

1948年他的作品题材给我留下了深刻印象。当时，他已近80高龄。三年前他的业绩在纽约近代美术馆举办的大型回顾展中得到广泛的赞誉。但是这些作品却使人们高扬的头颅垂了下来。在那幅作品上他曾写道："人对人是狼。"在描绘出人们的丑恶、现实的各种不幸和贫穷的同时，他在深层世界里也着力表现出灵魂的高贵与静谧。

他的画与敦煌壁画的相似，不仅局限在他用粗粗的黑线条描绘轮廓以及他大胆的表现手法，而且在精神世界中通过绘画来探求人性，这也与敦煌壁画有很大的相似性。鲁奥说："我因绘画而感到非常幸福。我热爱绘画，因此，无论我生活在多么黑暗的世界里，我都会把一切忘掉。评论家因为我作品的主题是悲剧而不屑一顾，但是欢喜并不一定没有存在于作品的主题里。"（《现代世界美术全集》）

描绘悲剧主题时，通过表现悲剧人物的苦恼，忘掉自己的苦恼而产生欢喜，他的语言与这些暗黑的洞窟中不顾生活贫苦从事敦煌艺术创造的人大概也会心心相通吧！

鲁奥与这些无名艺术家们，无论在根本精神上有多少差异，但在表现人们的灵魂和因创造而欢喜方面却非常一致。

《人对人是狼》所描绘的现实世界和与此相反的平静的精神世界，它们之间相通的支点在于对永恒和美的探求。